晚明話本小說石點頭研究

徐志平著

臺灣學生書局印行

自序

話本小說的研究在國內方興未艾，早期的研究，自孫楷第〈三言二拍源流考〉（二十年四月）、鄭振鐸〈明清二代的平話集〉（二十年七月）以下，主要工作在於考證版本、探討源流，很少就小說本身的觀點，探究它們的藝術表現。前兩項工作一直在進行，特別在考源方面，經過許多學者的努力，已經有良好的成績表現。近年來，才漸有研究話本小說藝術的文章出現，馬幼垣先生〈話本小說裏的俠〉一文，更給話本小說主題學（Thematological）研究提供了極佳的示範。然而，無論是考證也好，藝術性的探討也好，學者多把焦點集中在《三言》和《二拍》身上，彷彿認爲這五部小說集已足以代表話本小說的所有風貌　事實上，在深入論及小說藝術的表現時，往往又僅限於《三言》中的少數幾篇，這種種現象，使人對話本小說的研究有支離破碎的感覺。

《三言》的成就，可以代表話本小說藝術的高峰，對於這一點，學者當無異詞；至於《二拍》，個人色彩更濃，逐漸顯現小說家自己的風格，它們和《三言》中的後期作品，可以做爲文人有意識創作白話短篇小說的一個起點，這對於話本小說而言，應該算是一種進步，因爲一個小說家必須建立自己獨特的風格，才能讓他的作品不朽。此後，大多數的所謂「後期擬作」，都深具個人色彩，作家用自己的筆法、語言、主題觀念，創立自己的格調，甲的作品不能移之於乙，反之亦然，於是作家更能各展才華，使話本小說蔚然可觀，呈現出群峰並峙的景象；這些山巒，高低起伏，景觀意趣各有不同，但絕不能捨去支脈，獨存主峰，如果以《三言》、《二拍》代表話本小說的全貌，便是以馮夢龍、淩濛初代表所有後期話本小說作家，這完全是以偏概全的做法；正如李、杜的詩可代表唐詩的高峰，卻不能概括唐詩的全貌，因爲像韓愈詩的奇崛、李賀詩的陰沈、李商隱詩的隱晦，都是李、杜詩中所見不到的，捨去這些作家，唐詩的完整風貌便有缺憾。同樣的，像《石點頭》、《西湖二集》、《醉醒石》這些擬話本，都具有自己獨特的風格，在話本小說中具有一定的地位，捨棄這些作品不談，而侈言「話本小說研究」，是不夠負責的。

本書就《石點頭》一書做全面的探討，在考證方面是接續前人未竟的工作，在分析方面是爲了將內容做更深入的介紹；在藝術性的探討方面則是較新的嘗試，其中雖然運用了部分西洋的小說理論，但同時也大量參考了我們建立在小說評點基礎上的，特別是金聖歎對情節處理、人物塑造方面的精闢理論，深入探索《石點頭》藝術手法的優劣，給予比較客觀的評價。

話本小說具有寫實精神，其內容頗富史料價值，本書在「史實與史料」一節考察整理了《石點頭》所蘊藏的各方面的史事素材，可提供明代社會史學者之參考。另外需要聲明的是，話本小說的楔子和插詞都屬於小說有機結構的一部分，但它們屬於結構中的非情節因素，所以沒有放在第四章「結構的安排」這一節，而在第三章內容分析的部分另立一節討論。

在撰寫本書期間，曾受到葉師　慶炳、吳師　宏一的鼓勵；宏一師更指示更動部分綱要，以求確當。兩位老師的鼓勵與指示，使本書能順利出版，並使缺點減少，寸衷感激，何可言宣！

天成兄提供部分資料、柏翰今秋始回母校中興大學任教，百忙之中撥冗爲題封面，好友隆情，實感溫馨。本書之寫作雖頗用心，唯限於個人學養的不足，疏漏必多，祈望博雅君子，不吝賜教。

中華民國七十九年十一月　**徐志平**　序於嘉義蘭潭

晚明話本小說石點頭研究　目次

第三章　內容分析

第一章　導　論

第一節　話本、擬話本和話本小說釋名

話本一詞出現很早，宋吳自牧的《夢粱錄》卷二十「百戲伎藝」條下談影戲的部分說道：「其話本與講史書者頗同，大抵眞假相半。」同卷該條談傀儡的部分也記載：「凡傀儡，敷演烟粉、靈怪、鐵騎、公案、史書歷代君臣將相故事話本，或講史，或作雜劇，或如崖詞。」耐得翁的《都城紀勝》「瓦舍衆伎」條也有類似的說法：「凡傀儡，敷演烟粉、靈怪故事、鐵騎、公案之類。其話本或如雜劇，或如崖詞，大抵多虛少實。」但一直到民國初年魯迅撰《中國小說史略》才對「話本」下了明確的定義，該書第十二篇〈宋之話本〉道：「說話之事，雖在說話人各運匠心，隨時生發，而仍有底本以作憑依，是爲『話本』。」從此以後，「話本」便被解釋爲「說話的底本」❶。

至於「擬話本」一詞，則爲魯迅所自創。《中國小說史略》第十三篇稱《大唐三藏法師取經記》、《大宋宣和遺事》爲「宋元之擬話本」，但他還沒有直接稱明代的白話短篇小說爲擬話本，而將其稱作「明之擬宋市人小說」（第二十一篇標題）；後來的學者則將「擬話本」一詞做爲明代短篇白話小說的專稱，例如胡士瑩的《話本小說概論》第十一章說道：

由於書寫文字的日益發達，話本已明顯地脫離了說話表現的範疇而逐漸書本化。為了適應市場的需要，它不只是通過說話人敷演的影響，這就刺激了文人的興趣和愛好；創作了大批擬話本。於是話本和說話技藝，也開始分了家，而擬作也就成為專供閱讀的白話短篇小說，紛紛刊印問世。❷

又如譚正璧《中國小說發達史》第六章在討論《三言》時，認爲《古今小說》卷十六〈范巨卿雞黍死生交〉的風格「亦爲明末人的擬話本」❸。

這種以話本爲說話的底本，以擬話本爲明代文人創作的白話短篇小說的觀念爲歷來學者所接受，而且逐漸約定俗成，將此類說話體的短篇小說依時代區分爲「宋元話本」和「明清擬話本」。這樣的區分的確給中國白話短篇小說的討論帶來莫大的方便，國內的學者多半從之不疑，但在國外，却有學者提出質疑，而且引起廣大的回響。

日人增田涉一九六五年在《人文研究》十六卷五號發表〈「話本」ということについて——通說（するいは定說）への疑問〉一文，引了二十多條證據，證明「話本」一詞根本沒有「說話人的底本」的意思，而且堅持「話本」僅限於指「抽象語」的「故事」之義❹。法人雷威安（Andre Levy）一九六八年也發表〈話本定義問題簡論〉，同樣主張「話本」只有「故事」的意義❺。據王秋桂教授在增田涉一文中譯本的校後記，增田涉該文曾一再爲歐美學者所引用；馬幼垣、劉紹銘二教授在所編 *Traditional Chinese Stories: Themes and Variations* 一書的導論中說道：「據魯迅的研究，話本是宋時說話人的『脚本』。可是這一看法，

近代的小說研究者多已不接受。」❻

經增田涉和雷威安二氏的論證，以話本爲「說話的底本」的說法確實令人感到大有問題（詳下），但他們認爲話本只有「故事」之義，却又不然，王秋桂教授已引《古今小說》敘中「仁壽清暇，喜閱話本」、「然一覽輒置」等語，認爲此處所謂話本，應是「故事本子」，又引葉德均在〈讀明代傳奇文七種〉中所引傳奇小說〈劉生覓蓮記〉之文「因至書坊，覓得話本，特與生觀之」（頁五三九），說明此處的「話本」也只能解釋爲「故事書」❼；此外，前引《夢粱錄》卷二十「百戲伎藝」條有「歷代君臣將相故事，話本或講史」，也可做「歷代君臣將相故事話本，或講史」（增田涉如此斷），無論那一種斷句法，既將「故事」和「話本」二詞並列，絕無同義之理。

從增田涉、雷威安二氏所引的有關「話本」一詞的用法，例如：

許宣見了，目瞪口呆，喫了一驚。不在姐夫、姐姐面前說話本，只得任他埋怨了一場。（《警世通言》二十八〈白娘子永鎮雷峰塔〉）

而今說一個做夫妻的被拆散了，死後精靈還歸一處，到底不磨滅的話本。（二刻《拍案驚奇》六〈李將軍錯認舅　劉氏女詭從夫〉）

「話本」確有「故事」之義；又如《清平山堂話本》各卷末尾「話本說徹」一語，解釋爲「據底本全部講完」也的確不通，而以解釋爲「故事說完」較爲合理。可見，「話本」有「故事」

義。但二詞的意思又不完全等同，香港大學中文所博士龐德新對此做了一個假設：

> 我們不妨假定：「話本」一詞，原是宋人市語。「故事」是一些古今驚聽之事，不論為前人撰著，或出里巷傳聞，到底只是一種原始資料。至於一些經過「敷演」——剪裁、增飾，由藝人用講說、歌唱、動作，或三者並用而表演出來的故事，才得稱作「話本」。❽

此一假設對「話本」和「故事」二詞所做的分辨，似頗合理，但他主張「話本」是表演出來的故事，此仍承認其爲「底本」。有關說話是否有「底本」的問題，本文不打算多做討論，誠如王秋桂教授所言：「無論如何，宋元人說書如有底本，形式當較似《醉翁談錄》或其所引的《綠窗新話》，而不是目前所見的《三言》或《六十家小說》中的作品。」❾我們如果承認「話本」一詞只是「故事」（無論是何種特定性質的故事）或「故事本子」，而沒有「說話的底本」之義，則正好可以說明目前在《三言》或《六十家小說》中所見的早期作品何以不像一般說書的「脚本」或「秘本」❿，而我們將這些早期白話短篇小說稱作「話本」，也就沒有什麼矛盾之處了。事實上，所有提到「話本」一詞的文獻，沒有不是與「說話」有直接或間接關係的，因此，「話本」必然是與職業說事有關的故事，把這些故事寫出來即是小說，講史性質的爲長篇小說，說話性質的爲短篇小說，這和西洋文學稱短篇小說爲 short story 同樣顯示了故事性的重要。換言之，「話本」一詞概括了「說話」和「故事」，最適合用來稱呼這些具有說話形式的短篇小說，部分中外學者捨「話本」一詞不用，直接稱這些作品爲「白話短篇小說」

(The colquial short story)，實非智舉。

不過，如果「話本」不能釋爲「說話的底本」，那麼「擬話本」一詞似乎便失去意義了，因爲後期的話本作品同樣是具有說話形式的故事，直接稱爲「話本」即可，何必加一「擬」字？所以馬幼垣和劉紹銘二教授在編輯《中國傳統短篇小說》(*Traditional Chinese Stories*)的選集時，便將後期的作品也歸於「話本」類，而捨「擬話本」一詞不用了[11]。其實，「話本」雖非「說話的底本」，但與職業說書的關係密切，現在的早期話本，當是那些與說話有關的故事的寫本，《六十家小說》(即俗稱的《清平山堂話本》)中所收錄的早期話本，如〈簡帖和尚〉、〈西湖三塔記〉、〈快嘴李翠蓮記〉等，其內容和形式與演出的實況是十分接近的，從行文的粗俗直率看來，應該不是出自文士之手；而後期的作品，則純粹是文人在案頭模仿說話形式之作，稱爲「擬話本」並無不當之處。

總結以上的討論，吾人對「話本」一詞所下的定義爲：職業說書人所說的「故事」(原始義)，以及這些故事演說形式的寫本(引申義)。而「擬話本」的定義則是：模擬說書形式的小說創作。爲了討論的方便，本文有時將話本與擬話本合稱爲「話本小說」。以後文中凡是提到「話本」、「擬話本」和「話本小說」這三個名詞，皆是依照本小節的定義去討論的。

第二節　話本小說的流行和衰落

我們從《都城紀勝》、《夢粱錄》、《武林舊事》、《東京夢華錄》等書的記載，可以了解到宋代說書風行的情形，然而正如魯迅所言：「宋之說話人，於小說及講史皆多高手，而不聞有著作。」[12]就小說（指說話四家之一，《都城紀勝》「瓦舍衆技」條所謂「能以一朝一代故事頃刻提破」者）而言，雖然近代學者努力從《三言》、《六十家小說》等話本總集中爬梳出許多所謂的「宋人話本」，然而事實上，並沒有任何直接、確切的證據，可以證明這些話本是宋人所作。目前我們所能見到最早的話本集，是明嘉靖年間洪楩清平山堂所刊行的《六十家小說》，連殘缺的算在內，尚存二十九篇，這二十九篇小說的體製和馮夢龍所編《三言》中的各篇比較起來，保存了較多的原始面貌，其原因之一是「馮夢龍的話本編輯工作，對待舊作的態度，與他對待所改編的舊長篇小說（如《平妖傳》）一樣，有文字上的修飾，也有情節上的更改」[13]。胡萬川先生研究馮夢龍改編舊作的情形，得到一個結論，認爲即使馮氏所收錄的某篇果然是根據「宋人小說」而來，我們却不能輕易說收在《三言》裏的這篇仍然是「宋人小說」，頂多只能說，那是馮夢龍改編過的宋人小說[14]。即使就形式較古樸的《六十家小說》而言，其中像〈柳耆卿詩酒翫江樓記〉，樂蘅軍《宋代話本研究》一書舉證歷歷，認定其爲宋作[15]，但小說開頭「當時是宋神宗朝間」一語，明顯不是宋人口氣，或者它並非宋作，或者經後人改動，總之學者所相信的這些「宋代話本」，恐怕都已經和原來的樣子有很大的差距了。

如果如一節所論，我們承認底本理論被推翻的事實，話本只是故事，在宋代，還在口傳文學的階段，被書寫刊印是後來的事，便可以解釋何以見不到宋代刊行的話本，也可以說明何以許多明代才見刊行的話本明明寫的是宋代的社會，用的是宋代的口語，却出現了「當時是宋神宗朝間」的字眼。至於話本刊行的時代，據龐德新先生的推測，可能是元代，因爲說話之事在元朝是被禁止的，《元史》卷一〇五〈刑法志〉「禁令」載：「諸民間子弟，不務正業，輒於城市坊鎮，演唱詞話，聚衆淫謔，並禁治之。」龐德新先生說：

大抵蒙古以外族入主中原，為鎮壓漢民族反抗起見，除廣置駐軍，立里甲、設村社，嚴其監管之外，又制定種種禁約，以限制漢人活動。講唱詞話的瓦舍勾欄，聚集人衆，固然容易滋生事端；而講演之間，也不免附帶著一些激發民族思想的言論，這都不是蒙元政府所能忍的。於是，「說話」便在政治惡勢力下給取締了。然而，「說話」在當時已成為一種有優良傳統的伎藝，有著深厚的群衆基礎，一旦禁令橫施，原日的聽衆固大失所望，若干專業化了的小說人，也面臨著失業的危機。為了生活，部分小說人只得把一些平素受人歡迎的「話本」——講唱故事，筆錄出來，刊印行世。第一本「話本」——保有「說話」的原始形態風格的短篇市人小說，可能就是在這樣的情形下產生出來的。換句話說，現存宋人話本的出現，當是元代禁止說唱詞話以後的事。⑯

這種推測雖然欠缺直接證據，但從現有的所有資料觀察，是有相當的可能性的。目前雖然看不到元刊的說話話本，但講史話本則有元至治朝間所刊行的《全相平話五種》⑰等若干種⑱。還可以補充說明的是：當初刊印這些話本應該都是單行的，明代刊印短篇話本，除最早的《六十家小說》之外，較早的尚有熊龍峰所刊的四種（〈張生彩鸞燈傳〉、〈蘇長公章臺柳傳〉、〈馮伯玉風月相思小說〉、〈孔淑芳雙魚扇墜傳〉，今均藏日本東京內閣文庫。），這四種都是單行本，每篇一册，馬幼垣先生說：

> 查檢嘉靖晁瑮《寶文堂書目》卷中子雜門，亦見此等篇目。晁目所收宋元明話本、傳奇文、雜劇、傳奇甚豐，為明代書目中稀見。內共錄話本百十二種，舉如〈碾玉觀音〉、〈錯斬崔寧〉、〈合色鞋兒〉、〈紅白蜘蛛記〉、〈梅杏爭春〉、〈陰騭積善〉、〈張子房慕道〉、〈洛陽三怪〉、〈刎頸鴛鴦會〉、〈簡貼和尚〉、〈陳巡檢梅嶺失妻〉、〈燕山逢故人鄭意娘傳〉等篇，散見於嘉靖間每篇單行的《六十家小說》及稍後《三言》一類集刊的（篇名每有出入，內容用詞亦容有異同），晁目都是分條獨立記錄，散於子雜門內。據此現象，在三言一類集刊盛行前，短篇小說的單獨刊行，或因銷售之便，必極普遍。熊刊小說的單篇刊印，也是可以理解的事。[19]

熊龍峰刊行這四種小說的年代，有萬曆和嘉靖兩種說法，據馬幼垣先生的考證，認爲萬曆說比較近理[20]。萬曆距元代已有兩百多年，這兩百多年間應該有不少單行的話本在社會上流行，可惜現在大部分都看不到了。

明代也有很發達的說書事業，胡士瑩《話本小說概論》第十一章〈明代的說書和話本〉有詳細的討論，所引的資料中直接提到短篇話本的只有田汝成《西湖遊覽志餘》卷二十所記載的：「杭州男女瞽者，多學琵琶，唱古今小說、平話，以覓衣食，謂之陶眞。大抵說宋時事，蓋汴京遺俗也。……若紅蓮、柳翠、濟顚、雷峰塔、雙魚扇墜等記，皆杭州異事，或近世所擬作者也。」其中紅蓮故事見《古今小說》卷二九，雷峰塔故事應即《警世通言》卷二八〈白娘子永鎮雷峰塔〉，雙魚扇墜故事當即熊龍峰所刊行的《孔淑芳雙魚扇墜傳》。這四篇都是現存的短篇話本，田汝成認爲可能是「近世所擬作」，要說明的是：這裏所說的「擬作」，和後世所稱「擬話本」的擬作不同，擬話本是指文人案頭模仿話本形式的小說創作，田汝成所說的擬作應是指說書者仿擬前人之作，很可能是口頭創作，因爲說唱的是「瞽者」，這也可以說明說書應該是沒有所謂的「底本」的。這些口頭創作有許多被寫定刊行，其形式大約就是我們在《六十家小說》以及熊龍峰所刊小說四種所見到的樣子，而且刊行這些小說可能和說書者沒什麼關連，樂蘅軍先生說：「自六十家各集的名稱，諸如『雨窗』、『欹枕』等看，分明是文士氣的字眼，其用途端在供人閱讀『解閒』，早已和『說書』脫離了直接關係。」㉑這話是很對的，但話本和說書脫離直接關係，却正是造成話本小說盛行的原因之一。

　　說書事業是孕育話本小說的溫床，但是說唱演出和文學創作之間畢竟有一段距離，「說話人當場描寫」㉒，剛被寫定時必定是極粗糙的，其藝術成就是要等待偉大的作家來完成的，長篇的講史話本如此（《三國志平話》的藝術成就是無法同《三國演義》等量齊觀的），短篇的小說話本何嘗不是如此？胡萬川先生討論馮夢龍改編舊作的情形，認爲：「馮氏對於舊本所作之加工，不但未損及原作所具有之特色，抑且經其調節之後，乃得成爲可閱讀之佳構而爲雅俗所共賞。」㉓這是任何讀過《六十家小說》和《三言》兩種粗精不同的話本小說的人所不能否認的。淩濛初在《拍案驚奇》序中說道：「獨龍子猶氏所輯《喻世》等諸書，頗存雅道，時著良規，一破今時陋習，而宋元舊種，亦被蒐括殆盡。」馮夢龍自己也在《古今小說》序中說：

「茂苑野史氏（按即馮氏自己），家藏古今通俗小說甚富，因賈人之請，抽其可以嘉惠里耳者，凡四十種，畀爲一刻。」可見馮夢龍本著他對通俗小說的愛好，收藏了許多前人刊行的話本小話，因應書商的請求，加以編輯整理，印行出來。書商自然是爲了牟利才會願意刊印這些小說，可知當時有這種市場的需要，那麼這之前必然也會有一些本子在市面上流傳，否則書商不敢貿然花下鉅額經費來刊印這本厚達四十卷的《古今小說》。《古今小說》印行之後，賣得很好，於是又有《警世通言》、《醒世恆言》的編印，再改題《古今小說》爲《喻世明言》，合稱《三言》㉔。《三言》十分暢銷，淩濛初說：「肆中人見其（即《三言》）行世頗捷，意余當別有秘本圖書而衡之。」（《拍案驚奇》序）於是又有《二拍》之作，而話本小說也因此大大的盛行起來。

美國學者韓南教授（Professor Patrick D. Hanan）討論《古今小說》中某些故事的作者問題，推論馮夢龍可能是其中十三或十四篇的作者㉕；鄭騫教授〈《喻世名言》（《古今小說》）分類考證〉一文，也推斷其中的十篇可能爲馮氏所作㉖；胡萬川先生認爲《三言》中可確定爲馮氏自作的有〈老門生三世報恩〉（《通言》卷十八）和〈金令史美婢酬秀童〉（《通言》卷十五）兩篇㉗。馮夢龍當是明代文人創作「擬話本」的最重要作家，甚至於可能是文人擬作話本的創始者㉘，由他開啓了文人創作話本小說的新紀元，之後純粹由文人創作的擬話本便蓬勃的發展起來，《石點頭》便是在這種背景下被創作出來的。

鄭振鐸在〈明清二代的平話集〉一文中說道：「天然癡叟著的《石點頭》的題頁上，又有『墨憨齋評』之語，而其序也是出於馮氏的手筆，則《石點頭》的作者天然癡叟當然也是一位聞馮氏之風而起的馮氏友人之一了。」㉙同時聞風而起的作家除了淩濛初、天然癡叟（席浪仙）外，還有周清源（《西湖二集》）、吳某（《鼓掌絕塵》）、西湖漁隱主人（《艷鏡》）、夢覺道人（《幻影》）、華陽散人（《鴛鴦針》）、獨醒人（《筆獬豸》）以及一些無名氏如《十二笑》、《壺中天》、《一片情》、《九雲夢》等書的作者㉚。以上提到的作品都有晚明的刊本，看到這些琳瑯滿目的書名，可以想像得到話本小說在當時是如何的盛行了。

話本小說的繁盛，只如曇花一現般的，隨著明亡而逐漸凋零，現存的清代擬話本，大部分是清初的刊本，較重要的有《醉醒石》（東魯古狂生編）、《清夜鐘》（于鱗撰）、《照世杯》（酌元亭主人編）、《無聲戲》（李漁撰）、《十二樓》（李漁編）、《人中畫》、《西湖佳話》（古吳墨浪子輯）、《警悟鐘》（嗤嗤道人編）等，這些小說的作者都是生長於明清之交的人物，但作品的內容却沒有遺民的色彩，可能創作的時代較早，清初才被刊印出來，也可能作者忽略了以作品表達情感、反應現實的任務，只是沈迷於陳腐的道德教條的訓誡之中，或者作者根本痲木不仁，遭遇亡國之痛，却毫無所感。值得一提的是稍後刊行的《豆棚閒話》㉛，部分作品流露出遺民的悲憤，如第七則〈首陽山叔齊變節〉寫叔齊隱居後忍不住饑餓而下山，又寫路上行人有騎馬的、乘轎的，挑行李的，意氣揚揚，都要往西京朝見新天子去，譏諷的意味是很濃的，但這樣的作品在清初的擬話本中是鳳毛麟角，不可多得的。

鄭振鐸認爲刊於乾隆五十七年的《娛目醒心編》是創作話本集中的最後一部㉜，但胡士瑩則認爲《躋春臺》才是最後一部，後者有光緒二十五年林有仁的序㉝。鄭氏說《娛目醒心編》十六篇「幾乎沒有一篇不是勸忠說孝的腐話」，林有仁在《躋春臺》的序中也說該書是「勸善懲惡」的，這些作品的內容都是氣息奄奄，毫無機趣可言的。

話本小說的衰落是有原因的：

第一，文學發展的問題。話本（包含說話與講史話本）可以說是說書事業的副產品，當它從口耳相傳進入由文字書寫才被正式付予文學的生命。話本孕育了白話小說，造成我國古典小說的敍事模式對於說話形態的無休止仿擬，韓南教授稱之爲「虛擬情境」（simulated context）意謂「假稱一部作品於現場傳頌的情境」[34]，但當白話小說的完成，它也完成了自身的使命。明代中葉還有話本（指當時說話故事的寫本）的刊本，到了晚明，文人加入創作，讀者有所滿足，說話故事的整理刊印工作便因爲失去市場而逐漸式微，所以雖然說書事業仍在發展，話本的出版却衰歇了。

第二，作品本身的問題。文人創作的擬話本取代了話本的地位，曾經風光一時，以短篇小說而言，馮夢龍的《三言》造成話本小說的一個高峰。然而像馮夢龍這樣的天才作家畢竟不多，「明人擬作末流，乃誥誡連篇，喧而奪主，且多艷稱榮遇，回護士人」[35]；到了清代，更是變本加厲，話本小說簡直成了勸世文，人們讀小說是爲娛心，誰願意花錢來買教訓呢？清代是我國古典小說集大成的時代，《聊齋誌異》、《紅樓夢》、《儒林外史》等一流鉅著固不待言，即如《鏡花緣》、《兒女英雄傳》、《七俠五義》這些品質稍遜的長篇小說又那裏是那些「擬作末流」所能望其項背的呢？作品本身毫無新意，無論主題內容或寫作技巧都每況愈下，自然要遭到被唾棄而沒落的命運了。

《石點頭》是產生在話本小說極盛轉衰的過渡時代，它一面繼承了話本活潑寫實的良好傳統，一面也表現了擬話本中常有的某些陳腐的思想觀念。本文的研究目標，便是想要挑掉砂粒，使其中的珠玉顯耀出光彩來。

第三節 《石點頭》寫作的時代背景

《石點頭》各卷的寫作時間無法確切的考證出來，目前我們所擁有的主要資料是本書刊行的處所，以及馮夢龍爲它所寫的敍。

現存最早的《石點頭》刊本是明末金閶葉敬池刊行的，葉敬池曾爲馮夢龍刊行過《醒世恆言》，又曾爲馮氏改編《列國志》和《兩漢演義》，和馮氏的關係密切。柳存仁〈論明清中國通俗小說之版本〉一文的「書鋪的分佈」這一小節，在蘇州葉敬溪、葉敬池之下註一六二七年，此一年分「是說明它至少在某年，或某年到某年之間尚在出版書籍」[36]，一六二七年爲熹宗天啓七年。柳先生所根據的當是葉敬池刊的《醒世恆言》，《恆言》有天啓丁卯（七年）中秋可一居士的序。天啓七年的隔年便是崇禎元年，而《恆言》是《三言》中最晚編刊的，如果說《石點頭》是「聞馮氏之風而起」（前引鄭振鐸語）的作品，其寫作年代總在天啓、崇禎年間；或許其中有一兩篇早到萬曆末期，但出刊日期當在天啓之後，因爲《三言》中最早的《古今小說》（《喻世明言》）可能是泰昌天啓之際所出[37]。

龍子猶（即馮夢龍）的〈石點頭敍〉沒有標明寫敍的年月，不過從馮氏的生平可以稍作推論。馮氏崇禎七年到十一年出任壽寧知縣，崇禎十七年，李自成攻入北京，思宗自縊，明朝就算亡了；壽寧在福建，離江蘇有一段距離，大概無法爲在蘇州刊印的《石點頭》寫敘，御任後的崇禎十一到十七年之間，國事擾攘，應該也沒有爲小說寫敘的心情，即或有寫，多少會有家國之感寓於其間，但敘中只提到「推因及果，勸人作善」，馮夢龍是一個感時憂國的愛國文人[38]，在亡國前所寫的文章似不應如此。因此，筆者相信《石點頭》敘必撰於崇禎七年以前。

總上所論，《石點頭》的撰寫時間約在萬曆晚期到崇禎初期的這一、二十年之間；這段期間國家的情勢、社會的狀況、文學的思潮是怎麼樣的呢？

一、政治方面

《明史》卷二百十八〈方從哲傳〉謂：「論者謂明之亡，神宗實基之。」治明史的學者多贊成這個說法，趙翼《廿二史劄記》卷三五也說：「論者謂明之亡，不亡於崇禎，而亡於萬曆。」孟心史先生〈明代史〉第七章論萬曆之荒怠，也認爲「明亡之徵兆，至萬曆而定」；黃仁宇先生的〈萬曆十五年〉一書，詳細討論了萬曆一朝的政治、軍事、吏治和思想，其結論是：「一五八七，是爲萬曆十五年，歲次丁亥，表面上似乎是四海昇平，無事可記，實際上我們的大明帝國却已經走到了它發展的盡頭。」[39]

明太祖廢相，造成明代極端的君主獨裁，皇帝要總攬萬機，必須才學、體力皆佳，而且要英明果斷才行。萬曆前期張居正擔任首輔，由於皇帝沖幼，太后對他信任，所以能一展長才，他全面改革，有振弊起衰之功，國勢爲之一振。居正死後，神宗任性胡爲，首輔又不能匡正，國事遂不可爲，心史先生批評神宗說：「怠於臨政，勇於斂財，不郊不廟不朝者三十年。與外廷隔絕，惟倚奄人四出聚歛，礦使稅使，毒遍天下；庸人柄政，百官多曠其職，夷狄內侵，邊患日亟。」[40]黃仁宇先生說：「以皇帝的身分向臣僚作長期的消極怠工，萬曆皇帝在歷史上是一個空前絕後的例子。」[41]像這樣的皇帝當然要把帝國帶進萬刼不復的深淵。萬曆中期，為了鑄錢尋求銀銅，而有採礦之事，所派出的「礦監」，到處編富民為礦頭，招貧民為礦夫，以宦官為礦使，「礦砂銀砂，強科民買」、「富家巨族，則被誣以盜礦；良田美宅，則指為下有礦脈」，「礦頭以賠累死、平民以逼買死、礦夫以傾壓死、爭鬥死」（見《明史》卷八一〈食貨志〉）。河南巡按姚思仁上疏言開採之弊，疏入皆不省，「識者以為明亡蓋兆於此」（同上）。其後又在重要城鎮、關隘、交通要道設稅監，「視商賈儒者，肆為攘奪，沒其全貲。負載行李，亦被搜索。又立土商名目，窮鄉僻塢，米、鹽、雞、豕，皆令輸稅，所至數激民變」（同上）。到了晚期，由於遼東兵起，屢增田賦（見《明史》卷二十一〈神宗本紀〉），造成農民大量逃亡，桀悍者便流為盜寇。

到了熹宗，寵信魏忠賢，任其胡作妄為，朝中善類一空，國事已至無可挽救的地步；後繼的思宗雖想振作，已無能為力。思宗雖除去魏忠賢，但仍然重用宦官，又無知人之明，所任首輔多為庸懦之輩，當時的士大夫又黨同伐異、意氣用事，內憂外患踵至，終於不可收拾。

對於上述的情形，《石點頭》都有程度不等的描述：農民不堪賦役的情形，反映在卷一和卷三；稅監擾民的情形，反映在卷八；卷三有諷刺太監的情節；卷二、卷十二都發表了對當時讀書人的批評。

二、社會方面

晚明社會的荒唐淫靡成風，乃是上行下效的結果，《明史》卷二四〇〈朱國祚傳〉載神宗一次採辦珠寶就用銀二千四百萬兩；卷二三五〈王德完傳〉也說：「皇長子及諸王册封冠婚至九百三十四萬，而袍服之費復二百七十餘萬。」皇帝如此，宦臣也不甘落後，汪直、嚴嵩、魏忠賢輩之驕橫固不待言，名臣如張居正，本傳說他回鄉葬父時「所過地，有司飭厨傳，治道路」。同年秋天，派魏朝奉其母入京，更是「儀從煊赫，觀者如堵」（《明史》卷二百十三）；死後之所以被抄家，原因之一是萬曆發現他的內黨宦官馮保被抄的家產中「金銀珠寶鉅萬計」，「帝疑居正多蓄，益心艷之」，後來果然共搜出「黃金萬兩，白金千餘兩」，上述二事足以顯示這位一代名臣也是舖張、好貨的。由於中央大僚的好貨，守令只得靠貪污來滿足他們，《明史紀事本末》卷七二〈崇禎治亂〉載戶科給事中韓一良的話說：「今言蠹民者俱咎守令之不廉，然守令亦安得廉？俸薪幾何，上司督取，不曰無礙官銀，則曰未完紙贖；衝突過客，動有書儀，考滿朝覲，不下三四千金。夫此金非從天降，非從地出，而欲守令之廉得乎？」萬曆十一年邱橓入朝陳吏治積弊八事，謂：「方今國與民俱貧，而官獨富，既以官而得富，還以富而市官。」（《明史》卷二百二十六）在官僚的侵漁之下，中下階層的生活是十分困苦的，而仕宦之家以及新興的商人階級則過著糜爛的生活，淩濛初在《拍案驚奇》的序中說：「近世承平日久，民佚志淫。」此序約寫於天啓七年[42]，當時北有金敵，陝有民變，南有海盜，百姓和士大夫們却苟安於佚樂中，國家焉能不亡？至於二刻《拍案驚奇》，則是完成於崇禎五年[43]，距明亡只有十二年，淩氏在書中所描寫的是怎麼樣的社會呢？徐文助〈淩濛初的生平和其《二刻拍案驚奇》〉一文歸納該書所描繪的傷風敗俗現象有：1.紮火囤（即仙人跳）；2.好男風（卷十七有「而今盛行男色」之語）；3.煉內丹（即所謂採補之術）；4.蓄妾婢；5.女偷男[44]。描寫這現象最令人觸目驚心的是《金瓶梅》。吳晗先生認爲《金瓶梅》是萬曆中期的作品[45]，鄭振鐸說：「她是一部很偉大的寫實小說，赤裸裸的毫無忌憚的表現著中國社會的病態，表現著『世紀末』的最荒唐的一個墮落的社會現象。」[46]透過《金瓶梅》，我們見到當時「新興的結合官僚勢力的商人階級的醜惡生活」：西門慶是如何的利用惡勢力去剝削農民，他和他的妻妾們是如何的荒淫無耻。同時，低下階層的百姓，却不能不賣兒鬻女，《金瓶梅詞話》第三十七回：「馮媽媽道：『爹既是許了，你拜謝拜謝兒。南首趙嫂兒家有個十三歲的孩子，我明日領來與你看，也是一個小人家的親養孩兒來，他老子是個巡捕的軍，因倒死了馬，少椿頭銀子，怕守備那裏打，把孩子賣了，只要四兩銀子，教爹替你買了吧？』」魏子雲先生不贊成「《金瓶梅》是萬曆中期作品」的說法，認爲時代還要推後[47]，無論如何它所呈現的明亡以前荒淫墮落的社會風貌，爲我們了解明末社會提供了最佳的參考。

上述的社會現象，《石點頭》也有所反映：被剝削的農民賣兒鬻女的情形，反映在卷一；男女淫亂的情形，反映在卷四、卷五；好男風的情形，反映在卷十四；惡勢力在社會上橫行的情形，反映在卷十、卷十二。

三、文學思想方面

劉若愚先生認爲中國文學的「表現觀」，一直到晚明才獲得絕對的提倡，而以李贄爲先驅者[48]。所謂「表現觀」是認爲文學爲「普遍的人類情感的自然表現」之觀點，這種觀點在我國雖然出現很早，可是在「載道」理論的壓抑下，一直是非常沈寂的，到了晚明，這種沈寂才被具有叛逆性格的李贄打破，並因此形成了一種新的運動。李贄的思想受王陽明影響，所以有唯心主義的傾向，雖然王仁宇先生認爲李贄的學說「一半唯物，一半唯心」[49]，但他的「童心說」無疑是從唯心論的基礎發展出來的。他所謂的「童心」即是「眞心」，是「絕假純眞，最初一念之本心」[50]，不失童心的「眞人」便能創造出偉大的文學——不論是詩、散文、小說、戲劇或是八股文。他的理論是有時代背景的，首先，許多學者認爲明代中葉以後中國資本主義開始萌芽[51]，所謂「資本主義萌芽」是指「封建社會後期，即自然經濟開始解體時所產生的資本主義生產關係的最初形態」[52]，資本主義的特色是資本集中和社會分工，明代由於生產力提高（特別是紡織機器的出現），社會分工自然擴大，逐漸形成一個新興的資本階級，挾其雄厚的財力，可與官宦之家分庭抗禮，他們沒有受過多少四書五經的教育，漸思擺脫傳統禮教的束縛，要求個性的解放，這種觀念既流行傳播，必然會影響到部分讀書人；其次，明代前後七子的擬古主義，把文學搞成空洞無物，當然也會引起反響。李贄的理論便是在這樣的背景下產生，影響了公安派三袁的「性靈說」，也影響了通俗文學的愛好者、創作者馮夢龍的小說理論。

李贄對小說的論點是以「童心說」爲基礎發展出來的，他在〈忠義水滸傳序〉中發揮了一套「發憤」的理論，認爲文學作品必須有強烈的眞實情感，要有所爲而發，「不憤而作，譬如不寒而顫，不病而呻吟也，雖作何觀乎」？他稱許《水滸傳》爲「發憤之作」，甚至把它提高到與經典並重的地位，周暉《金陵瑣事》卷一〈五大部文章〉載：「（李卓吾）常云：『宇宙內有五大部文章：漢有司馬子長《史記》，唐有《杜子美集》，宋有《蘇子瞻集》，元有施耐庵《水滸傳》，明有《李獻吉集》。』」李贄在評點《水滸傳》時，發表了許多關於小說創作與欣賞的理論，特別是人物性格塑造的理論，除了注意到人物性格的典型性，更能分析同一類型人物性格不同的個性特點，例如容與堂本《忠義水滸傳》第三回的回末總評說：

> 《水滸傳》文字妙絕千古，全在同而不同處有辨，如魯智深、李逵、武松、阮小七、石秀、呼延灼、劉唐等衆人都是急性的，渠形容刻劃來，各有派頭，各有光景，各有家數，各有身分，一毫不差，半些不混。讀者自去分辨，不必見其姓名，一睹事實，就知某人某人也。[53]

這些理論，愛好通俗文學的馮夢龍等人不應不見，在他們撰寫擬話本，塑造人物性格時，也可能受到影響。

公安三袁繼承李贄的傳統，也很重視小說，袁宏道在〈東西漢通俗演義序〉中說：「予每檢《十三經》或《二十一史》，一展卷，即忽忽欲睡去，未有若《水滸》之明白曉暢、語語家常，使我捧玩不能釋手者也。」他在〈聽朱生說《水滸傳》〉一詩中更推崇《水滸傳》說：「後來讀《水滸》，文字益奇變。《六經》非正文，馬遷失組練。」竟將《水滸》置於《六經》和《史記》之上了。

至於馮夢龍的小說理論，主要表現在《三言》的三篇序中。在〈古今小說序〉，他反對以古律今，重視話本等通俗文學，強調其感染力，「雖小誦《孝經》、《論語》，其感人未必如是之捷且深也」；在〈警世通言敍〉中，他提出小說創作中眞實與虛構的問題，「事實而理不贋，即事贋而理亦眞」，意即情節可以虛構，理則必須可信；〈醒世恆言序〉則對話本小說的社會作用問題作了進一步的發揮，認爲正如佛道二教可以「導愚適俗」，「爲儒之輔」，《三言》也可以爲六經國史之輔。這種觀點正面重視小說的社會作用，有積極意義；但從另一面看，他把小說視同教化的工具，影響所及，大量說教充斥於話本小說之中，大大降低了藝術表現方面的成就。

《石點頭》就是在這小說地位漸抬頭，小說理論初步建立，一面強調文學要有眞實情感，一面又重視文學的教化作用的文學思潮下創作出來的。在小說的藝術形式上，無論是組織結構、塑造人物，以及對話、事件的描述，細節的處理，都有很好的表現；在主題方面，強調的是「推因及果，勸人作善」，歌頌了正面人物，也痛斥了奸邪和貪吝，一定程度的達到了社會教化的功能。

附註

❶ 例如譚正璧的《中國小說發達史》（啓業書局）頁二三二：「『話本』是宋時說話人用的一種底本。」樂衡軍的《宋代話本研究》（臺大《文史叢刊》）頁一七：「所謂『話本』指宋代瓦舍說話人的底本而言。」

❷ 見《話本小說概論》（丹青圖書公司），頁三七七。

❸ 見《中國小說發達史》，頁三五二。

❹ 本文經前田一惠譯成中文後，載於《中國古典小說研究專集》3（聯經出版公司），題：〈論「話本」一詞的定義〉，文後有王秋桂教授的校後記。

❺ 本文載於《東方中國小說戲曲研究專號》（香港大學中文學會），頁二五～二七。

❻ 此處所引爲該導論中譯後題爲〈筆記、傳奇、變文、話本、公案〉，發表在《中國古典小說研究專集》1之部分譯文，引文見該書頁一一二。

❼ 見〈論「話本」一詞的定義校後記〉，《中國古典小說研究專集》3，頁六二～六三。

❽ 見龐德新博士論文《從話本及擬話本所見之宋代兩京市民生活》（香港龍門書局印行），頁一九。

❾ 同註❼，頁六六。

❿ 據雷威安氏考察現代說書的情形，認爲說書有「秘本」、「冊子」、「地本」或「腳本」都是非故事性的，見同註❺引書。王秋桂教授也說據田野調查，秘本記載師承，故事主角的姓名字號，人物讚，武器的描述和其他包括對話的套語等，這些記錄並無連貫性；至於腳本，只記載故事大綱，高潮或插科打諢處及韻文的套語等，見同註❼引書，頁六五。

⓫ 本書英文版原由哥倫比亞大學出版（一九七八），中文版則由聯經出版事業公司（一九七九），英文原題爲 *Traditiomal Chinese Stories : Themes and Variations*，中文版書名爲《中國傳統短篇小說選

集》。

⓬ 見《中國小史略》（啓業書局），頁一三二。

⓭ 見胡萬川〈從馮夢龍編輯舊作的態度談所謂宋代話本〉，刊於《古典文學》第二集（學生書局），引文見頁三六二，又胡先生的碩士論文《馮夢龍生平及其對小說之貢獻》第三章第一節也討論了這個問題。

⓮ 同前註引書，頁三八一～三八二。

⓯ 見《宋代話本研究》，頁一二九。

⓰ 同註❽引書，頁二六。

⓱ 這五種平話刊本日本東京內閣文庫各藏有一部，臺北國立中央圖書館也各有一部，民國五十九年合編出版。

⓲ 孫楷第《中國通俗小說書目》卷一〈宋元部〉據日本毛利家藏書目著錄《吳越春秋連像平話》，胡士瑩認爲「從書的題名看來，疑亦是建安虞氏所刻的一種」。見《話本小說概論》，頁七〇八。

⓳ 見《中國小說史集稿》（時報出版公司），頁四七。

⓴ 同前引書，頁四八～四九。

㉑ 同註⓯引書，頁一二六。

㉒ 馮夢龍語，見《古今小說・序》。

㉓ 見《馮夢龍生平及其對小說之貢獻》，頁一〇八。

㉔ 《三言》爲馮氏在《醒世恆言》序中所稱。

㉕ 見〈《古今小說》中某些故事的作者問題〉，陳淑英譯，收入《韓南中國古典小說論集》，頁六二。

㉖ 本文原載民國四十八年《新生日報・讀書週刊》，後收入氏著《景午叢編》（中華書局）下集〈燕臺述學〉中。

㉗ 見同註㉓引書，頁八一～八二；其所列證據前者爲馮氏的〈三報恩傳奇序〉中「余向作老門生小說」之語，後者有眉批「此回書原爲破巫覡之惑而作」，相當可信。

㉘ 韓南教授認爲《古今小說》中許多故事的來源以及作者運用它們的方式都顯示了相當程度的一致性。我們因而可以推知：這些數量可觀的故事，只可能由一位作者撰寫而成。見同註㉕引書，頁五〇。如果馮夢龍是《三言》中所有晚期小說的撰寫者，他便可能是文人創作擬話本的第一人，因爲《六十家小說》以及熊龍峰所刊小說四種中的明代作品，可能還只是說書話本的寫本，而不是文人的創作。

㉙ 本文原載《小說月報》卷二二，引文在（第八號）頁一〇六六。

㉚ 參見胡士瑩《話本小說概論》第十三章對明代話本的敍錄。

㉛ 以上所提到的清話本中，《醉醒石》、《鼓掌絕塵》、《人中畫》、《無聲戲》、《西湖佳話》、《警悟鐘》、《照世杯》、《豆棚閒話》都有天一書局出版的影印本，由政大古典小說研究中心主編，收入《明清善本小說叢刊》初編的第一輯。其中《豆棚閒話》有康熙年間的寫刻本，但最早的刊本爲乾隆四十六年的書業堂刊本，天一書局所採的是嘉慶三年寶寧堂刊本。

㉜ 同註㉙引書，頁一〇七七。

㉝ 同註❷引書，頁六三九。

㉞ Patrick Hanan: *The Nature of Ling Meng-chu's Fiction*, in *Chinese Narrative* ed. Andren Plake (Princeton:Princeton UP.)，轉引自王德威〈「說話」與中國白話小說敍事模式的關係〉，收入《從劉鶚到王禎和》（時報文化出版公司），頁二六。

㉟ 魯迅語，見同註⓬引書，頁二一三。

㊱ 見《聯合書院學報》第二期，頁二九。

㊲ 見孫楷第〈三言二拍源流考〉（《國立北平圖書館刊》五卷二期），孫氏謂泰昌刻馮增補《平妖傳》有天許齋批點，張無咎序《平妖傳》謂傳於泰昌改元之年，《古今小說》亦爲天許齋刊，則書成當在泰昌天啓之際。胡萬川先生推斷約在泰昌元年與天啓四年（《通言》刊行之年）之間，見〈馮夢龍所編話本小說《三言》的版本與流傳〉（《中華文化復興月刊》九卷六期）。

㊳ 明亡，馮氏感慨國是，有《甲申記事》之作，次年，又編《中興偉略》，謝國楨《晚明史籍考》卷十云：「中興偉略者，爲南北變故而輯也。」馮氏之死，胡萬川氏說：「謂之憂國而亡則大抵無差。」詳《馮夢龍生平及其對小說之貢獻》，頁一四～一六。

㊴ 《萬曆十五年》（食貨出版社），頁二五四。

㊵ 《明代史》（《中華叢書》），頁二七五。

㊶ 同註㊴引書，頁八二。

㊷ 淩氏在《二刻拍案驚奇・小引》中提到他在丁卯之秋「偶戲取古今所聞一二奇局可紀者，演而成說……鈔撮成編，得四十種」，可見他編成《拍案驚奇》是在丁卯年，即天啓七年。

㊸ 見《二刻拍案驚奇・序》。

㊹ 載《中華文化復興月刊》十八卷三期。

㊺ 見〈《金瓶梅》的著作時代及其社會背景〉，原載《文學季刊》創刊號，收入魏子雲《金瓶梅的問世與演變》（時報出版公司）。

㊻ 見鄭振鐸〈談金瓶梅詞話〉，原載《文學》創刊號，收入魏氏前引書附錄二。

㊼ 見魏氏前引書，頁四一～四八。

㊽ 見《中國文學理論》（聯經出版公司），杜國清譯，頁一五八。

㊾ 見《萬曆十五年》第七章〈李贄——自相衝突的哲學家〉。

㊿ 《焚書》卷三〈童心說〉。

(51) 提出這種理論的多爲大陸學者，關於明清資本主義萌芽問題，大陸已出版了《中國資本主義萌芽問題討論集》正續編（三聯書店），《明清資本主義萌芽研究論文集》上下（臺灣谷風出版社一九八七年出版）等。

(52) 見劉永成〈論中國資本主義萌芽的歷史前提〉，收入《明清資本主義萌芽研究論文集》，引文見頁一。

(53) 葉朗〈葉晝評點《水滸傳》考證〉一文，認爲容與堂本《水滸傳》的評點者是葉晝，但並無直接證據，今仍依舊說。該文附錄在氏著《中國小說美學》一書。

第二章 外緣考證

第一節 版本考

我國傳統文人之卑視小說是衆所周知的事，文言的筆記、傳奇小說，還被承認具有「寓勸戒、廣見聞、資考證」的效用❶，大多數的白話通俗小說則被斥爲邪淫，直要去之而後快。同治七年江蘇巡撫丁日昌查禁淫詞小說，《水滸傳》、《紅樓夢》、《今古奇觀》等今日視爲一流小說的長短篇作品都在列❷；蘇郡設局收燬淫書目單，除《紅樓》、《水滸》等書外，《石點頭》也在禁燬之列❸。通俗小說既有隨時遭到禁燬的危機，書商刻印這些書純爲商業着眼，自不會太過講究，柳存仁先生研究明清通俗小說的版本，曾歸結說：

> 精印本，大字，紙佳墨細，好到幾乎和經史典籍那樣令人嘖嘖稱歎的在小說中實佔絕少數。多數的版本——也就是我們研究的主要對象，實在是粗劣的居多。❹

由於時代已較晚，加上版本粗劣，明清的藏書家往往忽視其存在，注意到通俗小說的版本已經是晚近的事。

對於《石點頭》的著錄，以孫楷第《中國通俗小說書目》，鄭振鐸〈明清二代的平話集〉，李田意〈日本所見中國短篇小說略記〉最重要。現在根據這三種文獻，輔以其他資料，考訂其版本如下：

一、葉敬池刊本

這是《石點頭》最早的刊本，孫、鄭、李三家都有著錄，其中又以李田意氏的敍錄最詳，茲鈔錄如下：

> 《石點頭》（十四卷十四篇），京都大學人文科學研究所圖書館，明金閶葉敬池精刊本。此書我國孔德圖書館曾藏有一部，鄭振鐸氏亦有一部，有圖與題詞十四葉：每葉前半葉為一圓圖，頗精，後半葉為題詞。封面上端欄外橫題「繡像傳奇」，右題「墨憨齋評」，中題「石點頭」，左題「金閶葉敬池梓」。序末署「古吳龍子猶撰」。目次之首署「天然癡叟著」，「墨憨主人評」。馮夢龍氏既評閱此書，又為此書作序，可見與作者關係的密切。正文半葉九行，行二十字。有眉評，當係馮氏的評語。板匡高一九·七公分，寬一三·一公分。按在現存的各種《石點頭》刊本中，葉敬池刊本最早的刊本，大概就是該書的原刊本。因為世上流傳的不多，故特記其大略如上，聽說日本九州日田淡窗圖書館還有一本，余尚未及見。❺

孫目的敍錄較爲簡約：

石點頭　十四卷

存　葉敬池梓本，圓圖十四頁。半葉九行，行二十字。有眉評。（北平市圖書館）（鄭振鐸）❻

兩家的敍錄完全符合，當是同時刊行的本子。按孫氏在《重訂通俗小說書目》序的附記上說：

舊孔德中學所藏書，聞淪陷後大部分歸北平市圖書館，一小部分歸國立北平圖書館。❼

那麼，李氏所謂「我國孔德圖書館有一部」，即是如今在北平市圖書館那一部。此外，日本《東京大學東洋文化研究所漢籍分類目錄》集部第六〈小說類〉一〈短篇小說之屬〉也收錄了這一部，但其中卷第八至第十一是補鈔的❽。如果李氏所說「日本九州日田淡窗圖書館還有一本」確實無誤，則目前所知「石點頭」的葉敬池刊本，至少有五部。

民國七十四年五月，國立政治大學古典小說研究中心主編《明清善本小說叢刊初編》所收，在目錄上也說是「葉敬池刊本」❾，但其行款與孫、李二氏的敍錄皆不合，可能有誤，說詳下。

二、帶月樓刊本

三、同人堂本

這兩本的行款相同，據孫目的敍錄，都是「無圖，半葉十一行，行二十二字」，而《明清善本小說叢刊初編》中的《石點頭》，其行款與之正合（見下頁附圖），必爲此二本之一。我在葉德輝《書林清話》卷五所列的明人私刻坊刻書中找不到帶月樓和同人堂，在柳存仁〈論明清中國通俗小說之版本〉「書鋪的分佈」這一小節中所列將近一百家明清刻書鋪中也找不到，只清初有「同文堂」。因此，這兩本的時代很難斷定，估存疑。

四、竹春堂刊本

此一刊本似有兩種，孫目之著錄爲「道光壬辰敍府竹春堂小字本」，又說「始標回數爲六卷十四回，不精」[10]。而孫殿起《販書偶記續編》所收爲「道光四年甲申竹春堂刊，凡十四回」[11]。道光壬辰爲十二年，與甲申年差了八年，孫氏所收或爲增刊本，前三本都稱卷，唯此本稱回。鄭氏也收了這本，但只標明「道光間敍州竹春堂刊本」[12]。

五、上海書局石印本

孫目所收，光緒乙未年刊，改題《醒世第二奇書》[13]。

六、排印本

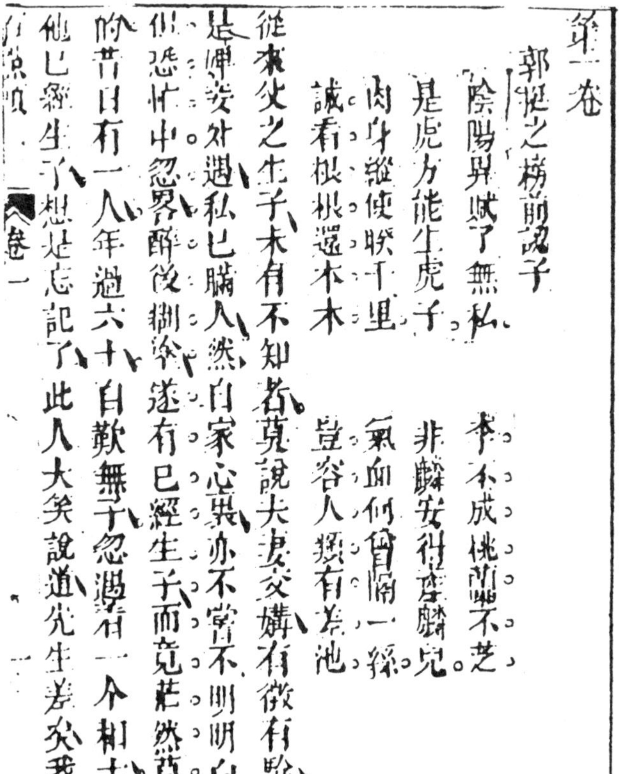

第一卷

郭挺之榜前認子

陰陽稟賦了無私。李不成桃偏不芝。
是虎方能生虎子。非麟安得產麟兒。
肉身縱使暌千里。氣血何曾隔一絲。
誠看根根還本木。豈容人類有差池。

從來父之生子，未有不知者。竟說夫妻交媾，有微有驗，就是婢妾外遇私已瞞人，然自家心裏，亦不當不明明白白。但慌忙中忽略，醉後糊塗，遂有已經生子，而竟茫然莫識的。昔日有一人，年過六十，自歎無子，忽遇着一个相士，相他已經生了，想是忘記了。此人大笑說道：先生差矣，我朝

石點頭　《卷一》　一

天一書局景帶月樓（或同人堂）刊本《石點頭》

1. 貝葉山房排印《中國文學珍本叢書》本
日本「東京大學東洋文化研究所漢籍分類目錄」收錄此本；謝巍〈馮夢龍著述考補〉一文「石點頭」項下，除著錄以上各本外，末附此本⓮。
2. 廣文書局排印本（《中國近代小說史料彙編》景民國初年排印本）
3. 上海雜誌公司排印本
4. 古典文學出版社排印本
5. 世界書局排印本
平裝本單行，精裝本與《西湖佳話》合刊。
6. 河洛圖書出版社排印本
與《醉醒石》合刊。
7. 文化圖書公司排印本
與《醉醒石》合刊。

以上七種版本中，後四種缺十一、十四兩卷內文，只有存目。又據戴不凡《小說識小錄》「平話版本」條載，清末石印《今古奇觀》有六續，其「三續」就是《石點頭》⓯，其版式及源流如何，不得而知，僅附誌於此，將來有機會再予以補充查證。

第二節　作者考

一、姓　名

各本《石點頭》都署名作者爲「天然癡叟」，卷首並有龍子猶的敍，龍子猶即是編撰《三言》的馮夢龍；目次之前又有「墨憨主人評」的字樣，墨憨主人也是馮夢龍⑯，然而「天然癡叟」究竟是誰呢？

馮氏在敍中說：

> 《石點頭》者，生公在虎丘說法故事也。……浪仙氏撰小說十四種，以此名篇。……

敍中既說明這十四種小說是「浪仙氏」撰的，則「天然癡叟」的本名當爲「浪仙」。盧前《飲虹簃所刻曲》第四輯有張瘦郎的《步雪初聲》，末附席浪仙曲三套（仙呂曲〈春遊〉、商調曲〈春閨〉、〈詠楊花〉）。《步雪初聲》也有龍子猶的序，序中說：

> 野青氏年少負雋才，所步《花間集》韻既已奪宋人之席，復染指南北調，感咏成帙，浪仙子從而和之，斯道其不孤矣！⑰

本集所附三套套曲，題目下註明作者爲席浪仙，馮氏稱作「浪仙子」，這和他在〈石點頭敍〉中稱天然癡叟爲「浪仙氏」如出一轍，馮夢龍當不會有第二位叫做「浪仙」的朋友，天然癡叟的原名應該就是「席浪仙」。

　但是，遍查明人傳記資料，並無「席浪仙」這一號人物。何況「浪仙」有可能只是字號而非本名，如唐詩人賈島號浪仙，又如撰《花影集》的曲家施紹莘，自號「峰泖浪仙」；此外，法國巴黎國家圖書館所藏《新鐫海烈婦百煉貞傳》作者署名「浪墨仙主人」，孫楷第認爲浪墨仙主人也是馮夢龍的別號之一⑱，那麼浪仙也可能只是席氏的字號。

　在明人的傳記資料中，姓席的人物並不多，《明史》卷一百九十七有席書、春、篆三兄弟，席書爲弘治三年（一四九〇）進士，距馮夢龍之生（一五七四）⑲八十四年，年代絕不相接。《明史》卷二百九十五有席上珍，是崇禎舉人，年代比較接近，但他是雲南姚安人，而馮氏除崇禎七年到十一年任壽寧知縣南下福建外，多半留在故居蘇州⑳；和席浪仙唱和的張瘦郎則爲石陽人（在今江西吉水縣東北），距雲南都很遠。後來上珍在孫可望攻陷雲南時殉國，死得十分悲壯㉑，可知他活動範圍大抵以雲南爲中心，和江南一帶文人交往的可能性不大。唯一的可能是透過當時讀書人的愛國組織「復社」，因爲馮氏與復社的關係是十分密切的㉒，但從陸世儀的〈復社紀略〉一文看來，復社雖涵蓋甚廣，卻不包括雲南㉓。總之，席上珍恐也不是石點頭的作者席浪仙。

　從現有的資料看來，天然癡叟就是席浪仙大致是可以肯定的，至於「浪仙」二字是不是原名則只有存疑了㉔。

二、時　代

席浪仙和馮夢龍有密切的關係（詳見第四小節），二人生存的年代或先後或同時，總在嘉靖中期到明亡這百年之間。《石點頭》前五卷所敍都是明代故事，其中提到年代最晚的是卷四〈瞿鳳奴情愆死蓋〉，文末有「嘉靖初年，孫漢儒學業將就，做一小傳以記，後來有人作幾句偈語懺悔」一段話。既然是「嘉靖初年」的記錄，後來又有人作偈，年代當更晚。本卷故事的來源不可考，或是作者從聽來的故事改寫，總之席浪仙當是嘉靖之後的人。

三、籍里

替《石點頭》作敍的馮夢龍是蘇州人㉕，席浪仙所唱和的張瘦郎是石陽（江西）人，那麼席氏是那裏人呢？

龍子猶的〈步雪初聲序〉中有一段對張瘦郎作品讚賞的話：

> 夫楚人素不辨冰青，得此開山，尤為可幸。白雪故郢調，今其再振於黃乎！

張瘦郎是石陽人，《步雪初聲》的首頁寫得明白，何以序中有「楚人」、「郢調」的字眼，又說「今其再振於黃乎」？黃當指黃州府，屬今湖北省，轄黃岡等七縣，任訥《曲諧》卷四「南詞之弊」條據此直稱瘦郎、浪仙「遠起郢楚」㉖。張既不是楚人，席也可能不是楚人，但有一點可以確定的是：席張以曲唱和，瘦郎撰《步雪初聲》時，兩人當在黃州（屬湖廣布政使司，離南直隸不遠）。

這是有關席浪仙行止唯一的一條直接資料。再從《石點頭》前五卷明代故事的主要發生地點看：

卷一：南直隸廬州府、廣東韶州府。

卷二：南直隸揚州府江都縣。

卷三：北直隸文安縣。

卷四：浙江嘉興府秀水縣王江涇。

卷五：南直隸揚州府江都縣。

卷一對廬州合肥縣、韶州樂昌縣地理風俗的描寫都很虛泛；卷二對揚州的敍述較詳細，提到揚州水患、鹽商的情形；卷三敍述京城近郊里役的情形非常細膩，似爲親身經歷；卷四對於嘉興府王江涇蠶桑業以及鎭上景況也有細緻的描述；卷五的主角是廣西舉人，但故事主要發生在揚州，作者寫桂林都用虛筆帶過，寫揚州江都卻鉅細靡遺，尤其是瓊花觀內一花一石一草一木，若非親到，應該是寫不出來的。

五卷中，三卷故事發生在南直隸，更有兩卷在同一縣分，可能是巧合，但也可能別具意義，此外，嘉興府也在南直隸和浙江的交界處。換句話說，除卷三外，其他四卷都和南直隸有地緣關係。

《石點頭》的原刊本是在蘇州刊印的，又是蘇州人作的敍，席浪仙和蘇州應該也有必然的關係，而蘇州府也在南直隸境內。

從以上有限的資料推測，席浪仙可能是南京布政使司（即南直隸）人，但南京太大（約含

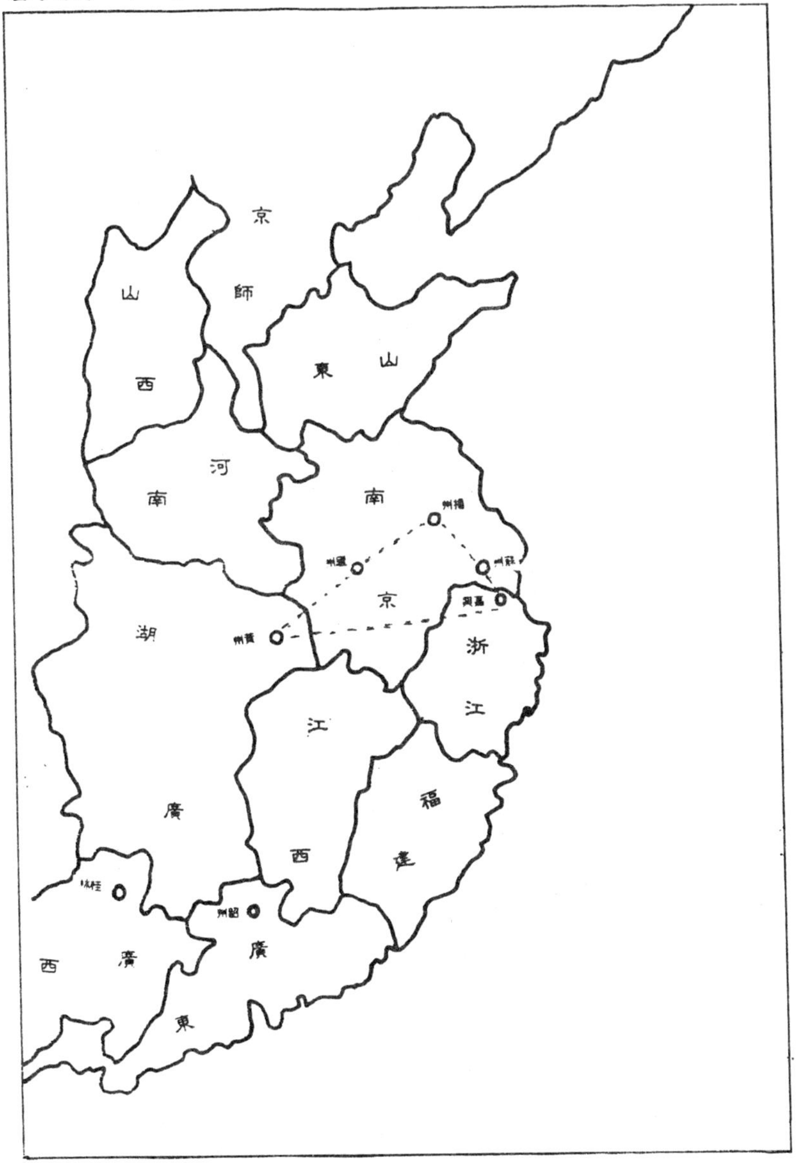

《石點頭》及其作者相關地區顯示圖㉗

今江蘇、安徽二省），再縮小範圍應是江蘇人最有可能。

至於京師（北直隸）近郊的情形，作者似乎也很熟悉，再看《石點頭》一書對科舉的詳細刻劃，作者該也是科場中人，京師也應是住過的。

如上頁附圖所示，作者的活動範圍可大致了解，尤其揚州、蘇州、嘉興沿運河所成的一線、與浪仙之關係最爲密切。

四、和馮夢龍的關係

從〈石點頭敍〉和〈步雪初聲序〉這兩篇文字看來，馮夢龍、張瘦郎、席浪仙三個人是有過密切交往的。其中馮、席二人關係尤其特別，可以從下列幾點加以說明：

1. 馮氏在敍中稱席氏爲「浪仙氏」或「浪仙子」，沒有相當的交情，是不會做這樣親切的稱呼的。
2. 《石點頭》的原刊本是葉敬池刊印的，鄭振鐸說：「葉敬池與馮氏的關係是不很淺的，他曾爲馮氏刊印《醒世恆言》，又曾請馮氏改編《列國志》及《兩漢演義》。」[28]《石點頭》之出於葉敬池的梓行，當然可見這部書與馮氏是有相當的關係的。
3. 《石點頭》有「墨憨齋評」，又有「古吳龍子猶」的敍，李田意說：「馮夢龍既評閱此書，又爲此書作序，可見與作者關係的密切。」[29]
4. 馮夢龍編有一部《情史》[30]，是馮氏編撰《三言》的主要故事來源之一，而這本書也被大量引用於《石點頭》中（詳見第三章的考證和討論），幾乎達八成以上的《石點頭》故事都和《情史》有關，席浪仙必讀過該書，席、馮二氏的關係也可從這一點見出端倪。

五、散曲藝術

《步雪初聲》所附席浪仙的三套套數，題目分別是〈春遊〉、〈春閨〉、〈詠楊花〉，其中只有〈春遊〉一套可以略見作者的襟懷，如其中的〈解三酲〉：

隔前村那畫巒屏障，愛殺我草舍茅堂，你看牧童牛背隨偃仰，愁不斷，踏春陽，聽飛泉百道竹裏篁，恨只恨東風綻錦房，心如漾，問飄零去了多少年光？

曲中所表現的並不是閒適的心情，却似在懊悔年光虛度，難道正如作者在〈盧夢仙江上尋妻〉的開場詩中說的：〈科第從來誤後生〉，曾在科場中誤過青春？

前文推測浪仙是江蘇人，證據也許不夠，但從曲風上看，他爲南方人大約是可以肯定的。試看〈詠楊花〉中的〈集賢賓〉：

天涯芳草歸路迷，撲簾晴雪紛飛，硯上殘英環更起，似流連寂寞香閨，飄搖樹底，耐不得顛狂滋味，纔午睡，怕游絲浪生繁蔙。

「前腔」：

> 濛濛如雪封滿堤，霎時白染山蹊，打碎香毬和露洗，儘空條雨過鶯啼；輕扶淺醉，正點點殘陽斜墜，無氣力，困煞人望眼愁眉。

纖弱華美，絕無亢爽激越的元曲風味；音調諧婉，很明顯是崑腔後的產物，為沈璟梁辰魚的效仿者。

前引馮夢龍為《步雪初聲》撰的序，似對張、席之作頗為嘉許，這是因為馮作的風格也是如此，任訥說：「龍乃明末梁派之中堅。」[31]馮氏曾在所撰《太霞新奏》中推崇沈璟為「詞家開山祖師」[32]。

任訥對於馮氏的曲作尚許之以「輕俊」[33]，對張瘦郎、席浪仙的作品就沒這麼客氣了，《曲諧》卷四「南詞之弊」條說：

> 近見明末石陽張瘦郎野青散曲一卷，末附席浪仙曲三套。……按其文字，則「江東白苧」之末流，意境迂拘，音響揉雜，硜硜於字句之煊染；又祇有零脂剩粉，敷衍堆嵌，拆碎固不成片段，拼合亦難象樓臺。[34]

張、席之作，確有粉飾堆砌之弊，這乃是文學潮流所限。曲的生命已到盡頭，席浪仙等人生長在這樣的時代而有這樣的作品，其實是不必過於深責的。羅錦堂〈論《飲虹簃所刻曲》〉一文似同意馮夢龍〈步雪初聲序〉中對張、席二氏的讚譽，他說：

> 關於步雪初聲的優劣，我以為馮夢龍說得最為詳盡，所以不再打算多費脣墨。

又舉出張瘦郎〈多情悔〉中的〈烏夜啼〉爲例：

> 從今後，再不去和他相訊，再不要和俺干涉，把這場舊事兒做口舌。何須問起那多枝葉。俺安排凝著眉睫，與你分別。細細的將心腸兩下好相謝，心腸兩下好相謝。可憐我春光依舊情如鐵，哭得我好無休歇，把羅帕染成啼血。則索向畫堂南畔，待與天訣。

認爲：

> 把女孩子戀愛的矛盾心理，寫得非常真摯而透徹，若不是文學修養很深的人，自然不易臻此。[35]

席浪仙的散曲固然有任訥所說的毛病，但却也不能否認作者有很高的文學修養，如前舉的〈解三酲〉以及兩首〈集賢賓〉，寫得細緻婉轉，格調頗爲高雅，不是庸手所能爲的。

第三節　史實與史料考證

巴爾札克曾說：「一部小說總是一部小說，決不應聽命於歷史的嚴格要求，因爲人不會到這裏尋找過去的歷史的。」[36]即使歷史小說也還是小說，並不等於歷史，何況《石點頭》並非歷史小說，爲它做史實的考證是否多此一舉呢？

一般都認爲話本小說源於說話，是從口頭文學逐漸轉變到用文字記錄的小說來，似乎和變文的關係較爲密切。其實，唐代的傳奇文除了大量成爲說話的材料之外，在形式上對話本小說也是多所影響的。趙彥衛說《幽怪錄》、《傳奇》等，文備衆體，「可以見史才、詩筆、議論」[37]，然而仔細考察衆多的唐代傳奇，未必篇篇都具備了這三個條件，反而是後來的話本和擬話本，不但有詩有評，更常牽合史事，別具慧見，傳奇和話本之間的血脈是不容切斷的。

絕大多數的話本故事會說明時代背景，主要人物的姓字籍里也宛然分明，似乎想讓觀衆或讀者相信眞有其事，以便達到聳人聽聞，或勸誡諷諭的效果。在這種情況下，讀者該抱持何種態度？

小說的情節總是虛構的多，不虛構不能成其爲小說，但虛構並非說謊，虛構必須逼近眞實才能引動讀者。換句話說，小說中必須具有眞實的成分，才能使虛構的部分顯得眞實。這些眞實的成分，有些可能成爲珍貴的史料，可以彌補正史的不足，因爲在正史中，無法見到百姓生活的眞實面貌。小說深刻表現出人們的痛苦和希望，話本小說所表現的更是逼近於眞實的狀況，因為它是為一般人而寫的。狄德羅在〈理查生贊〉一文中說：「我敢說最眞實的歷史是滿紙謊言，而你的小說却字字眞實；歷史描寫幾個個人，你却描寫人類。」㊳藝術的眞實，是勝過歷史的眞實的；但是，若不加以察考，錯將謊言當眞實，那也是非常危險的。

本節考證《石點頭》的史實，目的是將小說虛構和眞實的部分予以釐清。考證的結果無論史事的眞假，都無損於小說的藝術價值；相反的，還可以從眞假的安排中，體會作者創作的苦心，就小說的研究而言，應該是有其必要的，而所獲得的史料，更是彌足珍貴。

一、卷一到卷五的史實與史料

卷一到卷五是明代故事，時代背景接近，有些史事可以互相參證，所以列入同一小節討論。

1. 卷一南直隸廬州府合肥縣郭氏父子榜前相認，父郭喬廷試時殿在二甲，子郭梓殿了探花，職授編修。可是查《明清歷科進士題名碑錄》㊴，明代歷科進士中並沒有郭姓探花，也沒有郭喬、郭梓其人。此外，賞拔郭喬的宗師秦鑑，郭喬的母舅王袞（樂昌知縣，後任御史）論出身可能都是進士，可是《題名碑錄》中也找不到。

父子在榜前相認，兒子又高中探花，這種事明人筆記不應不載。再看父子名「喬」「梓」，賞拔郭喬的宗師因為是陝西人，又能鑑拔人才，故名「秦鑑」，這三個名字顯然是虛構的。因此，我判斷本卷故事可能純粹是作者嚮壁虛造的。

卷中的主要故事情節無可查考，但有兩個細節值得討論：第一、郭喬鄉試連戰皆北，心灰意懶，想到廣東一遊，其妻說道：「但恐路遠，一時未能便歸。宗師要歲考，却教誰去？」郭喬說：「明日宗師點不到，任他除名罷了。」其妻又道：「不是這等說。你既出了門，我一個婦人家，兒子又小，倘有些門頭戶腦的事情，留著這秀才的名色搪搪，也還強似沒有。」郭喬道：「既是這等說，我明日動一個遊學的呈子在學中，便不妨了。」

這一大段中，提到歲考、除名、遊學，以及秀才的身分地位。《明史》卷六十九〈選舉志〉：「學官在任三歲，兩試諸生，先以六等試諸生優劣，謂之歲考。」至於點名不到要除名，外出要動遊學的呈子在學中，《明史·選舉志》和《明會典》卷七十七〈貢舉〉、卷七十八〈學校〉都沒有提到，作者在此處是不需作僞的，這些資料似可以當作史料看。又，秀才的地位史上也無明載，伯贊〈釋《儒林外史》中提到的科舉活動和官職名稱〉（《文史集林》五）一文中，根據《儒林外史》觀察清代秀才的情形可以參考，他說：「秀才之所以高人一等，就是因爲他有了接近官府的資格。秀才見知縣可以不跪，甚至可以與知縣分庭抗禮。」明清的科舉極類似，此處可以參看。

第二、郭梓的外公米天祿，「祇靠著一二十畝山田度日，不料連年荒旱，拖欠下許多錢糧。官府追比甚急……追比起來，老漢自是死了。女兒見事急，情願賣身救父」。米天祿只欠官府十六兩銀子，便要賣兒鬻女，有性命之憂，這是明代後期實情，並無誇大。明律：「若夏稅違限至八月終，秋糧違限至次年正月終不足者，其提調部糧官、吏典、分催里長、欠糧人戶，各以十分爲率，一分不足者杖六十，每一分，加一等。」（《明會典》卷一百六十四）明中葉後，田稅尤重，政府壓迫地方，地方便壓迫百姓，米天祿一二十畝山田連年荒欠，當然只有死路一條。若是普通人家，往往選擇逃亡一途。《正統實錄》卷一七五載，正統十四年，福建延平等府「千里一空，良民逃避，田地抛荒，租稅無征」，這些逃民「往往車載幼子，男女牽扶，瞽疾老羸採野菜，煮榆皮而食」（《正統實錄》卷六六），眞是悲慘極了。

再舉明人筆記一則爲證，陳繼儒《見聞錄》卷二引羅一峰〈與府縣言上中戶書〉說：

> 古之征者三，君子用其一，緩其二；今日有秋糧之征，有夏稅之征，有上中戶之征，用其五、用其六矣。欲民之不流離而去為盜也，難矣。……今所征人戶，賣屋者有矣，賣田者有矣，賣牛者有矣，賣子女者有矣，脫婦人之簪珥者有矣。敲扑之下，何求不足；寃號之聲，上徹於天。

2. 卷二是成化年間的故事，主角盧夢仙中了成化丁未科進士，但查《明清歷科進士題名碑錄》，明成化丁未科進士中並沒有盧夢仙。該科進士中姓盧的有盧亨、盧濬民，前者爲山東人，後者爲浙江人，而盧夢仙則是江蘇揚州江都縣人。再看該科進士中，屬揚州府的有仲棐和邵棠，一是高郵州寶應縣人，一是通州軍籍，也絕不會是盧夢仙，此卷故事所述恐非實事。

卷中盧夢仙丁未科中試，前一科甲辰科時落榜，這三年內因揚州一帶大水民饑，才有盧妻被賣的事，文中說：「水災之後，繼以蝗害疫癘，死者塡街塞巷，慘不可言。自大江以北，淮河以南，地上無根青草，樹上沒一片嫩皮。」按《明史》卷十四〈憲宗本紀〉二，成化二十一年四月有免南畿、山東被災稅糧的記載，揚州正在這範圍內；成化二十二、二十三年也都有免南畿稅糧的紀錄，合於文中所述的情形。

卷中又有關於科舉考試的一段話：「大抵鄉會試所重只在頭場，頭場中了試官之意，二三場就不濟也是中了。」明代科舉，鄉試會試都是三場，初場《四書》義三道、經義四道（《明會典》卷七十七〈科舉〉），比較不易發揮。盧夢仙頭場順利，所以自道：「這七篇文字從肥腸滿腦中流出，一個進士，穩穩拿在手裏了。」會試是在二月初九、十二、十五日考試，盧夢仙十二日二場考過，第三場考有關經、史、時務的策五道，所以十四夜有同年舉人來商議策題，說：「方今邊疆多事，錢糧虛耗。欲暫停馬市，又恐結怨夷人；欲復辟屯田，又恐反擾百姓。只此疑義，恐防明日要問，如何對答。」屯田是明初的善政，洪武年間用此解決了流民、墾荒、糧食、軍餉等問題，而「邊軍的屯田，宣德正統以來開始破壞，分駐各邊鎮的親王、太監、軍官等往往侵佔軍士的屯田，役使軍丁替他們耕種，而經營屯糧的官吏，不問屯田有無，只管逼征屯軍的額糧，軍丁不堪剝削和虐待，相繼逃亡」[40]，當時在屯田問題上正派官吏和宦官邪派之間展開鬥爭，見《明史》卷一七〇〈于謙傳〉、卷一七二〈羅亨信傳〉。所謂「邊疆多事」，當指小王子（韃靼領袖達延汗）的騷擾，〈憲宗本紀〉成化二十一年「是冬，小王子犯蘭州莊浪鎮番涼州」。至於「馬市」，永樂三年始立遼東開原廣寧馬市（《明會典》卷一百五十三〈馬政〉四「收買」），後來因為馬價問題釀成「土木之變」（《明史》卷八十一〈食貨志〉），成化十四年「陳鉞撫遼東，復開三衛馬市，通事劉海姚安肆侵牟，朶顏諸部懷怨，擾廣寧，不復來市」（同上），然而事實上馬市問題在成化年間還不嚴重，嘉靖以後才多有擾亂之事發生，作者生當晚明，可能在寫作時信手拈來，不免略有抵牾（詳見《明史》同卷俺答入寇事）。

結果，盧夢仙夢見第三場策題「不問屯田馬市，却是問鹽場俱在揚州，鹽客多在江西，移鹽場分散江西，鹽從何出？移鹽客盡居揚州，法無所統」，這場夢使盧夢仙錯過三場，才會在甲辰科落榜。所夢見的內容只是爲後文尋妻做伏筆，盧妻所嫁正是江西鹽客，他們到揚州盤賬時與夢仙相遇。至於鹽場在揚州，鹽客在江西，從《明史》卷八十〈食貨志〉、《明會典》卷五五〈食貨〉三、《明會典》卷三十二〈鹽法〉察看，揚州固多鹽場，鹽客多在江西則未必，張瀚《松窗夢語》卷四〈商賈記〉載，浙江的富厚者「多以鹽起家」；而徽商在鹽業方面，更是活躍，董應舉在天啓年間於揚州整理鹽法，加以阻撓的是徽商吳道勛[41]而不是江西鹽客。

3. 卷三的故事正史上有記載，主角王原是文安縣人，時間在正德年間（《明史》卷二百九十七）。小說增加了許多內容，特別是開首一大段對於里役的描寫最有價值，是研究明代賦役的珍貴資料，治明史者實不應錯過。

明初建立魚鱗册和黃册兩套登記制度，魯鱗册可稱爲地籍册，黃册可稱爲戶籍册，前者以田圻爲單位，後者以戶爲單位，《明史》卷七七〈食貨志〉：「魚鱗册爲經，土田之訟質焉；黃册爲緯，賦役之法定焉。」陸世儀的《論魚鱗圖册》說：「一曰黃册，以人戶爲母，以田爲子，凡定傜役，征賦稅則用之。」[42]總之賦役大抵以黃册爲準。關於黃册的編造，《續文獻通考》卷十三有較詳細的記載：

> 洪武十四年正月，命天下郡縣編賦役黃册。其法以一百一十戶為里，一里之中，推丁糧多者十人為之長，餘百戶為十甲，甲凡十人，歲役里長一人，甲首十人董其事。城中曰

坊，近城曰廂，鄉都曰里。先後各以丁糧多寡為次。每里編為一册，册之首，總為一圖。其里中鰥寡孤獨，不任役者，附十甲後為畸零。每十年有司更定其册，以丁糧增減而升降之。

這個方法本來是很好的，可以達到賦役公平的目的。就其中里甲之役來說，富厚之家輪流應役，也是回饋桑梓的意思。小說關於這點說道：

要知里甲一役，立法之初，原要推擇老成富厚人戶充當，以為一鄉表率，替國家催辦錢糧。鄉里敬重，遵依輸納，不敢後期。官府也優目委任，並不用差役下鄉騷擾。或有事到於公庭，必降顏傾聽。即有差誤處，亦不過正言戒諭。為此百姓不苦於里役，官府不難於催科。

然而，明中葉後，貴族，豪強兼併土地，稅田總額大量削減，但從《明會典》卷二四〈稅糧〉的紀錄看，稅糧却沒有多大變化。李光璧《明朝史略》第三章，比較洪武二十六年和弘治十五年的稅田和稅糧，發現稅田減少近半，而稅糧幾乎沒有減少㊸，這必然是官員按照舊額，要里甲納賠。如果遇到強梗的里長，倒楣的便是農民，若里長懦弱，只有自己承擔，最後只有落得家私蕩盡，或是逃亡一途，本卷故事王原的父親王珣就是個老實人，最後只有選擇逃亡。小說中的描述，比史書所載，更爲寫實：

王珣因有這幾畝薄產，報充了里役，民間從來喚做累窮病。何以謂之累窮病？假如常年管辦本甲錢糧，甲內或有板荒田地，逃亡人丁，或有絕戶，產去糧存，俱要里長賠補，這常流苦尚可支持。若輪到見年，地方中或遇失火失盜，人命干連，開濬盤剝，做夫當夜，事件多端，不勝數計，俱要煩累見年。然而一時風水緊急，事過即休，這也只算做零星苦，還不打緊。惟挨着經催年分，便是神仙，也要皺眉。這經催乃是催辦十甲錢糧，若十甲拖欠不完，責比經催，或存一甲未完，也還責比經催。其間有那奸猾鄉霸，自己經催年分，逞凶肆惡，追逼各甲，依限輸納。及至別人經催，卻恃凶不完，連累比限。一年不完，累比一年，一月不完，累比一月。輕則祇於杖責，重則加以枷杻。若或功令森嚴，上官督責，有司參罰，那時三日一比，或鎖押，惟監追，分毫不完，卻也不放。還有管糧衙官，要饋常例，縣總糧書，歇家小甲，押差人等，各有舊規。催徵牌票雪片交加，差人個個如狼似虎。莫說鷄犬不留，那怕你賣男鬻女，總是有田產的人，少不得直弄得燈盡油乾，依舊做逍遙百姓，所以喚做累窮病。

王珣擔任里長已是不堪，經催要催辦十甲錢糧，王珣自難勝任。我們再看小說中令人痛心的描述：

那知王珣造化低，其年正逢年歲少收。各甲里長，一來道他樸實可欺；二來借口荒歉。不但糧米告求蠲免，連傜役丁銀等項也希圖拖賴，俱不肯上納。官府只將經催嚴比，那糧官書役，催徵差人，都認王珣是可擾之家，各色常例東道，無不勒詐雙倍。況兼王珣生來未吃刑杖，不免雇人代比，要錢若干，皂隸行杖錢若干。徵比不多幾限，總計各項使用，已去了一大注銀錢。王珣思算，這經催不知比到何時方才完結，怎得許多銀錢雇替。事到其間，也惜不得生命了，且自去比幾限，再作區處。心中雖如此躊躇，還癡心望衆人或者良心發現，肯完也未可知。誰想都是鐵打的心腸，任你責比，毫不動念。可憐別人享了田產之利，卻害無辜人將父娘皮肉，去捱那三寸濶半寸厚七八斤重的毛竹片，豈不罪過！王珣打了幾限，熬不得痛苦，仍舊雇人代比。前限才過，後限又至。囊中幾兩本錢用盡，只得典當衣飾。衣飾盡了，沒處出豁，未免變賣田產。費了若干錢財，這錢糧還不及五分。

王珣無奈，只好逃亡。這種現象在明代是常見的，《明史》卷七八〈食貨志〉所載「諭德顧鼎臣條上錢糧積弊四事」中的第二件便是催徵歲辦錢糧之弊，與本卷所述大致相同，可做爲本卷故事的佐證：

成弘以前，里甲催徵，糧戶上納，糧長收解，州縣監收。糧長不敢多收斛面，糧戶不敢攙雜水穀糠粃兌糧，官軍不敢阻難多索，公私兩便。近者有司不復比較經催里甲負糧人戶，但立限敲扑糧長，令下鄉追徵。豪强者則大斛倍收，多方索取，所至鷄犬為空。孱弱者為勢豪所凌，躭延欺賴，不免變產補納。至或舊役侵欠，責償新僉，一人逋負，株連親屬。無辜之民，死於箠楚囹圄者，幾數百人。

王珣敢逃走，也有他自己的打算。一來其子王原「未到十六歲成丁，一應差傜具免」，二來舊例「若里長逃避，即拘甲首代役」。《明史》同卷：「民始生籍其名曰不成丁，年十六曰成丁；成丁而役，六十而免。」王原既不成丁，家中無丁，便算脫役，家道反而好轉起來。

過了兩日，果然差人來拘。張氏說起丈夫受比不過，遠避的緣故，袖中摸出個紙包遞與，說：「些小酒錢送你當茶，有事只消去尋甲首，此後免勞下顧。這原是舊例，不是我家杜撰。你若不去，也弗干我事。」差人不見男子，女人出頭，又且會說會話，奈何他不得，只得自去回官。官府喚鄰舍來問，知道王珣果真在逃，即拿甲下人戶頂當，自此遂脫了這役。親戚們聞得王珣遠出，都來問慰。張氏雖傷離別，卻是辛勤，日夜紡織不停。又雇人及時耕種，這幾畝田地，到盤運起好些錢財。

明律對於逃亡者返回原籍，只要從實另報入册，是不予責罰的（見《明會典》卷十九〈逃戶〉）。既不會連累家人，又不用擔心責罰，所以王珣心情反而輕鬆，文中所說：「況避役不比逃罪，怕官府追捕，為此一路從容慢行。看不了山光水色，聽不盡漁唱樵歌，甚覺心胸開爽，目曠神怡。」亦合於實際的情形。

4. 卷四有一段關於明代絲織業的史料：

嘉興府去城三十里外，有個村鎮，喚做王江涇，這地方北通蘇、松、常、鎮，南通杭、紹、金、衢、寧、臺、溫、處，西南卽福建、兩廣，南北往來，無有不從此經過。近鎮村坊都種桑養蠶，織紬為業，四方商賈俱至此收貨，所以鎮上做買賣的挨擠不開，十分熱鬧。鎮南小港去處，有一人姓瞿號濱吾，原在絲紬機戶中經濟，做起千金家事，一向販紬走汴梁生理。

童書業《中國手工業商業發展史》第七篇〈明代的手工業與商業〉，引用這一段時，認爲：

這段史料證明當時江南市鎮上有販賣本地絲織品到遠方去的商人，遠方商人也到市鎮上來收貨，此外更可證明當時江南絲織業市鎮的普遍興起。[44]

小說中絲綢的綢都做「紬」，事實上紬才是正字，今作綢爲俗寫。文中說瞿濱吾在絲紬機戶中經濟，做起千金家事，事實上即使一般機戶在當時要成就千金之富也不困難，沈德符《野獲篇》卷二八：

（蘇州藩氏）起家機戶織手，至名守謙者始大富，至百萬。

《醒世恆言》卷十八〈施潤澤灘闕遇友〉載：

有了這銀子，再添上一張機，一月出得多少紬，有許多利息。……積上一年，共該若干，到來年再添上一張。……算到十年之外，便有千金之富。

何況瞿濱吾做的是販紬生意，更易致富。

嘉興府在太湖流域，蠶桑業發達，王江涇在秀水縣，是當時絲織業極盛的小鎮，萬曆《秀水縣志》卷一〈輿地〉載：

王江涇在縣北三十里，……俗最刁頑。多織紬，收絲縞之利，居者可七千餘家。……濮院鎮……商旅輻輳，與王江涇相亞。

這條資料可與小說所載相印證。

本卷故事也可做爲研究中國婦女生活史的參考，明代社會之淫亂是衆所皆知的事。然而它却又是最重視婦女貞節的時代，《中國婦女生活史》第七章〈元明的婦女生活〉說：

《二十四史》中的婦女，連〈列女傳〉及其他傳中附及，《元史》以上，沒有及六十人的。……《元史》是宋濂他們修的，明朝人提倡貞節，所以搜羅的節烈較多，一方面他們的實錄與志書，又多多記載這些女人節烈的事，所以到清朝人修《明史》時，所發現的節烈傳記，竟「不下萬餘人」，卽掇其尤者，也還有三百零八人，所以才說「視前史

殆將倍之」。㊺

淫亂的社會與提倡貞節似乎相矛盾，但如果從男性本位的觀點來看，則其理可通。一方面用貞節觀念來約束女性的行爲，一方面又視女性爲玩物恣其放蕩。本卷故事中張監生娶鳳奴爲妾，鳳奴死不相從，張監生道：「我娶妾不過要消遣作樂，像這個光景，要他何用。」而鳳奴先被誘失身，便要爲登徒子孫三守節，與清代袁枚之妹素文事相類，不禁令人爲舊時女性的無奈遭遇一歎。

5. 卷五的故事見《粵西叢載》所引《談林》，只說「廣西莫舉人會試過江都，一宦家有女及笄，往神廟燒香，莫隨行至廟。……後數年登進士，授江都鄰縣尹，……後官至方面，二子俱登仕籍」，既沒有年代，資料也很粗略，小說卻有很完整的補充：

(1)《談林》不記年代，本卷時代爲「國朝永樂年間」。

(2)《談林》中的莫舉人，只說是廣西人，佚其名；本卷補充爲「廣西桂林府臨桂縣，有一舉人，姓莫名可，表字誰何」。

(3)《談林》中的宦家，佚其姓字，本卷補充爲「姓楔斯，曾官員外郎。他祖上原是色目人，入籍江都」。

(4)《談林》中的神廟，本卷說是瓊花觀。

(5)《談林》說「授江都鄰縣尹」，本卷說「選了儀徵縣知縣」。

(6)《談林》載莫舉人「後官至方面，二子俱登仕籍」，本卷謂「直做到福建布政使……

二子……同榜少年進士，並做京官」。

但經考證發現，小說的補充全無根據。《明清歷科進士題名碑錄》永樂、宣德、正統、景泰諸科並無廣西籍的莫姓進士，「莫可字誰何」云云自是子虛烏有。《粵西叢載》卷九引管一德《文獻世家考》所載廣西籍親兄弟同科進士只有劉本劉策，蔣冕蔣昪，則小說謂莫可二子同榜進士也是虛構；又載世家中只有馬平有莫氏一系：

莫汝能（弘治舉人）——子莫大德（嘉靖舉人）——子莫抑（嘉靖進士）——子莫與齊（隆慶進士）。

《談林》所載的莫舉人後亦舉進士，從現有資料推測，極可能就是莫抑。《談林》謂莫舉人後官至方面，《世家考》在莫抑下註「副使」，《明會典》卷四〈官制〉三「外官」「各提刑按察司」設按察使一員、副使若干員，提刑按察使爲一省司法長官，亦可謂方面官，莫抑雖居副使職，約言之似亦說得通。

小說關於瓊花觀的記載：

這瓊花在觀內后土祠中，乃唐人所植。……那瓊花更無二種，惟有揚州獨出。至於宋末元初，忽然朽壞，自是此花世上遂絕。後人卻把八仙花補植其地，實非瓊花舊物。此觀本名蕃釐，只因瓊花著名，故此相傳就喚做瓊花觀。

這段話有其根據，並非妄言，宋周密《齊東野語》載：

> 揚州后土祠瓊花，天下無二本，絕類聚八仙，色微黃而有香。……淳熙中，壽皇亦嘗植南內，逾年，憔悴無花，仍送還之。其後宦者陳源，命園丁取孫枝移接聚八仙根上，遂活；然其香色則大減矣。今后土之花已新，而人間所有者，特當時接木，髣髴似之耳。

依此，則后土祠的瓊花是嫁接聚八仙而存活下來的，與小說的說法不同，小說當是根據鄭興裔的〈瓊花辯〉[46]：

> 瓊花天下無雙，昨因虜騎侵軼，或謂所存非舊，疑黃冠輩以聚八仙花種其處。

明胡應麟《少室山房筆叢》曾用一卷的篇幅（《丹鉛新錄》七）專論瓊花，文末引《七修類稿》謂：

> 據此，則瓊花植於唐，再榮於宋，又再榮於宋末；一揭於金，再枯於元，世遂無復種矣。

此說也和小說相合。但胡氏說：

> 蕃釐觀后土別名，漢〈郊祀詩〉：媼神蕃釐，此祠后土，故以為名。

而小說則謂「瓊花在觀內后土祠中」，似后土祠在蕃釐觀之內，兩說矛盾。依《明史》卷二百八十七，胡應麟為蘭谿人，屬金華府，在浙江中部，離揚州雖不算遠，但也有一段距離。胡氏是否到過瓊花觀不得而知，但細考《丹鉛新錄》卷七的內容，全是文獻考證，而《石點頭》本卷則有實地的敍述，例如：

> 莫誰何自覺倦怠，走到梓潼樓上去坐地。這瓊花觀雖有若干殿宇，其實真武乃治世福神，是個主殿，觀世音菩薩救人苦難，關聖帝君華夷共仰，這三處香火最盛。這梓潼只管得天下的文墨，三百六十行中惟有讀書人少，所以文昌座前，香煙也不見一些，甚是冷落。

從此推斷，當以小說的說法較近事實。

二、卷六到卷十四的史實考證

卷六以下的故事，包含唐宋二代。部分篇章（如卷九、卷十三）根據史事鋪寫，接近歷史小說；也有雖註明時代，但背景模糊，或史事混淆之作。作者生當明季，寫作時不免添雜明代觀念，本節的主要工作之一，就是釐清這些混雜的觀念。

6. 卷六是根據《夷堅丁志》寫成的，原作不註明時代，本卷因之，也不言時代。《夷堅志》洪邁所著，洪是南宋初年的人物㊲，因此這則故事不會早過南北宋之間。考故事發生地盬城縣在淮安府，正在宋、金交界之處，而主角吳公佐賭博贏錢後，「由是啓質肆，稱貸軍卒，不數年利入萬計」，則此時淮安必在邊境才會有許多軍卒，依此，這則故事當發生在宋室南渡之後。

本卷人物不見於《宋人傳記資料索引》，時代背景也很模糊，其中值得一提的，只有和吳公佐豪賭的尊哥是「鈐轄葛玥之子」，「鈐轄」是宋代才置的官職名，《宋史》卷一百六十七〈職官志〉七，有「總管鈐轄司」：

> 掌總治軍旅屯戍營房守禦之政令。……崇寧四年，蔡京奏京畿四輔置輔郡屏衛京師……以太中大夫以上知州。置副總管、鈐轄各一員，知州為總管。

《石點頭》直據原著之處自不會違背史實，但自行補充的部分則往往出問題。本卷吳公佐後經科貢「出爲雲南楚雄府南安州知州」，雲南在宋代還是西南夷，元代才建省，楚雄府更是明代所置。既採用原作（《夷堅志》）中宋代獨有的官銜（「鈐轄」），又出現明代才置的州府，作者也許想寫成明代故事，但擇汰不精，處理未免失當。

7. 卷七是根據《鶴林玉露》卷十四「玉山知舉」條改寫的，明朱希召所編的《宋歷科狀元錄》在淳熙十一年甲辰狀元條下曾引此文。「玉山知舉」中的汪玉山即宋紹興五年乙卯狀元汪應辰，原名汪洋，信州玉山人，學者稱玉山先生（《宋史》卷三百八十七），《石點頭》將他改爲汪藻起毫無根據。又說藻起是龍圖閣學士，似和饒州汪藻（《宋史》卷四百四十五）相亂；但他說汪所主持的「是科狀元，乃崑山衛涇」則又是正確的[48]。

這則故事可以看出宋代科考之弊，《石點頭》作者評論說：

> 可知宋朝關防尚寬，一個應舉秀才，與大座師兩相賓主，全無迴避。

便是指汪玉山和其友在簫寺會面，教他用三古字冒頭作弊的事。劉子健〈宋代考場弊端〉一文，歸納出八種宋代考場的弊端，本文可做為他所列：

(1) 考前預通人情關節和其他弊端，

(2) 在閱卷時舞弊，使糊名謄錄等防弊的辦法失效[49]

二條弊端的佐證。

8. 本卷除汪知舉外，其他人物都不可考。

卷八旨在諷刺貪官，寫得突梯滑稽；雖託言宋代，卻處處是明代社會的影子。主角吾愛陶是西和人氏，作者說：

> 這西河在古雍州界內，天文井鬼分野，本西羌地面。秦時屬臨洮，魏改為岷州，至宋又改名西和。

事實上魏所轄十三州中並無岷州，當時有西河郡在幷州，即今山西離石縣；隋代的西河郡在冀州，移到今山西汾陽縣，以後唐河東道、北宋河東路、元冀寧路汾州的西河都是此地，到明代即稱汾陽縣。作者此處，頗覺失考。

以下有關吾愛陶參加科考的情形，完全是明代實況：

> 吾愛陶破天荒做了此村（九家村）的開山秀才，不久補廩食糧。這地方去處沒甚麼科目，做了一個秀才，分明似狀元及第，好不放肆。在閭里間，兜攬公事，武斷鄉曲，理上取不得的財，他偏生要取，理上做不得的事，他偏生要做。合村大受其害，卻又無處訴苦。吾愛陶自傲文才，聯科及第，分明是甕中取鼈。那知他在西和便推為第一，若論關西各郡縣的高才，正不知有多多少少，卻又數他不着了。所以一連走過十數科，這領藍衫還辭他不得。這九家村中人，每逢吾愛陶鄉試入場之時，都到土谷祠、城隍廟、文昌帝君座前祝告，求他榜上無名。
>
> 吾愛陶不能得中，把這般英銳之氣，銷磨盡了，那時只把本分歲貢前程，也當春風一度。他自髫年入泮，直至五十之外，方才得貢。出了學門，府縣俱送旗匾，門庭好生熱鬧。

專稱府州縣學的生員爲秀才，是明代才開始的；生員中領有廩膳米的稱廩生，廩生依次升爲國子監學生稱歲貢，入國學後謂之監生，監生可經有司申舉參加會試以及廷試（以上皆見《明史》卷六十九〈選舉志〉一），所以吾愛陶得貢後便「帶了僕人，進京廷試」。此外，宋明二代的鄉試也有不同，雖然鄉試中式的都稱舉人，但宋代的舉人只是取得應舉省試資格，明代則不但取得會試資格，且可以任官，而且舉人也成爲頭銜，顧炎武《日知錄》卷十六「舉人」條云：

舉人者舉到之人……登科則除官，不復謂之舉人，而不第則須再舉，不若今人以舉人為一定之名也。

至於「藍衫」，俗作「濫衫」，原作「襴衫」，是南宋五種士大夫服制之一，《宋史》卷一百五十三〈輿服志〉五：

襴衫。以白細布為之，圓領大袖，下施橫襴為裳，腰間有辟積。進士及國子生、州縣生服之。

可知宋代的襴衫是白色的，且穿的人不限於州縣生。

《明會典》卷六十一「生員巾服」條：

洪武二十四年定。生員襴衫，用玉色布絹為之。

《明史》卷六十七〈輿服志〉三：

洪熙中帝問衣藍者何人？左右以監生對。帝曰：著青衣較好，乃易青圓領。

《正字通》：

明制生員襴衫，用藍絹裾袖，緣以青，謂有襴緣也。俗作襤衫，因色藍改為藍衫。

可見生員穿「藍衫」是明制。

吾愛陶中試後，「官荊湖路條例司監稅提舉」，「提舉衙門在荊州城外」。查《宋史．職官志》以及《宋會要輯本．職官》，提舉各司並無條例司。按《宋史》卷一百六十五〈職官志〉五：

初，熙寧二年，置制置條例司，立常平斂散法，遣諸路提舉官推行之。

但「監稅提舉」之名，不見於《宋史》〈職官志〉、〈食貨志〉各卷，似是作者杜撰。又，兩宋行政區中有荊湖南路、荊湖北路，荊湖北路治江陵，即明代的荊州，當時並無所謂「荊州城外」。

吾愛陶監管商稅，連討飯道人所討齋飯也要十碗抽一碗，其餘可想而知，這種現象除了和第三章「本事考」所引明徐樹丕《識小錄》所載類似外，《宋史》卷一百八十六〈食貨志〉下八也有類似記載：

然當是時（光寧二宗時），雖寬大之旨屢頒，關市之征迭放，而貪吏並緣，苛取百出。私立稅場，算及緡錢、斗米、束薪、菜茹之屬，擅用稽察措置，添置專欄收檢。虛市有稅，空舟有稅，以食米為酒米，以衣服為市帛，皆有稅。遇士夫行李則搜囊發篋，目以興販。甚者貧民貿易瑣細於村落，指為漏稅，輒加以罪。空身行旅，亦白取百金，方紆路避之，卽攔截叫呼；或有貨物，則抽分給賞，斷罪倍輸，倒囊而歸矣。聞者咨嗟，指為大小法場，與斯民相刃相劘，不啻讎敵，而其弊有不可勝言矣。

以下穿插兩段故事分別寫吾愛陶的貪和酷，第一段的受害者是「徽州姓汪的富商」，徽州多商賈，按明人解釋，皆歸結於地少人多，如歸有光《震川集》卷十三〈白菴程翁八十壽序〉：

> 今新安多大族，而其地在山谷之間，無平原曠野可為耕田，故雖士大夫之家，皆以畜賈遊於四方。

傅依淩認爲徽人開始從事商業活動當始於宋，惟其佔有重要地位則約在明代中葉前後[50]。「徽商」二字在明人著作中才經常出現，如張岱《陶庵夢憶》卷五「揚州清明」條：

> 是日，四方流寓及徽商西賈，曲中名妓，一切好事之徒，無不咸集。

《石點頭》寫前代故事常混入明代觀念，此又一例。

9. 卷九寫韋皐事，故事大綱根據《雲溪友議》，詳見第三章，其餘關於韋皐仕宦經歷依據新舊《唐書》（《新唐書》卷一百五十八、《舊唐書》列傳卷九十），所述史事大體不誤。唯卷末說：

> 韋皐在鎮二十一年，進爵為南康王，……川中人均感其恩惠，家家畫像，奉祀香火。

其實韋皐被封爲南康郡王是因爲貞元十三年大破土蕃，至於韋皐對四川的功過兩部《唐書》却有不同的看法，小說是根據《新唐書》：

> 皐沒，蜀人德之，見其遺像必拜；凡刻石著皐名者皆鑱其文，尊諱之。

《舊唐書》却說：

> 皐在蜀二十一年，重賦歛以事月進，卒致蜀土虛竭，時論非之。

二說之是非無從論定，但韋皐是貞元名臣，大有功於唐室，《新唐書》云云，當非無據。

10. 卷十前半寫王從事夫妻團圓是根據《夷堅志》，後半王從事升任縣令得復夫妻之仇則是作者虛構。

故事發生在南宋高宗紹興年間，但作者在寫到科舉方面的事時，依舊犯了誤用明制的錯誤，例如說王從事「幼年做了秀才，就貢入太學」。貢入太學雖也是宋制，《宋史》卷一百五十七〈選舉志〉載：

> 崇寧元年，宰臣請：「天下州縣並置學，州置教授二員，縣亦置小學。縣學生選考升諸州學。州學生每三年貢太學。」

但「初年做了秀才」，却是明代情形，「秀才」在宋代還只是通稱而非科舉的專稱。

其妻又稱：

> 我官人須不是低下之人，他是河南貢士，到此選官。

按宋代的「貢士」和清代通過會試有資格參加殿試的「貢士」不同。《清會典》：「會試中式曰貢士，殿試賜出身曰進士。」宋代的「貢士」是指貢入辟雍的府學生，《宋史》卷一百五十七〈選舉〉三：

> 開封始建府學，立貢士額凡五十。

貢士可以選官，《宋史》同卷：

> 異時內外學官闕，皆得在選。

所以本卷王從事「由貢士出身，初授湖州訓導，轉升今職（衢州教授）」，所任都是學官，合於實情。《明史・選舉志》中沒有貢士一詞，但《揚州府志・選舉》卷中明代有貢士，所任也都是學官爲多，與宋代類似。

此外，王妻被拐賣之地抱劍營，是杭州妓家叢集之處，《西湖遊覽志餘》卷十六載宋「湯賽師，居抱劍營……艷麗絕倫，慧而黠，巧吻，負色寡合，非俊豪不肯破顏」。此地到明代仍保留此稱呼。《西湖遊覽志》卷十三載：「鍾公橋，通上下抱劍營，本名寶劍營，錢王屯軍之所。」

11. 卷十一是根據《新唐書・列女傳》的一則小故事改寫的，原著雖無年代，但有「會畢師鐸亂」等字眼爲線索。畢師鐸事在《新唐書》卷二百二十四下〈高駢傳〉中，又《舊唐書》卷一百八十二亦附〈畢師鐸傳〉。畢師鐸亂在唐僖宗光啓三年，因節度使高駢，迎宣州觀察使秦彥爲帥，彥尋殺駢；五月，廬州刺史楊行密出兵討畢師鐸，圍揚州，《舊唐書》說：

> 重圍半年，城中芻糧並盡，草根、木實、市肆藥物、皮囊、革帶，食之亦盡。外軍掠人而賣，人五十千。死者十六七，縱存者鬼形鳥面，氣息奄然。

這便是本卷故事的背景。

其餘有關畢師鐸亂事的敘述，具見新舊《唐書》，不再贅述。

卷中周媼夫婦到襄陽收帳反失了本錢，幸有徽州富商汪朝奉予以濟助。《石點頭》兩次出現「徽州汪姓富商」（卷八和本卷），可以想見徽商在晚明之盛。本卷寫唐代故事雖極力借史事鋪陳，仍不免受明代觀念的影響。

12. 卷十二是宋靖康年間故事，但行文中不免又是秀才生員，全是明人口氣。卷中有關科舉的資料有：

（董昌）遇著歲考，去應童子試，便得領案入泮。

大凡初進學的秀才，廣文先生每月要月考，課其文藝，申報宗師，這也是個舊例。其時侯官教諭……雖則貢士出身，為人却是大雅，新生執儀，聽其厚薄，不肯分別超超上上等戶，加錢糧一般徵索。

宋代也有童子試，但和明代截然不同，《宋史》卷一百九〈選舉〉二：

凡童子十五歲以下，能通經作詩賦，州升諸朝，而天子親試之。其命官、免舉無常格。

而明制，「士子未入學者通謂之童生」（《明史》卷六十九〈選舉制〉一），童生參加童子試（包括歲考和科考）通過後即取得入學資格成爲生員（或秀才），卷中說「領案入泮」即入學之意，所以本卷此後即稱董昌爲秀才。

「廣文館」原是唐代七學之一，宋則置以待士，《宋史》卷一百五十七〈選舉〉三：

> 元祐間，置廣文館生二千四百人，以待四方游士試京師者。
>
> 紹聖元年，罷廣文館。

明、清時代，廣文先生成爲教官的代稱，二刻《拍案驚奇》卷十七：

> 國朝洪武年間，有廣東廣州人田株，字孟沂，隨父田百祿到成都赴教官之任。……一同送孟沂到張家來，連百祿也自送去……見是老廣文帶了許多新時麾到家，甚為歡喜。

宋代州縣的學官稱教授，《宋史》卷一百六十七〈職官〉七：

> 慶曆四年，詔諸路州、軍、監各令立學，學者二百人以上，許更置縣學。自是州郡無不有學。始置教授，以經術行義訓導諸生……。元祐元年，詔齊、盧、宿，常等州各置教

> 授一品，自是列郡各置教官。

至於本卷所提到的「教諭」，依《宋會要・崇儒》大觀五年修正縣學，縣學的教諭等，是州學選差派去的學生，並非正式的學官；在明代，《明會典》卷四載各州儒學有學正、訓導，各縣有教諭、訓導，才是正式的官職名。本卷所載貢士出身的彭教諭，分明是明代的教諭。

卷中的人物如姚二媽：

> 原是走千門踏萬戶，慣作寶山的喜蟲兒。乘便賣些花朵，兌些金珠首飾，忙裏偷閒，又捱身與人做馬泊六。

是明代社會常見的人物，《水滸傳》第二十三回：

> 王婆笑道：「老身為頭是做媒；又會做牙婆，也會抱腰，也會說風情，也會做馬泊六。」

又如勾結衙門，好色貪貨的方六一，簡直是《金瓶梅》西門慶的翻版。

13. 卷十三根據「本事詩」鋪寫，但把原來在開元年間發生的事，移後到天寶年間，其目的是爲了牽合楊貴妃和哥舒翰，增添情節，使更富戲劇性。

據《資治通鑑》卷二一五，天寶四載（西元七四五年）「八月壬寅，冊楊太眞爲貴妃」。

又白居易新樂府〈上陽白髮人詩〉自注云：「天寶五載以後，楊貴妃專寵，後宮無復進幸者。」因此，本卷故事中桃夫人夢見玄宗臨幸，貴妃賜其死，夢醒後說：「楊妃你好狠心也，便是夢中這點恩愛，尚不容人沾染，怎不教人恨著你。」必須安排在天寶五年之後才合史實。

又《舊唐書》列傳卷五十四〈哥舒翰傳〉載哥舒翰是天寶六年冬：

> 玄宗在華清宮，王忠嗣被劾，勅召翰至，與語悅之，遂以為鴻臚卿兼西平郡太守，攝御史中丞，代忠嗣為隴右節支度營田副大使，知節度事。

而安祿山之亂，哥舒翰爲部下迫降是在天寶十五年。本卷故事中把桃夫人等所縫製的纊衣，送到守潼關的哥舒翰軍中，則必是在天寶六年至十四年這八年之間。《本事詩》說此事發生在開元年間，作者將之延後十數年，牽合史實，寫來更爲入情入理。

14. 卷十四根據《太平廣記》大加渲染，原文說「楚國王仲先聞其名來求爲友」，似乎是先秦故事。本卷不書明時代，但背景則明顯是明代社會，例如明潘章「也算做是有名的童生」，又說：「讀書一兩年，等才學充足，遇著大比之年，僥倖得中，那時歸來娶妻不遲。」「大比」就是明代的鄉試，《明史》卷七十〈選舉志〉二：

> 三年大比，以諸生試之直省曰鄉試。

又如「雖聘下前村張三老的女兒爲配，却不肯與他做親，要兒子登了科甲，紗帽圓領親迎」。按「紗帽圓領」是狀元冠服。《明會典》卷六十一「狀元冠服」條：

朝冠二梁，朝服緋羅為之，圓領，田絹中單，錦綬、蔽膝全。槐笏一把，紗帽一頂。……

至於所提到的地名，潘章是晉陵人氏，王仲先是長沙府湘潭縣人，都是明代實有之地。雖然晉陵在明太祖時併入武進縣，《明史》卷四十〈地理志〉一：

武進　倚東為晉陵縣，元時同治郭內。太祖丁酉年三月改武進縣曰永定，晉陵縣曰京臨，尋以京臨省入永定。壬寅年八月，仍改永定曰武進。

至於長沙府的湘潭縣，依《明史》卷四十四〈地理志〉五，原本是州，洪武三年三月才降爲縣。只有潘、王就學之處杭州湖南淨寺無法在田汝成的《西湖遊覽志》查到，該書所提到的杭州寺院數百座乘並無此寺。

卷中說潘、王葬身處羅浮山在永嘉，謂：

永嘉山水絕妙，羅浮山隔絕東甄江外，是個神仙世界，海外丹臺。

但《晉書斠注》卷七二〈葛洪傳〉（吳士鑑、劉承幹注）載「洪乃止羅浮山煉丹」注云：

《御覽》四十一〈茅君內傳〉曰：「羅浮山之洞，周迴五百里。」又〈羅浮山記〉曰：「羅，羅山也；浮，浮山也。二山合體，謂之羅浮，在增城（即增城）、博羅二縣之境。」

增城、博羅二縣在廣東省境內，作者為了配合潘、王二人在杭州就學的情節，把羅浮山移到永嘉（在浙江境），本未可厚非，但為了不違原作，非要把二人合葬之處拘泥在羅浮山，實在也大可不必。

三、對本書史實處理的評論

作者處理史實，大體上能突破原作的窠臼，作較大的發揮，得到良好的效果。例如卷三故事中王原的父親在原著中只是「苦於里役」的一般百姓，作者卻加重其身分，寫他是里長，要負責催繳糧稅，從他辦事的態度，表現他懦弱的個性，終致逃亡的命運。這種更改就小說的戲劇效果而言，實有點石成金之妙。

又如卷十三若依照原作，故事發生在唐玄宗開元年間，便只是單一事件，乏善可陳。現在將時間稍往後挪，移到天寶年間，用楊貴妃的受到專寵來襯托縫衣宮人的冷落悲哀，使她百無聊奈的心情得到說明，顯得更可信而令人同情。因之，她在縫製軍衣時，突發奇想，將來生結緣的詩句縫入衣領中，寄給陌生人的行為，便有了心理依據。像這一類突破史實的安排，在不違背重大史情的情況下，做合理的更動，是値得擊節讚賞的。

至於其缺點則在考據不精、史事不純，例如寫宋代故事却用明代地名或制度，尤其在提到科舉考試時，完全用明制，又各卷所提到的社會現象，幾乎都是明代情形。筆者認爲作者既要寫前代故事，則史實不能不考；否則不如改變人物姓字，假託爲明代故事，更能縱其筆力，盡情發揮。

在史料價値方面，黃仁宇教授認爲《三言》的觀點代表明末社會情形，雖非歷史著作「但其所包含中國十六、七世紀間社會史及經濟史之資料豐碩」[51]。其實《三言》是收羅了宋、元、明三代的話本總集，再經馮夢龍之手改動，史料不免淆亂；《石點頭》則是個獨立創作的話本專集，不但其明代故事包含大量明代史料，即寫以唐宋故事爲藍本的小說，也包含了許多有關明末社會、經濟方面的史料。要了解明代科舉考試實況，以及賦役、婦女生活、倫理觀念等，本書都可以提供很好的參考。

第四節　引詩詞考

本書沿襲了早期話本的傳統，運用了大量的詩詞，其中大多數是作者自撰的，只有少部分是引自前人。這些引自前人的詩詞，有些作者有註明出處，有些則語焉不詳，更有部分是假托前人，實際上是自撰的，有必要加以詳細考證，以免造成讀者的迷誤。

卷二：「二十四橋明月，玉人何處吹簫。」這是從杜牧詩〈寄揚州韓綽判官〉脫化而來，

原詩是：「青山隱隱水遙遙（一作迢迢），秋盡江南草木凋。二十四橋明月夜，玉人何處教吹簫？」（《樊川詩集注》卷四）

又金山題壁詩，是據《青泥蓮花記》略改數字而成，見第三章。

卷三引「千山鳥飛絕，萬徑人蹤滅；孤舟簑笠翁，獨釣寒江雪」謂：「古人有雪詩道得好。」這是柳宗元的〈江雪〉詩，人所共知。

至於入話中所引的吳敬夫父子詩，出《西湖遊覽志餘》，詳見第三章。

卷五載：「當初陶學士，曾有一首七言絕句……詩云：小小佳人體態柔，蠟楊依石轉灣幽；石榴殼裏紅皮綻，迸出珍珠滿地流。」此陶學士不知何指，當然不會是陶淵明，因為那時還沒有七言絕句，陶集中也根本沒有七言詩。此詩寫小丫頭在假山石畔小解，以珍珠滿地來形容，絕類明王威寧所寫的散曲〈塞鴻秋〉，蔣一葵《堯山堂曲紀》載：

> 王威寧尤善詞曲，嘗於行師見村婦便旋道傍，遂作〈塞鴻秋〉一曲：「綠楊深鎖誰家院，見一個女嬌娥急走行方便，轉過粉牆來，就地金蓮。清泉一股流銀線，衝破綠苔痕，滿地珍珠濺，不想牆兒外馬兒上人瞧見。」[52]

卷六入話引王播詩、卷七入話引郟正夫詩、卷八入話引羅隱詩，皆見第三章本事考各該卷入話的考證部分。

卷九韋皐的詩與判寶的和詩，全唐詩皆不載，當是作者為了配合情節而杜撰的。

卷十：「今宵剩把銀缸照，猶恐相逢是夢中。」這是晏幾道〈鷓鴣天〉詞的最後兩句，其中「剩」應作「賸」，「缸」應作「釭」。

卷十二入話引李白「東海有勇婦」詩，詳見第三章。

卷十三引詩最多，自撰而托於前人之作也不少。開首引杜牧七絕：「長安回望繡成堆，山頂千門次第開；一騎紅塵妃子笑，無人知是荔枝來。」爲〈過華清宮絕句三首〉之一，見《樊川詩集注》卷二。

以下引李白詩兩首，都是有關櫻桃的：

1. 靈山會上涅槃空，費盡如來九轉功；八萬四千紅舍利，龍王收入水晶宮。

2. 玉仙慌獻紅瑪瑙，金階亂撒紫珊瑚；崑崙頂上猿猴戲，攀倒神仙煉藥爐。

這兩首詩今本《李太白集》皆不載，只有〈白胡桃〉詩稍類似：「紅羅袖裏分明見，白玉盤中看卻無。疑是老僧休念誦，腕前推下水精珠。」（王琦《李太白集注》卷二十四）作者可能是模仿此詩撰寫而僞托爲李白作的。

其下又引武則天詩一首：

明朝遊上苑，火急報春知；
花須連夜發，莫待曉風吹。

據《唐詩記事》卷三「武后」條，此詩並非武后所作，而是元萬頃、崔融等人寫的。該條謂：

天授二年臘，卿相欲詐稱花發，請幸上苑，有所謀也。許之。尋疑有異圖，乃遣使宣詔曰：明朝遊上苑，火急報春知；花須連夜發，莫待曉風吹！於是凌晨名花布苑，群臣咸服其異。后託術以移唐祚，此皆妖妄，不足信也。大凡后之詩文，皆元萬頃、崔融輩為之。

之後又引玄宗詩，道：「玄宗想武后是個女主，能使百花借春而開，今朕欲求些瑞雪，未知天意肯從否？」詩云：

雪兆豐年瑞，三冬信尚遙；
天公如有意，頃刻降瓊瑤。

前引武后詩已不可信，這一段顯然也是作者杜撰，《全唐詩》玄宗名下並無此詩。

以下引杜甫詩云：

> 虢國夫人承主恩，平明騎馬入金門；
> 恐嫌脂粉污顏色，淡掃蛾眉朝至尊。

這首詩《杜詩鏡銓》卷二十列入「他集互見四首」之一，詩名〈虢國夫人〉，注：「見《草堂逸詩》，亦見《張祜集》。」上有眉批云：「詩自佳，然非杜作。」樂史的《楊太眞外傳》引此詩則謂杜甫所作，說「當時杜甫有詩云」，此處引詩前也說「當時杜甫曾有詩云」，口氣非常類似，有可能是受其影響的。不過文中稱呼虢國夫人爲八姨，和《楊太眞外傳》稱爲三姨不同，據《外傳》八姨應該是秦國夫人。《舊唐書》卷五十一〈楊貴妃傳〉：

> 有姊三人皆才貌，玄宗並封國夫人之號，長曰大姨封韓國，三姨封虢國，八姨封秦國。

據此，則本書（《石點頭》）此處是錯誤的。

以下引黃番綽詩以及玄宗、八姨、貴妃的〈雪〉詩，很明顯都是作者所杜撰。又引黃番綽〈雪詞〉一首：

> 凜冽嚴風起四幄，彤雲密布江天，空中待下又留連。有心通客路，無意濕茶烟。不敢旗亭增酒價，畫教梅發春前，偏令凝望眼兒穿。慢擎宮女袖，空纜子猷船。

雙調六十字，前後段各五句，押三平韻，正是「臨江仙」詞牌的格律，是晚唐詞體成熟後的產物，作者讓玄宗時代的黃番綽賦此詞，未免離譜。

下又引所謂〈軍婦寄征衣〉詩：

夫戍蕭關妾在吳，西風吹妾妾憂夫；
一封書寄千行淚，寒到君邊衣到無？

以及〈長門怨〉詩：

學畫蛾眉獨出群，宮中指望便承恩；
一生不識君王面，花落黃昏空掩門。

前一首爲晚唐詩人王駕的〈古意〉（《全唐詩》卷六百九十），「封」字應作「行」字。後一首見《唐詩紀事》卷七十九女郎劉媛〈長門怨〉二首之一，第二句原作「當時人道便承恩」，第三句作「經年不見君王面」。

至於作爲本卷主要情節之一的桃夫人袍中詩，出《本事詩》，詳見第三章的討論，《唐詩紀事》卷七十八也收入此詩，作者題爲〈開元宮人〉。

附註

❶ 語見《四庫全書總目提要》卷一百四十〈子部〉五十，〈小說家類〉一之序言，漢京文化事業有限公司《國學要籍叢刊》二〇〇一，頁七四〇。

❷ 見《元明清三代禁毀小說戲曲史料》（河洛圖書出版社），頁一二二。

❸ 同前註引書，頁一一六。

❹ 《聯合書院學報》第二期。

❺ 〈日本所見中國短篇小說略記〉，原刊《清華學報》新一卷二期，收入《中國古典文學論文精選叢刊》小說類，頁一三四。

❻ 《中國通俗小說書目》（木鐸出版社），頁一一二。

❼ 同前註引書，〈序〉，頁五。

❽ 《東京大學東洋文化研究所漢籍分類目錄》（日本東京汲古書院）上，頁八六二。

❾ 《明清善本小說叢刊初編目錄》（天一出版社），頁一〇。

❿ 同註❸。

⓫ 《販書偶記續編》（漢京文化事業有限公司），頁一八六。

⓬ 〈明清二代的平話集〉，《小說月報》卷二十二，頁一〇六六。

⓭ 同註❸。

⓮ 本文收入《馮夢龍與三言》（木鐸出版社），頁二三〇。

⓯ 見《小說見聞錄》（木鐸出版社），頁三〇二。

⓰ 詳見容肇祖〈明馮夢龍的生平及其著述〉，原刊《嶺南學報》二卷二期，收入《馮夢龍與三言》，頁一三

六。

17 盧前《飲虹簃所刻曲》下冊（世界書局）。

18 見孫楷第〈巴黎國家圖書館中之中國小說與戲曲〉，《小說月報》卷十八第十一號，頁一四。

19 見容氏前引書，頁一三八。

20 馮氏六十歲擔任壽寧知縣，六十五歲（崇禎十一年，西元一六三八）離任回到蘇州，見容氏前引書，頁四。

21 見百納本《明史》（商務印書館）卷二百九十五，頁三二四八。

22 見胡萬川〈馮夢龍與復社人物〉，靜宜文理學院編《中國古典小說研究專集》第一集（聯經出版公司），頁一二三～一三六。

23 收於《筆記小說大觀》（新興書局）十編第四冊。

24 《明清歷科進士題名碑錄》（華文書局印行）所錄明代進士中尚有建文二年進士席恭；年代較近的有崇禎十六年考取但未參加殿試的席教事，山西人；另有一位席上珍，嘉靖四十一年進士，陝西人。由於生平資料皆不詳，無法查證其與席浪仙之間的關係。

25 容氏〈明馮夢龍的生平及其著述〉第一小節「馮夢龍的生平繫年」（前引書，頁一三六）的案語說：《蘇州府志》列馮夢龍入吳縣，《福寧府志》卷十七〈循吏傳〉說「馮夢龍，江南吳縣人」。朱彝尊說他是長洲人。案《明史・地理志》吳與長洲俱爲蘇州府領縣。

26 語見任訥《曲譜》卷四，頁六二，在《散曲叢刊》（中華書局）第四冊。

27 本圖依據程光裕、徐聖謨《中國歷史地圖》（文化大學出版部）上冊頁六八〈明代疆域圖〉繪製。

28 同註⓬。

29 同註❺。

30 《情史》的編者，胡士瑩認爲並非馮氏，證據有二：

(1) 龍子猶序云：「又嘗欲擇取古今情事之美者，各著小傳，……而落魄奔走，硯田盡蕪，乃爲詹詹外史氏所先，亦快事也。」可見馮氏未編該書。

(2)《情史》卷十三「馮愛生」條有〈龍子猶愛生傳〉云云，卷二十二「萬生」條有〈龍子猶萬生傳〉云云，編者引用馮氏作品，亦可作為旁證（見《話本小說概論》十四章註❶）。

但同治《蘇州府志》卷一三六〈藝文〉說：「馮夢龍：《情史》二十四卷。」因此容肇祖〈明馮夢龍的生平及其著述〉、胡萬川〈馮夢龍生平及其對小說之貢獻〉（政大碩士論文）都主張《情史》為馮氏所編。胡萬川氏的考證較詳，證據較多（見該論文頁五〇），其說可從。

㉛ 見任訥《散曲概論》卷二，頁四四，在《散曲叢刊》第四冊。

㉜ 轉引自《散曲概論》同卷，頁四三。

㉝ 同註㉘。

㉞ 同註㉖引書，頁六一。

㉟ 見羅錦堂《錦堂論曲》（聯經出版公司），頁六五八～六五九。

㊱ 見《巴爾札克論文選》，《文學理論資料彙編》（華諾文化事業有限公司）中冊，頁五九七引。

㊲ 見宋趙彥衛《雲麓漫鈔》卷八。

㊳ 同註㊱引書，頁四五三。

㊴ 共四冊，華文書局印行，歷記明清二朝各科進士的姓名籍貫。

㊵ 見李光璧《明朝史略》（帛書出版社）第三章第二節，頁七九。

㊶ 見傅衣凌《明清時代商人及商業資本》（谷風出版社）頁八八的討論。

㊷ 在《皇明經世文編》卷二九。

㊸ 同註㊵引書，頁七三。

㊹ 童書業《中國手工業商業發展史》（木鐸出版社），頁二六四。

㊺ 陳東原《中國婦女生活史》（河洛圖書出版社），頁三八〇～三八一。

㊻見胡應麟《少室山房筆叢》上卷十一（世界書局印行，頁一四一）引。

㊼據錢大昕《洪文敏公年譜》（中文出版社影涵芬樓《新校輯補夷堅志》附錄），洪邁紹興二十九年爲三十七歲，則出生於徽宗宣和五年（一一二三年）。胡玉縉《四庫全書總目提要補正》（漢京文化事業公司）卷三十七引陸氏〈儀顧堂題跋〉，南宋有兩個羅大經，《鶴林玉露》的作者以寶慶二年中進士者爲近，寶慶二年爲西元一二二六年。又，王德毅有〈洪容齋先生年譜〉（《幼獅學報》三卷二期）可參看。

㊽見明朱希召編《宋歷科狀元錄》（海文出版社影印），載淳熙十一年甲辰狀元爲衛涇，平江崑山人，並且引了《鶴林玉露》所載此事附於其後。

㊾本文原載《慶祝李濟先生七十歲論文集》，後收入《宋史研究集》第五輯。

㊿同註㊶引書，頁六十。

51 〈從三言看晚明商人〉，原刊《香港中文大學文化研究所學報》卷七～一，後收入《明史研究論叢》第一輯（大立出版社），引文見該書頁五一八。

52 見任中敏編《新曲苑》（中華書局）第一冊，頁一四〇。

第三章 內容分析

第一節 編排和分類

《石點頭》十四卷，包含明代故事五卷、宋代故事五卷、唐代故事三卷，以及不明朝代故事一卷。這十四卷故事的編排是這樣的：

一、前五卷都屬於明代故事。

二、卷六到卷八以及卷十、十二爲宋代故事。

三、唐代故事在卷九、十一、十三。

四、不明朝代故事放在最後一卷。

推測其所以如此安排的原因，可能有兩點：

一、按照故事時代編排。

二、爲了整齊回目。

全書雖僅十四卷，但每卷字數約在一萬五千字到兩萬字之間，不是一時一地所能完成的，作者可能先從最熟悉的當代故事寫起，再自前代故事中取材，而且在寫作之前已經決定了作意，所以先完成的作品道德教訓的意味較濃，在編輯的時候，就把這些合於「頑石點頭」主題的先完成的明代故事放在前面，再依時代先後編排，而把時代不明、主題較不嚴肅，像是爲了湊數而作的斷袖故事放在最後。至於唐、宋二代故事間錯編排的原因，則是爲了回目的整齊所需。

本書的回目是經過細心整理過的，前六卷是七字句，七至十卷是八字句，十一至十二是七字句，末二卷又是八字句，除了卷三和卷四外，每兩卷的回目都是一組工整的對句，例如：

卷一、郭挺之榜前認子；

卷二、盧夢仙江上尋妻；

卷九、玉簫女再世玉環緣；

卷十、王孺人離合團魚夢。

至於卷三卷四的情形比較特別：

卷三、王本立天涯求父；

卷四、瞿鳳奴情愆死蓋。

這兩句並不對仗，而卷三的句法和前二卷則是一致的。卷四可能是因內容所限，作者不強求工整以免削足適履。

再看最後四卷的回目：

卷十一、江都市孝婦屠身；

卷十二、侯官縣烈女殲仇；

卷十三、唐玄宗恩賜纊衣緣；

卷十四、潘文子契合鴛鴦塚。

其中卷十一、十三是唐代故事，卷十二是宋代故事，很明顯可以看出來，爲了整齊回目；是必須如此錯落編排的。

這種回目編排的方式很可能是仿照馮夢龍的《三言》，而與淩濛初《二拍》所採每一卷用一組對句爲回目的方式不同。

對《石點頭》這十四篇小說就其內容性質作過分類的，只有日人原田季清的《話本小說論》一書。該書將話本小說分成：靈怪、煙粉、講史、風世、說公案等五類，各類之下又分爲若干細目❶。《石點頭》各卷，被分入下列各類中：

一、靈怪類：無。

二、煙粉類（艷情小說）：

1. 幻想的艷情小說：卷九〈玉簫女〉篇。

2. 風世的艷情小說：無。

3. 一般艷情小說：無。

三、講史類：無。

四、風世類，又分：

(一) 理想小說：無。

(二) 鑒戒小說，又分：

1. 幻想的鑒戒小說：卷八〈貪婪漢〉篇。

2. 一般鑒戒小說：無。

（三）諷刺小說，又分：

1. 一般諷刺小說：卷七〈感恩鬼〉篇。

2. 諧謔小說：無。

（四）說理小說：無。

（五）問題小說：卷一〈郭挺之〉篇、卷二〈盧夢仙〉篇、卷三〈王本立〉篇、卷四〈瞿鳳奴〉篇、卷五〈莽書生〉篇、卷六〈乞丐婦〉篇、卷十〈王孺人〉篇、卷十一〈江都市〉篇、卷十三〈唐玄宗〉篇、卷十四〈潘文子〉篇。

五、說公案類，又分：

（一）犯罪小說：無。

（二）裁判小說：無。

（三）探偵小說：無。

（四）復讎小說：卷十二〈侯官縣〉篇。

（五）謀計小說：無。

（六）俠義小說：無。

原田季清氏所分話本小說的類目雜多，《石點頭》十四卷則只屬於其中的五個小類中，即：

一、煙粉類的幻想的艷情小說；

二、風世類的幻想的鑒戒小說；
三、風世類的一般諷刺小說；
四、風世類的問題小說；
五、說公案類的復讎小說。

其中又以風世類的問題小說佔了十卷最多。另外他又將問題小說分成六類，此十卷分屬於：

一、婚姻問題小說：卷五（鑒戒）、卷六（說理）、卷十三（說理）。
二、夫妻問題小說：卷二（理想）、卷十（說理）、卷十一（理想）。
三、父子問題小說：卷一（說理）、卷三（理想）。
四、愛慾問題小說：卷四（鑒戒）。
五、斷袖問題小說：卷十四（鑒戒）。
六、思想問題小說：無。

從以上所列可以看出，該書所謂的問題小說和其他四種風世小說互有糾葛。原田季清以爲這些小說難以歸入前四類，因爲他們主要在提出人生問題的把握，並可以在其中發現作者的創作意圖❷。

小說分類的確是一件煩難的工作，早期殘叢小語式的小說內容單純，分類也很簡單，例如孟瑤《中國小說史》把六朝小說分成「志怪」（如《搜神記》）、「志人」（如《世說新語》）二類，就十分得體。到了唐傳奇，由於小說內容漸豐富，分類也漸困難，例如一般將唐人小說分爲神怪、俠義、愛情三類❸，但愛情故事如〈離魂記〉、俠義故事如〈紅線〉都涉及神怪。

到了宋元話本，僅就南宋說話四家的分法便有七八種異說[4]，話本小說（包括話本和擬話本）的內容更豐富而複雜，分類也就更形困難。

分類的目的在於清楚眉目，使衆多卷帙有所歸附，以助欣賞、研讀，複雜的分類徒造成紛亂，毫無效用。大凡分類總不外乎以內容性質或主題為依據，但必須取得一致，不能混淆。《話本小說論》的分類就犯了類目不一致的毛病，「靈怪」、「煙粉」、「講史」、「說公案」是指內容的性質，「風世」則涉及主題，如煙粉小說〈杜十娘怒沈百寶箱〉（《警世通言》卷三十二）便有風世的主題。再看他對「問題小說」所分的六類——婚姻、夫妻、父子、愛慾、斷袖、思想，更是十分勉強，各類目的意義並不平行，婚姻、夫妻、愛慾問題更易糾纏不清，如本書卷五〈莫誰何強圖鴛侶〉，前面寫莫舉人的放蕩輕薄、恣情花酒，後來強逼紫英成親，都是以「慾」念為出發點的，二人私逃後，夫妻相得，莫舉人也痛改前非，那麼這卷到底是探討愛慾，夫妻，還是婚姻問題呢？原田季清把它歸入婚姻問題小說是不是太勉強了呢？再如本書卷六，寫周六女由貧賤轉為富貴是全文的重心，原田氏只因為其中有結婚的情節就將它歸入婚姻問題類是十分牽強的。

由於本書各卷基本上有一個道德教訓的共同主題，因此以主題為分類的標準便失去意義，本節為這十四卷小說分類將完全依據內容的性質，而類目的意義則儘量求其明確，詞性求其相近（形容詞或形容動詞）。以下便是筆者的分類：

1. 愛情類：凡是愛情故事都歸入這一類。它們獲得愛情的方式以及最後的結局雖各有不同，但都以愛情的求取及其中的衝突、阻礙等為故事的主幹。又，同性戀故事雖與一般愛情故事略異，但仍以愛情的進行爲主要內容，所以也歸入這一類。包含下列各卷：

卷四〈瞿鳳奴情愆死蓋〉；

卷五〈莽書生強圖鴛侶〉；

卷九〈玉簫女再世玉環緣〉；

卷十三〈唐玄宗恩賜纊衣緣〉；

卷十四〈潘文子契合鴛鴦塚〉。

2. 孝義類：這一類小說以行孝的過程爲主要的內容。包含：

卷三「王本立天涯求父」；

卷十一「江都市孝婦屠身」。

3. 離合類：以夫妻間離而復合的曲折經過爲主要內容。包含：

卷二「盧夢仙江上尋妻」；

卷十「王孺人離合團魚夢」。

4. 命運類：這一類故事強調命運的力量，以命運的預測和應驗的過程爲全文主幹。包含：

卷一「郭挺之榜前認子」；

卷六「乞丐婦重配鸞儔」。

5. 報應類：以行善或作惡以及得到報應的過程爲主要內容，這一類只有：

卷七〈感恩鬼三古傳題旨〉。

6. 復仇類：寫受難以及復仇的經過：

卷十二〈侯官縣烈女殲仇〉。

7. 諷刺類：諷刺貪官污吏的酷虐行為：

卷八〈貪婪漢六院賣風流〉。

茲將上面的分類表列如下：

表一 《石點頭》分類表

類目	卷別	合計
愛情	四、五、九、十三、十四	五
孝義	三、十一	二
離合	二、十	二
命運	一、六	二
報應	七	一
復仇	十二	一
諷刺	八	一

第二節 本事源流探討

一、考　源

近人對於話本小說故事來源的探討，已經有很好的成績，特別是《三言》《二拍》的本事，幾乎大部分都已找到源頭。探討故事來源對於話本小說的研究，筆者認爲至少具有下列幾項意義：

一、有助於了解作者思想：透過話本與原作的比較，無論是增添或改動故事情節，都很容易表現出作者特有的思想觀念。

二、有助於探討寫作技巧：話本小說的故事來源大多來自文言的筆記、傳奇，有時將寥寥數語敷衍成數千乃至上萬言的白話小說，透過比較，最能見出匠心所在。

三、有助於認清作品價值：透過比較，可以分辨那些是因襲，那些是創作。因襲的作品，價值當然不高，即使有價值也要歸還原作；創作不一定憑空想像，或點鐵成金、或鋪陳變化，都有一定的價值。

對於《石點頭》各卷的故事來源做過全面探討的，目前只有胡士瑩《話本小說概論》一書，胡氏的探討已略具規模，但有待補充訂正的地方仍然很多。本節的考源工作除儘可能尋找最原始的本源之外，並就相關的問題加以討論，務使每一卷故事發展的源流能清楚的呈現。當然，由於材料所限，也有少數篇章無法查出來源，不敢妄加附會，姑且存疑以待來者。

卷一〈郭挺之榜前認子〉

入話　敘述一個人忘記自己曾經有子，經相士提醒才父子團圓的故事，出《輟耕錄》卷二十二「算命得子」條：

檇李郭宗夏，嘗見建德路總管趙良臣，言：都下有李總管者，官三品，家巨富，年逾五十而無子。聞樞密院東有術者，設肆算命，談人休咎多奇中，試往叩焉。且語之曰：「吾之祿壽，已不必言，但推有子與否？」術者笑曰：「君有子矣，何為紿我？」李曰：「吾實無子，豈紿汝耶？」術者怒曰：「君年四十當有子，今年五十六矣，非紿我而何？」同坐者皆軍官，見二人爭執，甚訝之。李沉吟良久，曰：「吾年四十時，一婢有娠。吾以職事赴上都，比歸，則吾妻粥之矣，莫知所往。若有子，則此是也。」術者曰：「此子終當還君。」相別而出。時坐中一千戶，邀李入茶坊，告之曰：「十五年前，吾亦無子，因到都，置一婢，則已有身孕。到家時，適吾妻亦有孕，前後一兩月間，各生一男，今皆十五六矣。豈君之子也？」兩人各言婦人之容貌歲齒，相同。李歸語於妻。妻住日誠悍妒，至見夫無嗣，心頗慚而憐之。翌日，邀千戶至家，享以盛饌，與之刻期而別。千戶先歸南陽府。李以實告於所管近侍大官，乞假前往。大官曰：「此美事也，我當與汝奏聞。」既而有旨，得給驛以行。凡筵席之費，皆從官辦。李至，衆官郊迎，往千戶宅，設大宴。李所以餽獻千戶並其妻子僕妾之物甚侈。千戶命二子出拜，風度不殊，衣冠如一，莫知何者為己子。致請於千戶，千戶曰：「君自認之。」李諦視良久，天性感通，前抱一人曰：「此吾子也。」千戶曰：「然。」於是父子相持而哭，坐中皆為墮淚。舉盃交賀，大醉而罷。明日，千戶答禮會客如昨，謂李曰：「吾既與君子矣，豈可使母子分離？今並其母以奉。」李喜出望外。回都，携見大官。大官曰：「佳兒也。」引之入覲，通籍宿衛。後亦官至三品。大抵人之有子無子，數使之然，非人力所能也。而術士之業亦精矣。

討論：初刻《拍案驚奇》卷三十八〈佔家財狠婿妒姪，延親脈孝女藏兒〉的入話也引用這一條，該文除了改文言爲生硬的白話外，幾乎完全因襲《輟耕錄》，毫無變化之處。本卷的入話則只是隱括其意，無論對白情節都更簡潔傳神。《石點頭》的撰寫未必晚於《拍案驚奇》，本卷所參考的應是《輟耕錄》中的原始材料。

正話　來源待考。

卷二　〈盧夢仙江上尋妻〉

入話　本卷用兩個故事做頭回：

1. 樂昌公主與徐德言分合的故事，出《獨異志》：

陳，太子舍人徐德言之妻，後主叔寶之妹，封樂昌公主，才色冠絕。時，陳政方亂，德言知不相保，謂其妻曰：以君之才容，國亡必入權豪之家，斯永絕矣。倘情緣未斷，猶冀相見，宜有以信之。乃破一照，人執其半，約曰：他日必以正月望日，賣於都市，我當在，卽以是日訪之。及陳亡，其妻果入越公楊素之家，寵嬖殊厚。德言流離辛苦，僅能至京。遂以正月望日，訪於都市。有蒼頭賣半照者，大高其價，人皆笑之。德言直引至其居，設食，具言其故，出半照以合之，仍題詩曰：照與人俱去，照歸人不歸。無復嫦娥影，空留明月輝。陳氏得詩，涕泣不食。素知之，愴然改容，卽召德言，還其妻，仍厚遺之，聞者無不感歎。仍與德言陳氏偕飲，令陳氏為詩，曰：今日何遷次，新官對舊官。笑啼俱不敢，方驗作人難。遂與德言歸江南以終老。

討論：《太平廣記》卷一六六輯入這件事，題名〈楊素〉，末注「出《本事詩》」，但李亢《獨異志》卷下也載有此事，據王夢鷗先生的考證❺，本文當係轉據《獨異志》而來。宋羅燁的《醉翁談錄》癸集卷一也引用了這件事。

2. 黃昌與其妻離合的故事，出《後漢書》卷一〇七〈黃昌傳〉：

初，昌為州書佐，其婦歸寧於家，遇賊被獲，遂流轉入蜀為人妻。其子犯事，乃詣昌自訟，昌疑母不類蜀人，因問所由。對曰：「妾本會稽餘姚戴次公女，州書佐黃昌妻也。妾嘗歸家，為賊所略，遂至於此。」昌驚，呼前謂曰：「何以識黃昌邪？」對曰：「昌左足心有黑子，常自言當為二千石。」昌乃出足示之。因相持悲泣，還為夫婦。

討論：《情史》卷二有「黃昌妻」條，是從《後漢書》抄錄出來的，字句大同小異。

正話　敘述明成化年間江都盧夢仙和李妙惠夫妻分合的故事，出《情史》卷一「李妙惠」條：

李妙惠，揚州女，嫁與同里舉人盧某為妻。盧以下第，發憤與其友下帷西山寺中，禁絕人事，久無家音。成化二十年，有與同名者死京城，鄉人誤傳盧死，父母信之。居無何，歲大飢，維揚以北，家不自給，父母憐李寡貧，欲奪其志，強之不可，臨川鹽商謝能博子啓，聞其美且賢也，致幣請婚。李自縊者再，公姑患之。時李之父在外郡訓鄉學，李母偕隣嫗勸諭殷勤，防閑愈密。李日夜哀泣，聞者為之垂淚。既知勢不可解，乃勉從焉。緘書與父訣，詞甚慘。及歸謝家，抗志益篤。謝之繼母亦揚州人，與李有瓜葛，李即跪請，願延斯須之命，終身為主母執役。因堅持母傍，不去。謝故饒婢妾，未及凌犯。居數日，李復懇請為尼，母姑唯唯，度還鄉無復之耳。于時啓船先發，而母及李繼之，至京口，舟泊金山寺下。母偕上寺酬醮，有筆墨在方丈。李取題壁間云：一自當年折鳳凰，至今消息兩茫茫。蓋官不作橫金婦，入地還從折桂郎。彭澤曉烟歸宿夢，瀟湘夜雨斷愁腸。新詩寫向金山寺，高掛雲帆過豫章。款其後。曰：揚州盧某妻李氏題。盧後會試登甲榜，捷音至揚州，父母乃知子存。然無及矣。弘治元年，纂修憲廟實錄，差進士姑蘇杜子開，來江右採事。未報，復使盧促之。過家，知妻已嫁，恐傷父母，不敢言，然亦未忍別議。遂行道出鎮江，登金山，見寺壁題，不覺氣噎，問之寺僧。曰：「先有姑媳過此，留題去矣。」盧錄其詩以去。至江右密籌之徐方伯。方伯曰：「鹽艘踰千，孰從覘察？縱得之，聲亦不雅，盍以計取乎。」乃選臺吏最黠者一人，諭以其故，令熟誦前詩，駕小艇，沿鹽船上下歌而過之。越三日，忽聞船中女聲，啓牕喚曰：「此詩從何得來？」吏前致盧命，李大驚曰：「揚州盧舉人，其死已久，爾欺我也。」吏備述，如所論語。叩父母及妻名，一一不爽。李遂掩泣曰：「真我夫矣！始吾聞歌已疑之，恨未有間，今日商偶往娼院，母亦過鄰舟，故得問汝，汝歸可善為我辭。」因密致之約。揮手曰：「去去。」歸吏報其主，依期舟來，遂接李至公館，夫妻歡會如初。商貲俱付母主其出入，母轉以委李，及商歸，簡視歷歷分明，封誌完固。歎曰：「關羽昔逃歸漢，曹公不追，而曰彼各為其主，此亦為其夫耳，貞婦也，可置之。」時弘治二年也。

卷中，方姨娘勸妙惠再嫁之詞：「倘此人慷慨仗義，如馮商還妾故事，完璧仍歸，也未可知。」所謂「馮商還妾」，事見《鶴林玉露》地集卷之四「馮三元」條：

> 馮京字當世，鄂州咸寧人。其父商也，壯歲無子。將如京師，其妻授以白金數笏，曰：「君未有子，可以此為買妾之資。」及至京師，買一妾。立券償錢矣，問妾所自來，涕泣不肯言。固問之，乃言其父有官，因綱運欠折，「鬻妾以為陪償之計」。遂惻然不忍犯，遣還其父，不索其錢。及歸，妻問買妾安在，其告以故。妻曰：「君用心如此，何患無子。」（下略）

討論：《話本小說概論》在本卷考證之末，附言：「金山題壁詩，則襲用蘇小卿詩，其情節似亦有蹈襲之處。」❻《小說見聞錄》「讀《石點頭》一則」條也說：

> 〈盧夢仙江上尋妻〉中，雖然有「如馮商還妾故事」一語，但盧夢仙與其妻妙惠的離合經過，實際上和雙漸蘇卿多少有相似之處。而且，妙惠嫁的也是一位江西商人，不過不是姓馮的茶商而是鹽商罷了。❼

錢靜方《戲曲小說叢考》說：

雙漸趕蘇卿的故事，在元明兩代的盛行，不下於《西廂記》的故事，王實甫、紀君祥、庾天錫都曾寫過同一題材的雜劇，南戲裏也有無名氏的雙漸、蘇小卿的戲文，現在都已亡佚，僅能從《雍熙樂府》、《盛世新聲》、《詞林摘艷》中見到王實甫所作〈蘇小卿月夜販茶船〉雜劇的散套，從梅鼎祚的《青泥蓮花記》裏得知故事的梗概。

而該書〈千里舟傳奇考〉中，則告訴我們故事的始末❽。從這些資料可以了解，元明戲曲中有演雙漸、蘇卿故事的，是根據「馮商還妾」故事，脫化而來，但故事中的馮商只是馮姓茶商，却與馮京的父親無關。按楊愼《升菴全集》卷五十「馮京」條載：

> 余觀《氏族言行錄》載馮京之父名式。京生而儁邁不群，式一日取其所誦書題其後曰：「將作監丞通判荆南軍府事馮京。」式旣退官十一年，京舉進士第一，為將作監丞，通判荆南，如式之言，時人謂式為知子。氏族錄，宋人所編，當得其實也。傳奇馮商還妾事，以為京父，考之此文，京父未嘗為商，又不名商也。小說不足信，當依正史之傳可也。

則明傳奇中有採用馮商故事且指明是馮京之父的，楊愼認爲傳奇不可信。胡應麟《少室山房筆叢》卷四十一「莊嶽委談」下，續有考證說：

余考《宋史》京傳，不載父名，亦無還妾事，惟稱京常過外兄，見其侍妾，詢知同年某人女，亟請嫁之，蓋因此附會也。

《粵西叢載》卷五引《嶠南瑣記》也說：

> 《鶴林玉露》云「馮京父商」云云，今俗傳奇本此，而《邵氏聞見錄》稱京之父式為左侍禁，常取京所讀書題其後云：「將仕郎守，將作監丞，通判荊州軍府事，賜緋魚袋馮京。」京後判荊南，其銜與父所題無異。一云還妾事乃馬涓之父從政，羅大經誤以為馮京也。

以上都主張馮京之父並非馮商，楊慎所說「京父未嘗爲商，又不名商」却有不同說法。《粵西叢載》同卷引《通志》（非鄭樵《通志》，作者不詳）謂：

> 馮京父馮商，微時與父燒炭於郡西北岸山。其父死，歸營棺反葬，蟻集土封屍成墓。後商生京，帶至楚江夏為商。京中三元，官至參知政事，號其山曰「天門拜相山」，又曰「狀元山」，其地形乃照天燭也。其光在頂，適葬於絕巘之巔，最為奇穴。廖金精題曰：「一山正，一山斜，狀元出在別人家。」後京發於江夏，果奇驗。宋乾道元年，刺史李守柔建三元祠於郡學之左，前樹文明坊云。

此處所言，馮京父確曾爲商，則小說之言，未必無據。

至於雙漸、蘇卿故事，錢靜方根據《千里舟傳奇》敘其梗概如下：

> 雙璧，字藍田，江西南昌人。官登卿貳，告歸林下，娶妻夏氏。子雙漸，字雲鴻，年二十，齎銀五萬兩，遊學金陵，偶步桃葉渡，與松江女子蘇卿相遇，一見目成。蘇卿母早亡，父天挺，官廉訪，時赴任陝西，卿隨行，至黃河，金龍四大王怒天挺渡河不祭，傾覆其舟，天挺扶船板得渡，仍赴任所，卿得青樓中人蘇媼撈救，强使操淫業，卿不允，媼賄女巫關亡，詭云廉訪已死，囑女順從。適雙漸囑友柳奉卿、胡思傳覓豔，柳、胡見卿貌美，乃與媼勾合，使僞稱母女相依擇壻者，慫漸往賃其園，漸從之。見卿侍婢元霜，贈以詩扇，曰：「朱樓天半鎖葳蕤，樹影閒遮花影垂，吟罷新詩無一語，東鄰盼斷眼迷離。」卿見詩扇書款，知賃室者為雙漸，乃偕元霜往見。甫坐談，媼忽至，責以誘汙良家，迫進二萬金為聘禮，使入贅。旣成婚，卿敘顛末，始悉媼非生母。漸貲罄，緘致母所索銀，母私與五萬，遂為卿建園亭，貲復罄。遣僕青緗歸索銀，父悉其子淫蕩，欲親往金陵責之，母命青緗急至漸所，囑遠避。卿私贈銀五千兩，衣一箧，匆遽別去。江西茶商馮奎慕卿名，以銀二萬，挽柳、胡聘卿為妾，媼貪其利，恐卿不從，僞以貝葉菴進香為辭，促卿及元霜登舟，舟卽馮商販茶者也。馮旣得卿，卽揚帆駛浦口，卿堅志不從，過金山，入寺焚香，卿留書僧舍，託寄江西雙生。時漸已狀元及第，告假至金陵，亦過金山寺，距卿去纔數日，寺僧詢知姓名，以書與漸，始悉卿為馮商娶去，一至杭州，卽

當自盡，計卽日卿當抵杭，須於是日趕到，纔可得救，因命舟子前駛。時四金剛奉佛敕，雙漸、蘇卿係玉女、金童謫降，須運神力護送，舟一晝夜行千里，追及茶船於塘棲。夜見蘇卿，暗攜入舟，而元霜以石投河中，詭云：「蘇卿赴水。」馮商驚喊，為差官擒見浙撫，撫卽卿父天挺，由陝臬升擢者也。詢元霜，具悉顛末。時漸父雙璧已由太僕卿擢閩撫，距浙不遠，卿、漸各得復見父母，俱大喜，乃發馮商邊遠充軍，茶船籍沒。

《青泥蓮花記》卷七所載內容略異，蘇卿在金山是題詩於壁，而非留書僧舍：

蘇小卿，廬州娼也，與書生雙漸交呢，情好甚篤。漸出外，久之，不還。小卿守志待之，不與他狎。其母私與江右茶商馮魁定計，賣與之。小卿在茶船，月夜彈琵琶甚怨。過金山寺題詩於壁以示漸云：「憶昔當年折鳳凰，至今消息兩茫茫。蓋棺不作黃金婦，入地當尋折桂郎。彭澤曉烟迷宿夢，瀟湘夜雨斷愁腸，新詩寫記金山寺，高掛雲帆入豫章。」漸後成名，經官論之，復還為夫婦。

所題的詩與《石點頭》本卷所題只有數字之差。此外，趙景深曾從許多殘曲中鈎勒出故事的輪廓：

蘇卿又名小卿，金斗郡人氏，美容儀，善織錦，通文墨。卜居帝都。其母蘇媽媽三婆命其為娼，識雙漸解元，兩情繾綣。雙漸字通叔，能琴，所謂風流才子也。詎知好事多磨，有茶商馮魁（或云江洪）者，為蘇卿美色所惑，以重金聘之；雖姨夫黃肇冒充蘇卿之夫，亦無效。小卿嫁後，渴念雙生，每於月明之下，坐茶船中俯首嘆息，似聞雙生琴聲，登舟相會，又恐驚醒馮魁，醒時方知是夢。後茶船泊金山，馮魁偕蘇卿入寺進香。馮魁先歸，蘇卿憶念雙生不已，題詩於壁。雙漸既為蘇卿所棄，落拓不得意，益放蕩，赴臨川縣任，及雙生見題詩，乃急往豫章，得與蘇卿重晤焉。⑨

又，《永樂大典》卷二四〇五「蘇」字韻載有〈蘇小卿〉一篇，胡士瑩先生認為：

係《醉翁談錄》烟花奇遇類的佚文，情節比較完整，獨無金山寺題詩一事，茶商馮魁之姓名文中亦未提及，必有脫誤處。⑩

至於雙漸其人，胡先生也有考證如下：

曾鞏《元豐類稿》卷四十五〈雙君夫人邢氏墓志銘〉云：「子漸，為尚書屯田員外郎，通判吉州軍州事。」又卷六有〈送雙漸至漢陽〉一詩，可見雙漸是實有其人，且為曾鞏的朋友。按隆慶《廬州志》：「雙漸，慶歷二年壬午進士，無為軍人，博學能文，為職方郎，知同州。」是雙漸為北宋中葉時人。⑪

《類說》卷五五引《文酒清話》「平似秤明似鏡」條載：「雙漸爲孟州僉判，同僚或稱其縣長官平似秤明似鏡，漸曰：『却被押司走上廳，打破鏡，踏折秤。』」也可證明雙漸爲北宋時人。

《石點頭》本卷故事很明顯是受雙漸、蘇卿故事影響的，至於文中所提到的「馮商還妾故事」根據上下文的意義推斷，指的必然是《鶴林玉露》所載的故事。又明何大倫編的《重刻增補燕居筆記》下層卷一「題金山寺」條與《情史》所載大同小異。

卷三 〈王本立天涯求父〉

入話 敍述洪武時錢塘人吳慥遠任蜀中，父親寄詩盼他歸養。吳慥貪戀祿位，全不以老親爲念，使其父鬱鬱而亡。《話本小說概論》只以文中有「友人瞿祐聞之，正言誚責」之語，判斷是當時實事，其實這件事出自田汝成《西湖遊覽志餘》卷二十一：

> 宋熙寧中，餘杭洪浩遊太學，十年不歸，其父垂白，寄浩詩云：「太學何蕃且一歸，十年甘旨誤庭闈。休辭客路三千遠，須念人生七十稀。腰下雖無蘇子印，篋中幸有老萊衣，歸時定約春前後，免使高堂賦式微。」浩得詩，卽歸養。錢唐吳慥，洪武中，官四川，其父敬夫思之，作詩云：「劍閣凌雲鳥道邊，路難聞說上青天，山川萬里身如寄，鴻雁三秋信不傳。落葉打窗風似雨，孤燈背壁夜如年，老懷一掬鐘情淚，幾度沾衣獨泫然。」敬夫卒，而慥始以丁憂回。一日，見瞿宗

吉，自矜其詩云：「薄宦蕭然作遠遊，行囊那得一錢留？孟光不比蘇秦婦，肯笑歸來只敝裘。」宗吉因舉敬夫前詩曰：「尊翁有念子之情，而子乃歸美其婦，何耶？」慥大慚。慥之有愧於浩，亦多矣。

正話

敘王原尋親的故事。這件事應該是明代的實事，載錄的文獻很多，其中包括李卓吾《續藏書》和《明史》卷二百九十七〈王原傳〉；但明焦竑的《國朝獻徵錄》所收〈孝行王原傳〉，據註是從縣志鈔錄的，應該才是最原始的來源⑫。《西湖二集》卷三十一〈忠孝萃一門〉也引用這段故事爲入話：

> 文安民王原在襁褓，其父珣貧甚，苦於里役，謀於妻張氏曰：「吾單弱不能支門戶，今躬耕薄田數十畝，其值不能辦一歲之差，使地去差存，吾與汝俱不免為餓殍。吾將逃焉，汝母子守薄田，勤紡績，庶可以存活，別後勿相念也。」出而不告以所往。張氏撫原，煢煢以居。原幼多病，及長問父存亡。母曰：「汝父累於貧不能顧我母子，棄家避差，今已二十年往矣。」淚下如雨。原酸痛不能言。及冠，娶段氏。月餘，一日跪其母曰：「吾將去尋吾父以歸。」母曰：「母、妻與夫，子與父，悲喜離合，其情均一迫切。但汝父去家二十年，不通音耗，尋詎可得乎？」原仰天號曰：「人而無父，何以為人。」泣與母別。初去涿鹿境，轉而東行，周旋齊、魯之郊者數年。經由田橫島，時日已西沉，颶風甚急，止宿於岔

路口土神祠。夜夢古刹寺，日近午，見廊僧煮飯，就乞食，與一盂曰：「此莎米飯也，味苦，為汝澆以羹，乃肉汁也。」曰：「甘乎？」曰：「甘」。曰：「如來真個來，好去還須去。」忽驚祠門軋然有聲，一丈人携杖而入，問原奚自，原以實對。丈人曰：「鶴鳴於天，其子隨其影以和之，今形影不相屬，而卒以相合，不敢許爾。」原語以夜夢。曰：「吉夢也，人非匏瓜，焉能繫於一隅。夢曰當午南方也。莎草根附子也。調以肉汁附子膾也，可急去，當於寺中求之。」原如其言，趣清源而上渡淇水，晝行夜禱，逾月入輝縣。縣帶山有寺名曰夢覺，曰愍報。原雪夜造夢覺寺，寢於門下。天將曙一苾芻出，見而駭之曰：「少年何處人，何以至此？」原噤噤曰：「文安人，尋父而來。」曰：「識其面乎？」曰：「不識也。」引至禪堂，住持哀而食之粥。珣方與禪僧供晨炊。住持知珣文安人，因召而問曰：「汝識此少年乎？」曰：「不識也。」曰：「同桑梓，曷敘寒溫。」珣曰：「汝父謂誰？」曰：「某。」珣呼原乳名，不覺欷歔。原曰：「是也。」相抱而哭。珣絕無歸意，曰：「棄妻子二十餘年，有何顏見汝母乎？不免為輝山下孤魂耳！」原以頭觸地，牽珣衣，望住持哀而大號。住持曰：「天作之合，非人力也，」强之行。住持號法林，名僧也。口占七言以贈之，曰：「豐干豈是好饒舌，我佛如來非偶爾，昔日曾聞呂尚之，明時罕見王君子。借留衣鉢種前緣，但笑懶牛鞭不起，歸家日誦法華經，苦惱衆生今有此。」援紙筆併述其始末以付原。時珣年已六十有四，歸而團聚。原生男六人，孫男十有五，曾孫男二十有二，俱業耕讀。有司嘉其行，壽官榮之，遠近鄉閭極口盛傳以為孝感之餘慶。

卷四　〈瞿鳳奴情愆死蓋〉

入話　本卷用一段議論作入話，其中提到「宋玉牆東女子」，出自宋玉〈登徒子好色賦序〉：「臣里之美莫若東家之子……此女登牆窺臣三年，至今未許也。」（《文選》卷十九）《綠窗新話》卷下「宋玉辨已不好色」條有引。又提到「西廂月下佳期」，見唐元稹〈鶯鶯傳〉。

正話　敘述瞿鳳奴事，出處不詳，有「嘉靖初年，孫漢儒學業將就，做一小傳以記」之語，應是當時實事。文末，孫三和鳳奴屍身焚燒，彼此胸前各有一塊對方人形無法燒化，後來才化為血水的異事，則是從《情史》卷十一「心堅金石」條脫化而來的。該條敘述元至元年間松江府庠生李彥直與麗容小姐的愛情悲劇，今只錄其後半段可能影響本卷故事的部分：

是夕麗容縊於舟中，阿魯臺大怒曰：「我以珍衣玉食，致汝於極貴之地，而乃戀戀寒儒，誠賤骨也。」乃命舟夫裸其屍而焚之。屍盡惟心不灰，舟夫以足踐之，忽出一小物如人形。大如手指，淨以水，其色如金，其堅如玉，衣冠眉髮，纖悉皆具，宛然一李彥直也。但不能言動耳。舟夫持報阿魯臺，臺驚曰：「異哉！精誠所結，一至此乎。」歎翫不已。衆請弁驗彥直若何，亦發彥直屍焚之，而心中小物與前物相等，其像則張麗容也。阿魯臺大喜曰：「吾雖不能生致麗容，然此二物寶，希世之寶。」遂囊以異錦，函以香木，題曰：「心堅金石之寶。」於是厚給張嫗，聽為治喪以歸。阿魯臺至京，捧函呈于右相，借述其繇。右相喜甚，啓視無復形，惟敗血二聚，臭穢不可近。右相大怒，下阿魯臺於法，吏治其奪人妻子獄。罪成報曰：「男女之私，心堅志確，而始終不諧，所以一念不化，感形如此，既得合於一處，情遂氣伸，復還其故，理或有之矣。」右相怒不解，阿魯臺竟坐死。

卷五 〈莽書生強圖鴛侶〉

入話

引用了四段小故事，分別是：「魯男子」、「竇儀」、「司馬相如」、「韓壽」的故事，其中：

1 「魯男子」事出自《詩經・小雅・巷伯》傳：

昔者顏叔子獨處於室，鄰之釐婦又獨處於室，夜暴風雨至而室壞，婦人趨而至，顏叔子納之而使執燭，放乎旦而蒸盡，縮屋而繼之，自以為辟嫌。之不審矣，若其審者，宜若魯人然，魯人有男子獨處於室，鄰之釐婦又獨處於室，夜暴風雨至而室壞，婦人趨而託之，男子閉戶而不納，婦人自牖與之言曰：「子何為不納我乎？」男子曰：「吾聞之也，男子不六十不閒居，今子幼吾亦幼，不可以納子。」婦人曰：「子何不若柳下惠然，嫗不逮門之女，國人不稱其亂。」男子曰：「柳下惠固可，吾固不可，吾將以吾不可學柳下惠之可。」

2. 「竇儀」事，寫竇儀秀才月下讀書拒女子引誘，出處不詳，竇儀爲宋初名臣，宋代筆記記其佚事頗多，但都不見載有此事；《宋代名臣言行錄》、《宋史》本傳、《東都事略》等，只說他言正端謹，亦無月下拒女事。

3. 「司馬相如」事，本《史記・司馬相如列傳》，《綠窗新話》卷下輯入，題〈文君窺長卿撫琴〉。《史記》本傳謂：

卓王孫有女文君新寡，好音，故相如繆與令相重，而以琴心挑之。相如之臨邛，從車騎，雍容閒雅甚都；及飲卓氏，弄琴，文君竊從戶窺之，心悅而好之，恐不得當也。既罷，相如乃使人重賜文君侍者通殷勤。文君夜亡奔相如。

4. 「韓壽」事見《晉書》卷四十〈韓壽傳〉：

謐字長深。母賈午，充少女也。父韓壽，字德真，南陽堵陽人，魏司徒暨曾孫。美姿貌，善容止，賈充辟為司空掾。充每讌賓僚，其女輒於青瑣中窺之，見壽而悅焉。問其左右識此人不，有一婢說壽姓字，云是故主人。女大感想，發於寤寐。婢後往壽家，具說女意，並言其女光麗艷逸，端美絕倫。壽聞而心動，便令為通殷勤。婢以白女，女遂潛修音好，厚相贈結，呼壽夕入。壽勁捷過人，踰垣而至，家中莫知，惟充覺其女悅暢異於常日。時西域有貢奇香，一著人則經月不歇，帝甚貴之，惟以賜充及大司馬陳騫。其女密盜以遺壽，充僚屬與壽燕處，聞其芬馥，稱之於充。自是充意知女與壽通，而其門閤嚴峻，不知所由得入。乃夜中陽驚，託言有盜，因使循牆以觀其變。左右白曰：「無餘異，惟東北角如狐狸行處。」充乃考問女之左右，具以狀對。充祕之，遂以女妻壽。

正話　敘永樂年間舉人莫誰何事，見《粵西叢載》卷十七引《談林》「廣西莫舉人」條：

廣西莫舉人，會試過江都。一宦家有女及笄，往神廟燒香，莫隨行至廟。女盥手上香，婢以巾進，莫因就水盥手，以所衣盛服拭手。女目婢以巾與莫，莫以為奇遇，候婢出以銀數兩謝女。女怒，令反其金。莫曰：「我欲爾為謝娘子，此何足計。」婢復於女，女恐人知，命諭士速去，毋招人議。莫曰：「我欲一見娘子，不然雖死不去。」女無奈，取一簪一帕，令婢持謝莫曰：「感相公美意，然禮不可見，以此奉答，望絕念即去。」莫曰：「娘子以此與我是期我相見也。」女聞悔之，業已與矣。躊躕良久，乃曰：「某日家中修醮事，黃昏時門外送神，我於門首一見可也，餘則不可。」婢復告莫，莫喜。至某日晚，女果出見。一揖後，女即轉身入內，莫乘鬧驀隨其後。女至閣中，將晚，促之出，莫曰：「我既入則不可出矣，我功名之念亦休矣。爾以簪帕約我來，倘不得久遠相從，有死而已。」抽機中佩刀欲自刎，女驚姑留莫，因託疾坐閣中。計事必終露，乃攜婢宵遁。官家失女大駭，且女已許聘一官家，至是懼事洩成訟。適家有病婢，遂毒死詐稱女死，殯葬如禮。莫攜女歸，生二子。後數年登進士，授江都鄰縣尹，攜妻之任，因謁女父。既久成厚契，莫迎女父至衙，設宴酒。至夜，呼妻子出拜，前婢亦在。父愕然曰：「爾乃在此乎，此女之不肖，非壻罪也。但前失女時，恐壻家知，已託言病死，自今宜謹密，我亦不敢頻往來。任滿別遷，我自來會。」遂別去，莫後官至方面，二子俱登仕籍。

討論：此事亦見《情史》卷三「莫舉人」條。按《粵西叢載》是清人汪森所編，所引《談林》今已不傳，查《叢書大字典》並無此書。《四庫總目提要》對《叢載》的批評是：「至《叢載》所分二十目，雖頗近冗碎，而遺文軼事，多裨見聞，亦足以資考證。」可見《叢載》所引應當可信。只是《談林》著成年代不明，據〈粵西叢載原序〉所言，所錄有宋元以前的，也有明代的，而《情史》編於晚明，《叢載》不取《情史》而錄《談林》，自是以《談林》爲第一手資料。

卷六　〈乞丐婦重配鸞儔〉

入話　敍王播事，出《唐摭言》卷七「起自苦寒」條，另外《唐詩紀事》卷四十五「王播」、《太平廣記》卷一百九十九「王播」條均予採錄：

> 王播少孤貧，嘗客揚州惠昭寺木蘭院，隨僧齋食。諸僧厭怠，播至已飯矣。後二紀，播自重位出鎮是邦，因訪舊遊。向之題已皆碧紗幕其上，播繼以二絕句曰：「二十年前此院遊，木蘭花發院新脩，而今再到經行處，樹老無花僧白頭。」「上堂已了各西東，慚愧闍黎飯後鐘，二十年來塵撲面，如今始得碧紗籠。」

討論：入話中又說：「後人做傳奇的，却借來裝在呂蒙正身上。」按呂蒙正是宋代名臣，出身寒微，明傳奇《綵樓記》即演其事，劇中也有木蘭寺飯後鐘的故事。錢靜方說：

> 木蘭寺飯後鐘，係唐王播事，劇本借之，以粉飾蒙正貧時景狀，蓋文人不遇，大抵如斯，固可歎也。⑬

另外，孫光憲《北夢瑣言》卷三也有類似故事，但主角換成段文昌，木蘭寺變成曾口寺，文末小字云：「或云王播相公未遇題揚州佛寺詩，及荆南人云是段相，亦兩存之。」⑭

又據蔣瑞藻《小說考證》卷五「碧紗籠」條引《閒居雜綴》，明來集之《碧紗籠》傳奇亦演此事，但關於題詩的情形稍有不同，《唐摭言》等所載是「繼以二絕句」，傳奇是把後一首絕句分成二部分，貧時所題爲「上堂已了各西東，慙愧闍黎飯後鐘」，二十年後見此二句爲碧紗所籠，才續成「二十年來塵撲面，如今始得碧紗籠」⑮此說實較富戲劇性，本卷入話即採此說。

正話　敍周六女事，出《夷堅丁志》卷九「鹽城周氏女」條，《情史》卷二引之，題〈周六女〉：

> 鹽城民周六，居射陽湖之陰，地名朦朧。左右前後皆沮洳藪澤，無田可耕，且為人闒茸，不自振拔，唯芟刈蘆葦織席以生。一女年十七八略不識針鈕之事，但能助父編葦而已。以神堰漁者劉五，為其子娶之，不能縫裳，逐之歸。父母俱亡，無以餬口，遂行丐於市。朱從龍寓居堰側，時時呼入其家供薪水之役，久而欲為擇配。楚士吳公佐本富家子，放肆落魄，棄父而出游，至寄跡僧寺為行者。後還鄉里，親族皆加厭疾。郡庠諸生，容之齋舍，因相與戲謀，使迎周女為婦，假衣襦，具酒炙，共僦茅舍一間，擇日聘取，儕輩悉集，姑以成一笑。意吳生知為丐者，必將棄之。已而相得甚驩，偶鈐轄葛玥之子，富於貲財，拉吳博。吳僅有千錢，連擲獲勝，通宵贏過百緡，葛不能堪，明日復戰，浹辰之閣，所得又十倍。

吳是由啓質肆，稱貸軍卒，不數年利入萬計。其父呼還家讀書益勤，兩預貢籍。周女開敏慧，解婦功，不學而能，肌理豐麗，頓然美好。初里中有嚴老翁，吻士也，善講解孝經，又能說相。見周於丐中，語人曰：「此女骨頭裏貴。」果如其言，向使在劉漁家時已如是，則飢寒畢世矣。

卷七〈感恩鬼三古傳題旨〉

入話

發表對讀書與功名之議論，引郟正夫勉子就學於王荊公的〈鍾山訪王荊公詩〉做開場。事見《中吳紀聞》卷三「郟正天」條，《宋詩紀事》卷二十二「郟亶」條引之。

郟亶字正夫，太倉人，起於農家。自幼知讀書，識度不類凡子。年甫冠，登嘉祐二年進士第。崑山自國朝以來無登第者，正夫獨破天荒。後住金陵，遣其子僑就學於王荊公，嘗有贄見詩云：「十里松陰蔣子山，暮煙收盡梵宮寬。夜深更向紫微宿，坐久始知凡骨寒。一派石泉流沆瀣，數庭霜竹顫琅玕。大鵬汎有摶風便，還許鷦鷯附羽翰。」荊公一見奇之。今集中有謝郟亶祕校見訪於鍾山詩云：「誤有聲名只自慙，煩君躍馬過茆簷。已知原憲貧非病，更許莊周智養恬。世事何時逢坦蕩，人情隨分就猜嫌。誰能胸臆無塵滓，使我相從久未厭。」自此聲價頗重。

正話　敘宋淳熙時書生仰鄰瞻因鬼告知題旨而登科的故事，事出宋羅大經《鶴林玉露》卷十四「玉山知舉」條：

宋淳熙中，王季海為相。奏起汪玉山為太宗伯知貢舉，且以書速其來。玉山將就道，有一布衣之友平生極相得，屢黜於禮部。心甚念之，乃以書約其胥會於富陽一蕭寺，與之對榻。夜分，密語之曰：「某此行或者典貢舉，當特相牢籠。省試程文易義冒子中可用三古字以此為驗。其人感喜。玉山既知舉，搜易卷中，果有冒子內用三古字者。遂徑批上，置之前列。及拆號，乃非其友人也。私竊怪之，數日友人來見，玉山怒責之曰：「此必足下輕名重利，售之他人，何相負乃如此？」友人指天誓日曰：「某以暴疾幾死，不能就試，何敢漏泄於佗人。」玉山終不釋然，未幾以古字得者來謁。玉山因問之曰：「老兄頭場冒子中，用三古字何也？」其人泯默久之，對曰：「茲事甚怪，先生既問，不敢不以實對。某之來就試也，假宿於富陽某寺中，與寺僧閑步廡下。見室下一棺，塵埃漫漶。僧曰：『此一官員友也，殯于此十年矣，杳無骨肉來問。又不敢自葬之。』因相與默然，是夕夢一女子行廡下謂某曰：『官人赴省試，妾有一語相告，此去頭場冒子中，可用三古字，必登高科，但幸勿相忘，使妾朽骨，早得入土。』既覺，甚怪之，遂用其言，果叨前列。近已往寺中，葬其女矣。」玉山驚嘆。此事馮此山可久為余言，雖近於語怪，然亦不可不傳，足以袪人二敝：一則功名富貴，信有定分。有則鬼神相之，無則雖典貢舉者，欲相牢籠，至於場屋，亦不能入，此豈人之知巧所能為乎？一則人發一念，出一言，雖昏夜暗室，人所不知，而鬼神已知之矣。彼欲自欺於冥冥之中，而曰莫予云覯者，又惑之甚者也。

討論：《話本小說概論》認爲本卷出於《夷堅續志後集》卷二「鬼報冒頭」條，但《夷堅續志》是元人所編⑯，「鬼報冒頭」條很明顯是節取《鶴林玉露》「玉山知舉」條而成的，兩篇內容大致相同，只是「鬼報冒頭」略去了部分細節。此事甚奇，後世引用極多，如明朱佐的《前定錄補》、周清源的《西湖二集》卷四〈愚郡守玉殿生春〉、《盛明雜劇》中王澹翁的〈櫻桃園〉。又，洪邁《夷堅支景》卷三「三山陸蒼」條有類似故事，洪邁年輩在羅大經之前⑰，「玉山知舉」條或曾受其影響，附載於下：

傳敞字次張，濰州人。為士子時，以紹興二十年過吳江。縱步塔院，見僧房竹軒雅潔，至彼小憩。其東室有殯宮，問為誰。僧云：「數歲前知縣館客身故，聞其家在福建，無力歸窆，因權厝於此。」敞惻然憐之，既還舟次，是夜夢儒冠人持名紙來見曰：「三山陸蒼。」自敘蹤跡，與僧言同。將退拱白曰：「旅魂棲泊無依，君其念我。」明旦敞以告邑宰，亦有舊學院小吏知其事者，遂遷葬於官地上，仍修佛果資助之。至七月敞赴轉運司試，寓西湖小剎，復夢陸生來，再三致謝。且云：「舉場三日題目，蒼悉知之，謹奉告，切宜勿泄。若泄之，彼此當有禍。」敞寤而精思屬藁，洎應試盡如其素，於是高擢薦名。

卷八 〈貪婪漢六院賣風情〉

入話 1. 引羅隱詩作開場，謂「這首詩，乃羅隱秀才詠孔方兄之作」。這首詩的詩題是〈詠錢〉，收錄在《羅詔諫集》卷二（《四庫全書珍本》三集）。

2. 又謂：「古時范史云，曾官萊蕪令，甘受著塵甑釜魚；又如任彥升，位至侍中，身死之日，其子即衣不蔽體。」范史云應作范史雲，即東漢人范丹，或作范冉，見《後漢書》卷八一〈獨行列傳〉：

> 范冉字史雲（「冉」或作「丹」），陳留外黃人也。少為縣小吏，年十八，奉檄迎督郵，冉恥之，乃遁去。到南陽，受業於樊英。又遊三輔，就馬融通經，歷年乃還。（中略）桓帝時，以冉為萊蕪長，遭母憂，不到官。後辟太尉府，以狷急不能從俗，常佩韋於朝。議者欲以為侍御史，因遁身逃命於梁沛之閒，徒行敝服，賣卜於市。遭黨人禁錮，遂推鹿車，載妻子，捃拾自資，或寓息客廬，或依宿樹

陰。如此十餘年，乃結草室而居焉。所止單陋，有時糧粒盡，窮居自若，言貌無改，閭里歌之曰：「甑中生塵范史雲，釜中生魚范萊蕪。」

任彥升應作任彥昇，即南朝梁人任昉，事見《梁書》卷十四〈任昉傳〉：

任昉字彥昇，樂安博昌人，漢御史大夫敖之後也。（中略）天監二年，出為義興太守。在任清潔，兒妾食麥而已。友人彭城到溉，溉弟洽，從昉共為山澤游。及被代登舟，止有米五斛。既至無衣，鎮軍將軍沈約遣裙衫迎之。

正話

敍貪汚官吏吾愛陶事，雖託言宋代，並且主角的姓名籍貫歷歷，但從內容看，只是諷刺貪官之酷；文中所述吾愛陶的貪酷狠毒，以及被削職後百姓擊磚拋石報復，是從明徐樹丕《識小錄》卷二「關政之惡」條所載朱術珣事脫化而來：

從來滸墅主政狼籍者有之，然未有如朱術珣者之窮兇極惡也。術珣倚恃宗室，目不識丁，以薦得官。其在關，殺人無數。凡遇關之灰糞及惠山泉皆有稅，而客舟婦女，每人詐銀二兩，不期年積貲鉅萬。桐城左侍御光先彈之，奉旨令撫按察明先褫其職矣。撫黃者憒憒，鄉紳之嗜利無恥者，受術珣千金，因以危言嚇黃撫，以為其人狠心辣手，不期年而課已及額，繼之者不勝其任，上必思之，於時死灰復燃，將行報復，則事政不可知。黃鄙夫也，大以為然，而衛珣之白鏹三千，昏夜適至，遂令兵三百護之行。小民聚而擊之以瓦礫，兵發矢，中而踣者數人。遂縱之，滿載而逸。鄉紳者一詞林，素以賄聞，一比部，則滸墅居人也。比部更指他人嚇衛珣銀無算，時方新喪，衣麻衣而狎妓云。

吾愛陶削職後開妓院，與朱衛珣衣麻衣狎妓也有異曲同工之妙。又，卷中吾愛陶迫害王大郎一家七口事，則是從《識小錄》同卷「滸墅張孟儒事」脫化而來：

権關之惡，從來無過王孫朱衛珣。其張孟儒一事，尤慘酷異常。孟儒紈袴子，少游於俠邪，豪於青樓酒肆間，與同里包伯立相仇怨。歲辛巳，衛珣來主権政，伯立實帶弁從之，號為兵官。與其奴蔡淑者相表裏，日夜思所以報孟儒。適孟儒移居署側，僅隔一牆，遂與蔡定謀，某月日漏三下，伯立先以兵守孟儒家，蔡從署中穴牆至孟儒臥室，呼云有賊，破寐縛之。衛珣廷鞫不伏，則呼府捕之。精於煅煉者，奇刑百端，終於伏則移其刑於其子張舍，又不伏。衛珣從穴中至其家，凡室中所儲白鏹青蚨之類，盡指為盜贓而沒入之。旋出堂作鬼語云：「吾寐中見城隍神云云，未明了，今其決之神。」肩輿入廟，升殿再拜，袖出三紙丸，呼衆人曰：「此三丸一殺一繫一釋也。為我呼道傍兒探之，探之竟得殺字。於是即縛孟儒，取長繩貫頭、及兩手曳之桐下，若蜘蛛然。利刀十餘立背下，如莽，取白沸水盛錫器置之胸，孟儒苦熱肉戰背湧，頻觸下刀，血淋漓滿地，而府捕吏以巨搖搖兩脇，脇寸寸斷。孟儒立死矣，又即時榜其子數百，子亦死矣。衙珣傳旨張氏，二屍不許收歛。於是孟儒喂狗關南，名曰父南。其子喂狗關北，名曰子北。又傳旨籍其家有二故棺，孟儒父祖也。衙珣曰：「子作賊，父祖亦賊也。」盡棄之於水。又明日傳旨包兵官有大功，以孟儒田廬之半賞之，其半以賞衙役。又明日傳旨孟儒尚有幼子亦賊種，不宜留，大索不得，不知誰為程杵者。嗚呼，亦慘矣。然廟中三丸，衙珣實俱寫殺字，其云繫與釋，皆詐妄耳。嗚呼！不特欺人，且欺神矣。辛巳奇荒，一時若關使若長洲令，皆數百年來不見之貪酷也。天乎！人乎！下民何罪乎？

卷九　〈玉簫女再世玉環緣〉

本卷故事先影響清杜綱《娛目醒心編》卷十一〈詐平民恃官滅法，置美妾藉妓營生〉，其後東壁山房主人編的《今古奇聞》卷十五採入，題〈士無行貪財甘居下賤〉⑱。

入話

本卷直接敘入本題，以詠玉環緣的一闋小詞〈長相思〉作開場，但之後又有一段議論，文中引用了「望夫石」、「倩女離魂」、「韓朋夫婦」三段故事；其中「望夫石」事，《太平御覽》卷四百四十引《幽明錄》，卷八百八十八引《列異傳》都有同樣故事，見魯迅《古小說鉤沈》；「倩女離魂」事出唐人傳奇陳玄祐〈離魂記〉，元鄭德輝有〈迷靑瑣倩女離魂〉雜劇；「韓朋夫婦」事出晉干寶《搜神記》卷十一，其後唐劉恂《嶺表錄異》、唐釋道世《法苑珠林》、宋李昉《太平御覽》都予收錄，敦煌變文有〈韓朋賦一卷〉。以上文長皆不錄。

正話　敘述韋皐和玉簫女的故事，是由唐范攄《雲溪友議》中的「玉簫化」、「苗夫人」兩條串合而成，而以「玉簫化」條爲骨幹。以下所錄，「玉簫化」條以《太平廣記》卷二百七十四校錄，「苗夫人」條則採王夢鷗先生《唐人小說校釋》節錄：

〈玉簫化〉

唐西川節度使韋皐少遊江夏，止於姜使君之館。姜氏孺子曰荊寶，已習二經，雖兄呼於韋，而恭事之禮，如父也。荊寶有小青衣曰玉簫，年纔十歲，常令祗侍韋兄，玉簫亦懃於應奉。後二載，姜使入關求官，家累不行，韋乃易居止頭陀寺，荊寶亦時遣玉簫往彼應奉。玉簫年稍長大，因而有情。時廉使陳常侍得韋季父書云：「姪皐久容貴州，切望發遣歸覲。」廉使啓緘，遺以舟檝服用，仍恐淹留，請不相見。洎舟江瀨，俾篙工促行。韋昏暝拭淚，乃裁書以別荊寶。寶頃刻與玉簫俱來，既悲且喜。寶命青衣往從侍之。韋以違覲日久，不敢俱行，乃固辭之。遂與言約，少則五載，多則七年，取玉簫。因留玉指環一枚，並詩一首遺之。既五年不至，玉簫乃靜禱於鸚鵡洲，又逾二年，至八年春，玉簫歎曰：「韋家郎君，一別七年，是不來矣。」遂絕食而殞。姜氏憫其節操，以玉環著於中指而同殯焉。後韋鎮蜀，到府三曰，詢鞠獄囚，滌其冤濫，輕重之繫，近三百餘人。其中一輩，五器所拘，偷視廳事，私語云：「僕射是當時章兄也。」乃厲聲曰：「僕射僕射，憶姜家荊寶否。」章曰：「深憶之。」「卽某是也。」公曰：「犯何罪而重繫。」答曰：「某辭章之後，尋以明經及第，再選青城縣令，家人誤熱廨舍庫牌印等。」章曰：「家人之犯，固非己尤。」卽與雪冤，仍歸墨綬，乃奏眉州牧。敕下，未令赴任，遣人監守，朱紱其榮，且留賓幕。時屬大軍之後，草創事繁，凡經數月，方問玉簫何在。姜曰：「僕射維舟之夕，與伊留約，七載是期，既逾時不至，乃絕食而終。」因吟留贈玉環詩云：「黃雀銜來已數春，別時留解贈佳人。長江不見魚書至，為遣相思夢入秦。」章聞之，益增悽歎，廣修經像，以報夙心。且想念之懷，無由再會。時有祖山人者，有少翁之術，能令逝者相親。但令府公齋戒七日，清夜，玉簫乃至，謝曰：「承僕射寫經造像之力，旬日便當托生，却後十三年，再為侍妾，以謝鴻恩。」臨去微笑曰：「丈夫薄情，令人死生隔矣。」後章以隴右之功，終德宗之代，理蜀不替，是故年深累遷中書令，天下響附，瀘僰歸心。因作生日，節鎮所賀，皆貢珍奇。獨東川盧八座送一歌姬，未當破瓜之年，亦以玉簫為號。觀之，乃真姜氏之玉簫也。而中指有肉環隱出，不異留別之玉環也。章歎曰：「吾乃知存歿之分，一往一來，玉簫之言，斯可驗矣。」

（苗夫人）

張延賞累代臺鉉，每宴賓客，選子壻，莫有入意者。其妻苗氏，太宰苗晉卿之女也。夫人有才鑑，甚別英銳，特選韋皐秀才；曰：「此人之貴，無以比儔。」既以女妻之。不二三歲，以韋郎性度高廓，不拘小節；張公稍悔之，至不齒禮。一門婢僕，漸見輕怠。惟苗氏待之甚厚，其於衆侍，多視之悒怏而不能制遏也。皐妻張氏垂泣言曰：「韋郎七尺之軀，學兼文武，豈有沈滯兒家，為尊卑見誚？良時勝境，何忍虛擲乎！」韋乃告辭東遊，妻罄粧奩贈送。延賞喜其往也，贐以七馱物。（韋）每之一驛，則附遞一馱而還。行經七驛，所送之物，盡歸之矣；其所有者，惟清河氏所贈粧奩及布囊書策而已；延賞莫之測也。後（韋）權隴右軍事，會德宗行幸奉天，西面之功，獨居其上。聖駕旋復之日，自金吾持節西川，以代延賞。乃改易姓名，以「韋」作「韓」，以「皐」作「翺」，人莫敢言之也。至天迴驛，去府三十里，有人特報延賞曰：「替相公者，金吾韋皐將軍，非韓翺也。」苗夫人曰：「若是韋皐，必韋郎也。」延賞笑曰：「天下同姓名者何限，彼韋生應已委棄溝壑，豈能乘吾位乎？婦女之言，不足云爾。」苗夫人又曰：「韋郎比雖貧賤，氣凌霄漢。每以相公所誚，未嘗一言屈媚，因而見尤。成功立事，必此人也。」來日入州，方知不誤。延賞憂惕，莫敢瞻視，曰「吾不識人！」從西門而出。

討論：在《雲溪友議》之前的《續玄怪錄》（唐李復言撰）有「韋令公皐」條，所載略近於「苗夫人」條，都著眼於韋張二人的恩怨，宋錢易《南部新書》謂：

韋皐見辱於張延賞，崔圓受薄於李彥允，皆丈人子壻。後韋為張西川交待，崔殺李，殊死。⑲

可見韋皐事在當時以及後世之盛傳情形。

至於玉簫女的故事，明晁瑮《寶文堂書目》收錄的〈玉簫女兩世姻緣〉，可能爲宋元話本，惜已不傳。用這個故事寫成的劇本有：金院本《諸雜砌》中的〈玉環〉一本、元喬吉的〈玉簫女兩世姻緣〉雜劇、明佚名的《玉環記》傳奇、陳與郊的《鸚鵡洲》傳奇。另外，《情史》卷十也輯入此條，題〈韋皐〉，可能是採自《太平廣記》，又《綠窗新話》卷上「玉簫再生爲韋妾」條引《唐宋遺史》亦載此事。

卷十〈王孺人離合團魚夢〉

入話　敍寧王奪賣餅婦事，出《本事詩》：

寧王曼貴盛，寵妓數十人，皆絕藝上色。宅左有賣餅者，妻纖白明媚，王一見屬目，厚遺其夫，取之。寵惜逾等。環歲，因問之：汝復憶餅師否？默然不對。王召餅師，使見之。其妻注視，雙淚垂頰，若不勝情。時，王座客十餘人，皆當時文士，無不悽異，王命賦詩，王右丞維，詩先成：莫以今時寵，寧忘舊日恩，看花滿目淚，不共楚王言。

正話　敘王從事與妻離而復合的故事，出《夷堅丁志》卷十「王從事妻」條：

紹興初，四方盜寇未定，汴人王從事挈妻妾來臨安調官，止抱劍營邸中。顧左右皆娼家，不為便，乃出外僦民居。歸語妻曰：「我已得某巷某家，甚寬潔明，當先護籠篋行，卻倩轎取汝。」明日遂行，移時而轎至，妻亦往，久之，王復回舊邸訪覓，邸翁曰：「君去不數刻遣車來，君夫人登時去，妾隨之矣，得非失路耶？」王驚痛而反，竟失妻不復可尋。後五年，為衢州教授，赴西安。宰宴集，羞鼈甚美，坐客皆大嚼。王食一臠，停箸悲涕，宰問故，曰：「憶亡妻在時，最能饌此。每治鼈裙，去黑皮必盡，切臠必方正，今一何似也，所以泣。」因具言始末，宰亦悵然，託更衣入宅。既出，即罷酒曰：「一人向隅而泣，滿堂為之不樂。教授既爾，吾曹何心樂飲哉！」客皆去，宰揖王入堂上，喚一婦人出，乃其妻也，相顧大慟欲絕。蓋昔年將徙舍之夕，姦人竊聞之，遂詐輿至女儈家而貨於宰，得錢三十萬，宰以為側室。尋常初不使治庖廚，是日偶然耳。便呼車送諸王氏，王拜而謝，願盡償元直。宰曰：「以同官妻為妾，不能審詳，其過大矣。幸無男女於此，尚敢言錢乎。」卒歸之。予頃聞錢塘俞倞話此，能道其姓名鄉里，今皆忘之。如西安宰之賢，不傳於世，尤可惜也。

討論：此事亦見《情史》卷二「王從事妻」條，字句大同小異，但沒有結尾的按語。初刻《拍案驚奇》卷二十七〈顧阿秀喜捨檀那物　崔俊臣巧會芙蓉屏〉的入話也引用這個故事，戴不凡認爲《石點頭》是根據《初拍》敷演而成[20]，其實二書時代相近，應都是根據《夷堅志》或《情史》寫成的。

卷十一〈江都市孝婦屠身〉

入話　用了兩大段故事：

1. 曹娥事本《後漢書》卷八四〈列女傳〉中的「孝女曹娥」：

> 孝女曹娥者，會稽上虞人也。父盱，能絃歌，為巫祝。漢安二年五月五日，於縣江泝濤（迎）婆娑（迎）神，溺死，不得屍骸，娥年十四，乃沿江號哭，晝夜不絕聲，旬有七日，遂投江而死。至元嘉元年，縣長度尚改葬娥於江南道傍，為立碑焉。

2. 崔家娘子乳姑事，本元郭居敬輯《二十四孝》中的「唐夫人」條：

> 唐崔南山曾祖母長孫夫人，年高無齒。祖母唐夫人每日櫛洗升堂，乳其姑，奶不粒

食，數年而康。一日病，長幼咸集，乃宣言曰：「無以報新婦恩，願子孫婦，如婦之孝敬足矣。」

討論：曹娥投江是漢代事，作者在本卷所引「當年官府張掛榜文戒人弄潮」的榜文却是宋治平中，郡守蔡襄所作的〈戒弄潮文〉，見《西湖遊覽志》卷二十四。

正話　敍宗二娘賣身與屠戶事，本《新唐事》卷二〇五〈列女傳〉：

周迪妻某氏。迪善賈，往來廣陵。會畢師鐸亂，人相掠賣以食。迪飢將絕，妻曰：「今欲歸，不兩全。君親在，不可幷死，願見賣以濟君行。」迪不忍，妻固與詣肆，售得數千錢以奉。迪至城門，守者誰何，疑其紿，與迪至肆問狀，見妻首已在枅矣。迪裹餘體歸葬之。

討論：《太平廣記》卷二七〇「周廸妻」條所載字句皆同《新唐書》；《情史》卷十四「周廸妻」條所錄，字句略有不同，考本卷的內容，實與《情史》爲近，錄於後以作比較：

有豫章民周迪，貨利於廣陵，其妻偕焉。遇師鐸之亂，不能去，城中人相食。迪飢將絕，妻曰：「兵荒若是，必不相全，君親家老遠，不可與妾俱死。願見鬻於屠氏，則君歸裝濟矣。」迪勉從之。以所得之半賂守者求去，守者詰之，道以實對，群輩不信，遂與迪往其處驗馬。至則見其首已在肉案，聚觀者莫不嘆異，爭以金帛遺之。廼收其餘骸，負之而歸。

文中描寫兵荒馬亂人類相食的慘狀，讀之令人鼻酸；又道人肉各有名色，「老人家叫饒把火，孩子家叫做和骨爛……」，這些名目先見於宋莊季裕的《雞肋編》，《輟耕錄》卷九引之，馮夢龍的《古今譚槩》卷十六〈鷙忍部〉也加以載錄：

登州范溫，率忠義之人，泛海到錢塘，有持至行在猶（《譚槩》作充）食者（《譚槩》無此字）。老瘦男子謂之饒把火，婦人少艾者名之不羨羊（《譚槩》作美羊），小兒呼為和骨爛，又通目為兩脚羊。（《輟耕錄》卷九）

卷十二〈侯官縣烈女殲仇〉

入話　用李白詠東海勇婦的詩開場，並加以議論。所引詩見王琦《李太白集注》卷五〈東海有勇婦〉樂府。詩中有「北海李使君」句，王琦注以爲即是北海太守李邕，則李白所詠爲當時實事。

正話　敍申屠娘子殺仇報夫，事見《情史》卷一「申屠氏」條：

申屠氏，宋時長樂人。美而艷，申屠虔之女也。既長，慕孟光之為人，名希光。十歲能屬文，讀書一過，輒能成誦。其兄漁釣海上，作詩送之曰：「生計持竿二十年，茫茫此去水連天。往來酒灑臨江廟，晝夜燈明過海船。霧裏鳴螺分港釣，浪中抛纜枕霜眠。莫辭一棹風波險，平地風波更可憐。」其父常奇此女，不妄許人。年二十，侯官有董昌，以秀才異等，為虔所識，遂以希光妻昌。希光臨行作留別詩曰：「女伴門前望，風帆不可留。岸鳴焦葉雨，江醉蓼花秋。百歲身為累，孤雲世共浮。淚隨流水去，一夜到閩州。」入門絕不復吟，食貧作苦，晏如也。居久之，當靖康二年，郡中大豪方六一者，虎而冠者也，聞希光美，心悅而好之。乃使人誣昌陰重罪，罪至族，六一復陽為居間，得輕判，獨昌報殺。妻子幸無死。因使侍者通殷勤，強委禽焉。希光俱知其謀，謬許之。密寄其孤於昌之友人，乃求利匕首懷之以往。謂六一曰：「妾自分身首異處矣，賴君高誼，生死而骨肉之。妾之餘，君之身也，敢不奉承君命。但亡人未歸淺土，心竊傷之，惟君哀憐。既克葬乃成禮。」六一大喜，立使人以禮葬之。於是希光偽為色喜，遂入室。六一既至，即以匕首刺之帳中，六一立死，因復殺其侍者二人。至夜中，詐謂六一病卒，佯驚，以次呼其家人。家人皆愕，卒起不意，先後奔入，希光皆殺之，盡滅其宗，因斬六一頭，置囊中，馳至董昌葬所，以其頭祭之。明旦悉召山下人告之曰：「吾以此下報董君，死不媿魂魄矣。」遂以衣帶自縊而死。

卷十三〈唐明皇恩賜纊衣緣〉

正話　敍桃夫人袍中寄詩事，出孟棨《本事詩》：

開元中，頒賜邊軍纊衣，製於宮中。其兵士於短袍中得詩曰：「沙場征戍客，寒苦若為眠？戰袍經手作，知落阿誰邊！蓄意多添線，含情更著綿。今生已過也，重結後身緣。」兵士以詩白於帥，帥進之，玄宗命以詩遍示六宮曰：「有作者勿隱，吾不罪汝。」有一宮人，自言萬死。玄宗深憫之，遂以嫁得詩人，乃謂之曰：「我與汝結今身緣。」邊人皆感泣。

討論：此事《太平廣記》卷二百七十四引，題〈開元製衣女〉，《類說》卷五一引題〈兵士袍中詩〉，《醉翁談錄》乙集卷二引，題〈唐宮人製短袍詩〉，《情史》卷四題作〈唐玄宗〉。又據王夢鷗先生之考證（《本事詩校補考釋》〈情感〉第一之四）：《詩總》二十三引劉斧《翰府名談》言唐僖宗朝，自宮內製袍賜塞外吏士，有神策將士馬直於袍中得金鎖一枚，詩一首，後為僖宗所知，即以製袍宮人賜之。其情節與此相近，疑為仿造之說。蓋劉斧好以唐玄宗時事捏合為唐僖宗時事云云。

卷十四〈潘文子契合鴛鴦塚〉

入話　分別敍述戰國時代有斷袖之癖的龍陽君、安陵君兩人的故事。龍陽君事，見《戰國策》卷五〈魏策〉；安陵君事，見同書卷七〈楚策〉。《情史》卷二十二皆予以輯入：

〈龍陽君事〉

魏王與龍陽君共船而釣，龍陽君得十餘魚而涕下，王曰：「有所不安乎？如是何不相告也。」對曰：「臣無敢不安也。」王曰：「然則何為涕出？」曰：「臣為王之所得魚也。」王曰：「何謂也？」對曰：「臣之始得魚也，臣甚喜。後得又益大，今臣直欲棄臣前之所得矣！今以臣之凶惡，而得為王拂枕席。今臣爵至人君，走人於庭，避人於途。四海之內，美人亦甚多矣！聞臣之得幸於王也，必褰裳而趨大王，臣亦猶曩臣之前所得魚也。臣亦將棄矣，臣安能無涕出乎。」魏王曰：「誤，有是心也，何不相告也。」於是布令於四境之內曰：「有敢言美人者族。」

〈安陵君事〉

江乙說於安陵君曰：「君無咫尺之地、骨肉之親，處尊位，受厚祿，一國之衆見君莫不歛衽而拜，撫委而服，何以也。」曰：「王過舉而色，不然，無以至此。」江乙曰：「以財交者財盡而交絕，以色交者華落而愛渝。是以嬖色不敝席，寵臣不避軒。今君擅楚國之勢而無以自結於王，竊為君危之。」安陵君曰：「然則奈何。」「願君必請從死，以身為殉，如是必長得重於楚國。」曰：「謹受令。」三年而弗言。江乙復見曰：「臣所為君道至今未効，君不用臣之計，臣請不敢復見矣。」安陵君曰：「不敢忘先生之言，未得間也。」於是楚王游於雲夢，結駟千乘，旌旗蔽天。野火之起也若雲倪，兕虎嗥之聲若雷霆。有狂兕牲車，依輪而至。王親引弓而射，一發而殪。王抽旃旄，而抑兕首，仰天而笑曰：「樂矣今日之游也。寡人萬歲千秋之後，誰與樂此矣。」安陵君泣數行下而進曰：「臣入則編席，出則陪乘。大王萬歲千秋之後，願得以身試黃泉，蓐螻蟻，又何如得此樂而樂之。」王大說，乃封壇為安陵君。君子聞之曰：「江乙可謂善謀，安陵君可謂知時矣。」

正話

敍王仲先潘文子相契，爲男色而死的故事，出《太平廣記》卷三百八十九「潘章」條，未注出處，《情史》卷二十二引之，題〈共枕樹〉：

潘章少有美容儀，時人競慕之。楚國王仲先，聞其名來求為友，章許之，因願同學。一見相愛，情若夫婦。便同衾共枕，交好無已。後同死，而家人哀之。因合葬於羅浮山。冢上忽生一樹，柯條枝葉，無不相抱，時人異之，號為共枕樹。

討論：《類說》卷四十《稽神異苑》引《三吳記》：「潘章夫婦死、葬，冢木交枝，號『並枕樹』。」依此則合葬的是潘章夫婦而不是潘和他的朋友。文中二人合葬於羅浮山，錢鍾書認爲有寓意，《藝文類聚》卷七引《羅浮山記》：「羅，羅山也；浮，浮山也，二山合體。」故可借喻好合[註]。《情史》卷二十二所引文字與《廣記》略異，可能是抄錄時有脫誤。

二、綜論

1　對胡士瑩《話本小說概論》的補充和訂正：

表二　各卷故事之來源

卷別		一
入話	《話本小說概論》之考證	《輟耕錄》
	本論文之考證	《輟耕錄》
正話	《話本小說概論》之考證	不詳
	本論文之考證	不詳

二	《本事詩》、《後漢書》	《本事詩》、《後漢書》	《情史》	《情史》
三	當時實事	《西湖遊覽志餘》	《續藏書》	《國朝獻徵錄》
四	無	《文選》、〈鴛鴦傳〉	無考	《情史》?
五	無	《詩經毛傳》、《史記》、《晉書》	《粵西叢載》	《粵西叢載》
六	《唐摭言》	《唐摭言》、《唐詩紀事》	《夷堅丁志》	《夷堅丁志》
七	無	《中吳紀聞》	《夷堅續志後集》	《鶴林玉露》
八	無	《羅昭諫集》、《後漢書》、《梁書》	不詳	《識小錄》
九	無	《幽明錄》、〈離魂記〉、《搜神記》	《雲溪友議》	《雲溪友議》
十	《本事詩》	《本事詩》	《夷堅丁志》	《夷堅丁志》

十一	無	《二十四孝》、《後漢書》、《列女傳》	《廣記》	《廣記》
十二	無	李白樂府〈東海有勇婦〉	《情史》	《情史》
十三	無	無	《本事詩》	《本事詩》
十四	無	《戰國策》〈魏策〉、〈楚策〉	《廣記》	《廣記》
合計	五條	相同五條 增補十九條	十一條	相同九條 訂正二條共十三條 增補二條

2 相關來源的討論：

各卷故事雖然大都已找到本源，但作者所採取的，未必是直接來源。下表顯示作者所參考的，可能來自若干卷帙繁多的小說總集。

表三　各卷正話的有關來源

卷別	相關來源（正話部份）
一	？
二	《情史》
三	《國朝獻徵錄》、《續藏書》
四	？、《情史》
五	《粵西叢載》、《情史》
六	《夷堅志》、《情史》
七	《鶴林玉露》、《夷堅續志後集》、《夷堅志》
八	《識小錄》
九	《雲溪友議》、《廣記》、《情史》
十	《夷堅志》、《情史》
十一	《新唐書》、《廣記》、《情史》
十二	《情史》
十三	《本事詩》、《廣記》、《情史》
十四	《廣記》、《情史》

表四　相關來源出現次數統計

《情史》	十　次
《廣記》	四　次
《夷堅志》	三　次
其　他	一　次

3.《石點頭》故事來源的推論：

(1)在十四卷故事的主要情節中，和《情史》有關的佔了十卷之多，這絕非偶然的巧合。上一節我們討論過馮、席二氏的關係，我們很可以相信，席浪仙撰寫《石點頭》之前，必然熟讀過《情史》而深受其影響。

(2)宋代以前的小說大集於《太平廣記》，北宋一代的故事廣收於《夷堅志》。張宏庸研究《二拍》的本事，發現《二拍》本事的兩大來源是《太平廣記》和《夷堅志》㉒，《石點頭》也與這兩部書有重大關連。《醉翁談錄．小說開闢》說：

> 夫小說者，雖為末學，尤務多聞。……幼習《太平廣記》，長攻歷代史書。……《夷堅志》無有不覽，《琇瑩集》所載皆通。㉓

可見《太平廣記》、《夷堅志》對於說話人的重要，席浪仙要寫擬話本，必然讀過此二書而受其影響。

本節對《石點頭》本事的探考，雖然幾乎翻遍唐、宋、元、明四朝的正史雜文以及小說筆記，頗費時日，但仍有卷一和卷四的全部或部份故事情節來源不詳。有可能是作者一空旁倚的獨自創作，特別是卷一，最有可能是作者虛構，詳見下一節的考證。但也可能是筆者的疏漏，希望以後能有機會加以補足。

第三節　楔子和套語

一、楔子的處理

金聖歎說：「楔子者，以物出物之謂也。」㉔莊因先生則說它是「用一個東西引起（接觸）另一個東西的東西」，意思差不多。又說楔子的目的，「是在聯繫故事的情節」㉕。

楔子本來是元劇中作爲聯絡照應之用的，不一定放在劇首，也可以在折與折之間，非常活潑。嚴格說起來，楔子和話本中的「得勝頭迴」、「笑要頭回」或「入話」等是有差別的，後者一定置於正文之前，一般都認爲這是在職業說書時用來拖延時間，招徠聽衆所用。胡士瑩先生更把「入話」和「頭回」區分爲二，他說：

> 入話是解釋性的，和篇首的詩詞有關係，或涉議論，或敘背景以引入正話；頭回則基本上是故事性的，正面或反面映襯正話，以甲事引出乙事，作為對照。㉖

但胡先生也不能不承認，「『頭回』和『入話』，在明人的概念中，可能是一種東西」，近代的學者也很少作這樣的區分，如譚嘉定《〈三言〉〈兩拍〉資料》便直接用「入話」一詞，而其所輯的資料「入話以有故事性者爲限」[27]。

本論文前一節本事源流探討部分也採用「入話」一詞，但「入話」是專屬於話本所有的名詞，後世的擬話本乃是文人案頭的創作，已無所謂拖延時間，招徠聽衆，「入話」已成爲話本小說有機體的一部分。就此意義而言，實同於後世小說的楔子，換言之，話本中的入話乃是小說楔子的一種。

莊因〈話本中楔子的體裁〉一文，將話本（包括擬話本）中的楔子，依其體製分成四種：

1. 在卷首冠以詩句或詞。
2. 除去詩文或詞句外，還有一段閒話。
3. 除去詩文或詞句外，再加一則或一則以上的故事。
4. 既有詩文或詞句，又有一段閒話，再加一則或以上的故事[28]。

《石點頭》十四卷入話的體製只有二、四兩種，屬於第二種的有卷四、五、七、八、九、十二、十三共七卷，其餘七卷都屬於第四種。

莊氏又借用《詩經》中的賦、比、與三種體裁討論話本的楔子，其中的「賦體」是指「除了卷首的一詩或一詞之外，便開門見山的平直敍起正文的故事來」，《石點頭》各卷故事中，並無此體。又有「比體」，是指「正文之前，用一則別的故事做引子」，又分爲六種：

1. 性質相同，結尾與正文稍異。

本書屬於這一類楔子的有：

卷一，入話和正話都是寫父子相認的故事，故事性質相同，但入話中父親是因相士告知才找到兒子，正話是父子在榜前相認，結尾略異。

卷六，入話用王播故事，和正話周六女由乞婦而封誥都是由貧賤變爲富貴，性質相同，但王播拜相是靠自身的努力，周六女則是由於命運的安排。

卷十，入話中的賣餅夫婦和正話中的王從事夫婦，都遭遇分離而後復合，但賣餅婦被送還後便結束故事，王從事夫婦團圓後尚有報仇的情節。

2. 性質相同，結尾與正文相反。

3. 性質相反，結局與正文相同。

《石點頭》各卷無這兩類楔子。

4. 故事性質和結局皆與正文相反。

卷三的入話寫吳愷的不孝，使其父鬱鬱而終，自己也受到友人的誚責，正話寫王本立天涯尋父，後來父子團圓，家道昌隆。兩者性質、結局都完全相反。

5. 複楔子，指楔子中包含二則或二則以上的故事，用以加重闡發正文題意。

屬於這一類的有：

卷二，用樂昌公主破鏡重圓以及黃昌失妻復得兩則故事爲入話。

卷十一，用曹娥投江尋父屍以及崔娘子乳姑兩則孝親故事爲入話。

卷十四，用龍陽君和安陵君兩則斷袖之癖的故事爲入話。

6. 以楔子爲反襯，實與正文無關。

這一類的楔子，《石點頭》也沒有。

第三種是「興體」，莊因先生說：

這一類可以算是典型的楔子。它們原是天南地北，上下古今，在大宇宙中縱橫交錯織成的。它們無奇不有，猶春花滿樹。但有時又像落紅隨水漂流，芳香十里，使人有冗長的感覺。

莊先生舉《清平山堂話本》㉙中的〈西湖三塔記〉爲典型的例子，該文「費了很多筆墨（唇舌），把西湖正反上下說遍了，極是累贅」。《石點頭》中的卷十三〈唐玄宗恩賜纊衣緣〉情形也很類似，正文要寫桃夫人詩縫纊衣後與守邊軍士結成夫婦的故事，却從唐玄宗用奸臣、寵貴妃寫起，寫賞牡丹、嚐櫻桃、李白題詩、玄宗祈雪、君臣和詩，拉拉雜雜寫了兩千多字，似乎都與主題毫無關連。忽然從下雪想到「軍士臥雪眠霜，煞寒忍凍」，正是：

瑤天雪下滿長安，獸炭金爐不覺寒；
鳳閣龍樓催雪下，沙場戰士怯衣單。

於是才有命宮女縫製戰襖的事，從此進入正文，這種形式，很合於前述所謂的「興體」。莊氏該文又謂：

另外，還有一種興體，是先說些閒話，東拉西扯，漸次入正題，舉出一兩個例子以明之，最後却作翻案文章的。

《石點頭》各卷中，這類的楔子最多，最典型的是卷八〈貪婪漢六院賣風流〉的入話：

志士不敢道，貯之成禍胎；小人無事藝，假爾作梯媒。
解釋愁腸結，能分睡眼開；朱門狼虎性，一半逐君回。

這首詩，乃羅隱秀才詠孔方兄之作。末聯專指着坐公堂的官人而言，說道任你凶如狼虎，若孔方兄到了面前，便可回得他的怒氣，博得他的喜顏，解禍脱罪，薦植噓揚，無不應效。所以貪酷之輩，塗面喪心，高張虐焰，使人懼怕，然後恣其攫取，遭之者無不魚爛，觸之者無不虀粉。此乃古今通病，上下皆然，你也笑不得我，我也說不得你。間有廉潔自好之人，反為衆忌，不說是飾情矯行，定指是釣譽沽名，群口擠排，每每是非顛倒，沉淪不顯，故俗諺說：「大官不要錢，不如早歸田；小官不索錢，兒女無姻緣。」可見貪婪的人，落得富貴；清廉的，枉受貧窮。因有這些榜樣，所以見了錢財，性命不顧，縱然被人恥笑鄙薄，也略無慚色。笑罵由他笑罵，好官我自為之，這兩句便是行實。

雖然如此，財乃養命之源，原不可少。若一味橫着腸子，嚼骨吸髓，果然不可。若如古時范史云，曾官萊蕪令，甘受着塵甑釜魚；又如任彥升，位至侍中，身死之日，其子卽衣不蔽體，這又覺得太苦。依在下所見，也不禁人貪，只是取之有道，莫要喪了廉恥。也不禁人酷，只要打之有方，莫要傷了天理。書上說：「放於利而行」，這是不貪的好話。「愛人者，人恆愛之」，這是不酷的好話。又道是：「留有餘不盡之財，以還造化；留有餘不盡之福，以還子孫。」先聖先賢，那一個不勸人爲善，那一個不勸人行些方便，但好笑者，世間識得行不得的毛病，偏坐在上一等人。任你說得舌敝唇穿，也只當做飄風過耳。若不是果報分明，這駛一帆風的正好望前奔去，如何得個轉頭日子？在下如今把一樁貪財的故事，試說一回，也盡可喚醒迷人。詩云：

　財帛人人所愛，風流個個相貪；只是勾銷廉恥，千秋笑柄難言。

文中雖提到范史云和任彥升的故事，但只是順勢道出，並未細說，與比體不同。《石點頭》卷四、五、七、九、十二的楔子都屬此類，不再詳舉。

　綜觀各卷楔子的內容，無論是否引用故事，必定加入議論。故事性的楔子佔全書之半，議論長短不等；非故事性的楔子（卽所謂興體）則多半長篇大論，或論情慾、或論女色、或論貪吝，必定暢其所言。這種現象，十足表現出文人擬話本的風格來，他不用面對觀衆，所以不必考慮演出效果，可以盡情發揮自己的觀點和意見，也可以藉機一吐心中的梗塊，這是和早期話本最大的不同之處。

　楔子不等於入話，前已言之。元劇中的楔子作用在穿插敷衍，聯絡照應，其實《石點頭》也有這種楔子，例如卷三〈王本立天涯求父〉除了卷首用吳愷故事爲入話外，卷中又插入另一段李太監不認親娘，却覓一位儀態豐美婦人做娘的故事，首尾完足，論其性質，正好是莊因氏所列比體的第四類楔子（故事性質和結局皆與正文相反）。此種楔子在話本小說中極罕見，可以算是一種特例。

總結本書十四卷故事對楔子的運用，大致得體，並無勉強敷湊的情形。所獲致的藝術效用約有下列三項：

1. 襯托主題：正面襯托主題如卷十一，楔子所寫曹娥投江求父、唐夫人乳姑不怠之事已爲世所傳頌，對於正文歌頌宗二娘屠身奉姑更艱難的孝行之主題，做了有力的陪襯。反面襯托主題如卷三，楔子寫吳慥貪戀祿位不肯孝養父親，正文中的王原從小小孩童時便有尋父的決心，楔子對頌揚孝行的主題有極佳的反襯效果。

2. 造成懸念：所謂懸念，是先暗示或提示後面將要表現的內容，造成讀者心中的好奇或疑問，有所牽掛，所以叫做懸念。例如卷六的楔子在說完王播飯後鐘的故事後，說道：「世情冷暖，人面高低，大率如此。」又道：「如今且說一個先時狼狽，後來富貴的女子，莫說旁人不料他有這段榮華了，便是他引鏡自照，也想不起當年面目。」王播的事已算奇特，如今又有一個遭遇類似的女子，得到連自己也料不到榮華富貴，到底是怎麼一回事？此一疑問便造成懸念。

3. 營造氣氛：例如卷十二用李白的〈東海有勇婦〉詩作楔子，由於該詩氣勢磅礴、節奏明快，可以激昂讀者的情緒，造成一種剛烈亢爽的氣氛，與正文的文勢配合，效果極佳。這一卷雖寫女子，却充滿陽剛氣息，尤其中屠氏手刄仇首一般，令人讀了血脈噴張，擊節稱快，之所以有此效果，楔子是有氣氛營造之功的。

二、套語的使用

套語，顧名思義即是套用的話語。由於話本小說本來屬於口傳文學，香港大學中文系陳炳良先生研究話本套語的藝術，提出了套語在話本中的運用之七種看法，陳氏所提的意見頗值得參考：

1. 外國研究口傳文學的學者強調重複（repetition）的作用。套語的作用就在加深聽衆的印象。
2. 並列（juxtaposition）亦是口傳文學的一種基本手法。話本中的套語（對偶、韻文、或駢文），發揮了並列的作用。
3. 話本中散文部分是敘事（narrative），套語部分是抒情（lyricism）。因此像「歡娛嫌夜短，寂寞恨更長」，「塵隨馬足何年盡，事繫人心早晚休」等句會引起抒情作用。
4. 對文化水準較低的聽衆來說，套語使他們感到是在參加一種高級的文化活動，也令他們認同於大傳統。
5. 由於要認同於大傳統，講者常引用典故和賣弄語言技巧，這些技巧基本上也是語法的重複運用。
6. 它有時也產生比喻（metaphoric）的作用……（下略）。

7. 在實用方面，說話人可以利用說套語時作一收束，向觀衆收取賞錢。「水滸傳」五十一回白秀英說書的例子可作參考㉚。

以上是針對早期話本說的，後世的擬話本離口傳文學漸遠，論理應該拋棄這些無用的套語（既無觀衆以上所論已無意義），然而事實上這些套語仍被繼續沿用，雖然陳先生說「其後的擬話本（如《醉醒石》）便沒有多少套語了」，但細考《石點頭》十四卷所運用的套語，雖不如《清平山堂話本》和《三言》之多，但也算不少了。以下是以《清平山堂話本》、《熊龍峰小說四種》以及《三言》爲依據，統計《石點頭》所使用的套語：

1. 「眞是時來頑鐵也生光」（卷一）：

見《警世通言》（以下簡稱《警》）卷三十一「運去黃金失色，時來鐵也生光」，《醒世恆言》（以下簡稱《醒》）卷三「運退黃金失色，時來鐵也生光」，《醒》卷二十「運退黃金無色，時來鐵也光輝」。

2. 「可憐節操冰霜婦，却做離鄉背景人」（卷一）：

這一類的句子最多，本書卷十二「可憐廊廟經綸手，化作飛燐草木寃」，《醒》卷一「可憐宦室嬌香女，權作閨中使令人」，卷三「可憐絕世聰明女，墮落烟花羅網中」，另外卷二十、卷二十八，《警》卷二十一、二十三都有類似的句子。

3. 「拆破玉籠飛彩鳳，掣開金鎖走蛟龍」（卷二）：

《警》卷十一「搥碎玉籠飛彩鳳，掣開金鎖走蛟龍」，另《醒》卷八、卷三十都作「折破玉籠飛綵鳳，頓開金鎖走蛟龍」。

4.「不是一番寒徹骨，怎得梅花撲鼻香」（卷二、卷五）：

《醒》卷十七則爲四句「昔年流落實堪傷，今日相逢轉斷腸；不是一番寒徹骨，怎得梅花撲鼻香」，卷二十二也有這兩句。

「有意種花花不活，無心插柳柳成蔭」（卷四）：

《清平山堂話本》（以下簡稱《清》）〈楊溫攔路虎傳〉：「著意栽花花不活，等閒插柳柳成蔭。」《警》卷十三上句改爲「著意種花花不活」，下句同《清》，《喻》卷十一亦同，《喻》卷十五改爲「特意種花栽不活，等閒攜酒却成歡」。

6.「且待金榜掛名，方始洞房花燭」（卷五）：

《警》卷十七「若要洞房花燭夜，必須金榜掛名時」。

7.「方知語是針和線，從頭釣出是非來」（卷七）：

《醒》卷十三「情知語是鈎和線，從頭釣出是非來」，又卷十五、卷十一，《喻》卷三八。

8.「饒君掬盡三江水，難洗今朝一面羞」（卷八、卷十四）：

《醒》卷八作「饒君掬盡湘江水，難洗今朝滿面羞」。

9.「忙忙如喪家狗，汲汲如漏網魚」（卷八）：

《醒》卷三作「忙忙如喪家之犬，急急如漏網之魚」，卷十七「犬」作「狗」，餘皆同。

10.「行藏虛實自家知，禍福因由更問誰？善惡到頭終有報，只爭來早與來遲」（卷八）：

卷十套用後二句，卷十二上兩句作「湛湛青天不可欺，未曾舉意早先知」，後二句同。

《醒》卷二十作「善惡到頭終有報，只爭來早與來遲；勸君莫把欺心傳，湛湛青天不可歎」，卷三十九、《警》卷二則只用「善惡有報」二句。

11. 「柙龜烹不爛，貽禍到枯桑」（卷八）：

《雨窗集》上〈曹伯明錯勘贓記〉作「老龜烹不爛，移禍在枯桑」，《喻》卷二十六作「老龜煮不爛，移禍於枯桑」，卷三十八「煮」仍作「烹」，《醒》卷十五「烹」作「蒸」，《警》卷十五、卷十九大同小異，本書卷五變化成「燒龜欲爛渾無計，移禍枯桑不可言」。

12. 「有恨女郎須釋恨，無情男子也傷情」（卷九）：

卷十一有同樣句法：「石人聽見應流淚，鐵漢聞知也斷腸。」《喻》卷十「任是泥人應墮淚，從教鐵漢也酸心」。

13. 「落花有意隨流水，流水多情戀落花」（卷九）：

《喻》卷十三、《警》卷二十一完全相同。

14. 「夫妻本是同林鳥，大限來時各紛飛」（卷十）：

《喻》卷一、《醒》卷二十九皆同；《警》卷二作「夫妻本是同林鳥，巴到天明各自飛」。

15. 「只因一著不到處，致使滿盤都是空」（卷十一）：

《醒》卷八作「只因一著錯，滿盤俱是空」，《喻》卷二「俱」作「都」，餘皆與《醒》同。

16. 「若非天仙織女轉世，定是月裏嫦娥降生」（卷十二）：

與《警》卷十四「有如織女下瑤臺，渾似嫦娥離月殿」近似。

17.「時來風送滕王閣，運退雷轟薦福碑」（卷十二）：

《喻》卷三十九同，《警》卷十七「退」作「去」，餘同，《喻》卷九增爲四句：「運去雷轟薦福碑，時來風送滕王閣。今朝婚宦兩稱心，不似從前情緒惡。」

18.「有緣千里來相會，無緣對面不相逢」（卷十三、十四）：

《喻》卷一、《警》卷三十「來」作「能」，餘皆同。

19.「不願文章中天下，只願文章中試官」（卷十四）：

《警》卷九、《醒》卷三十二皆同。

以上多爲兩句相對的套語，是所有話本小說運用最多的套語形式。至於四句詩、八句詩，很少用套語，多爲自創，又整篇文字形式的套語，僅卷一有類似的用法：

貌團團似一朵花，身裊裊如一枝柳。眉分畫出的春山，眼橫澄來的秋水。春筍般十指纖長，櫻桃樣一唇紅綻。哭聲細細鶯嬌，髩影垂垂雲亂。他見人，若哀哀無限心傷；人見他，喜孜孜一時魂斷。

《喻》卷三十六：

黑絲絲的髮兒，白瑩瑩的額兒，翠彎彎的眉兒，溜度度的眼兒……。

章法不同但句法類似。

從以上的統計可以得到下列兩點結論：

1. 全書使用套語二十條，共出現二十五次（重複出現五次）。從比例上看，平均每卷用不到兩條，並不算多，但也有相當的數量，顯示晚期擬話本小說在形式上不能脫離早期話本的影響。

2. 所使用的套語大抵來自《三言》，較少來自較近話本原始面貌的《清平山堂話本》、《熊龍峰小說四種》等，顯示《石點頭》與《三言》之間的關係密切，可做爲前章作者考部分的佐證。

套語在擬話本中使用，是口傳文學傳統的延續，好的套語對讀者仍有相當大的親和力，偶一爲之，可以產生共鳴的效果，使用過於浮濫，則容易令人產生厭煩之感。大體說來，《石點頭》使用套語頗爲謹慎，在需要用到「有詩爲證」或「正是」如何如何時，偶用套語，大部分則用創新的詩句，例如：

混濁不分鰱共鯉，水清方見兩般魚。（卷二）

孝心感格神天助，好與人間做樣看。（卷三）

只緣至孝通天地，贏得螽斯到子孫。（卷三）

仰天大笑出門去，白眼看他得意人。（卷九）

別酒莫辭今日醉，故鄉知在幾時回。（卷九）

含苞豆蔻香初剖，漏洩春光到海棠。（卷九）

都是很精警的佳句，配合內容的需要，發揮了一定的效用。

第四節 詩文的運用

前捷克漢學家 J. Rrůšek 曾討論十九世紀歐洲小說，認爲其題材大部分是描寫中產社會中平凡人物的樸素生活，黑格爾（Hegel）曾經很憂慮的說中產社會本質上是很平庸的，想要賦與任何抒情的成分都是行不通的。因此，導致十九世紀小說需要使用一些美麗的、讓人心神愉快的東西來補足它題材上平淡灰色的氣氛，而詩第一個被引用來擔任這種角色。同時他又討論十二、三世紀中國社會的情形，他說：

> 毫無疑問地十二、三世紀中國話本小說家跟十九世紀歐洲作家面臨同樣的問題，他們必須給當代中國中產生活的描述賦予藝術的形式，那種生活也許比歐洲十九世紀的生活更無聊、更狹窄，因為受到封建官僚社會秩序束縛所致。因此這些話本小說家面臨了黑格爾所謂的不可能的任務。

因此：

十二、三世紀中國的寫實作家也用了十九世紀歐洲作家在同樣情形下所用的手法：在典型的敍事因素裏加進了詩的成分，也就是在散文敍述裏插入了詩歌。㉛

一般學者多半認爲小說中夾雜詩歌會減低小說的藝術性，J. Průšek 却持不同的看法，認爲話本中詩、詞、成語的變化使用，更加深了讀者對作者精心微妙藝術化手法的印象。詩詞在寫實小說中緩和了張力，造成抒情的效果，同時也提昇了通俗小說的境界，使讀者在擾攘熱鬧的情節中暫時脫身出來，有餘暇去深思，得到洗滌、淨化心靈的作用。詩詞成爲話本小說不可或缺的一環，有其特殊的價值，不應輕意抹煞。

「石點頭」各卷中，不同形式地出現了許多詩、詞、小曲、短文，有些引自前人，絕大多數則是作者自己的創作。本小節除分析歸納這些詩文的運用形式外，並將舉例說明其在小說中的特殊價值，以便和 J. Průšek 的說法相印證。

總計本書運用詩詞的方式，不外乎下列幾種：

1. 置於卷首，作爲開場詩：

這是所有話本小說共同具有的格式之一，只有《清平山堂話本》中的〈夔關姚卞弔諸葛〉（在《欹枕集》下）例外。這些詩詞，有時也稱爲「言語」，如《古今小說》卷十六在卷首引詩之後說：「這篇言語，是結交行，言結交最難。」至於這些詩詞的來源和作用，胡士瑩說：

有自撰的，有引用古人的。大抵都是念白而不是唱詞。詩詞的作用可以是點明主題，概

括全篇大意；也可以造成意境，烘托特定的情節；也可以是抒發感歎，從正面或反面陪襯故事內容。㉜

本書十四卷中，共有十一卷的卷首用詩，三卷用詞。所用的十一首詩中，卷七引鄭正夫、卷八引羅隱、卷十二引李白詩，其餘八卷爲作者自撰；三闋詞分別是〈長相思〉（卷九）、〈如夢令〉（卷十），至於卷十一所引，作者稱爲「俚詞」，這三闋詞不見於前人著作，可能也都是作者自撰的。

(1) 這些詩詞的作用，屬於胡氏所說「點明主題，概括全篇大意」的有：

卷二：科第從來誤後生，茫茫今古伴青燈。
一時名落孫山榜，六載人歸楊素門。
志苦自邀天地眷，身存復鼓瑟琴聲。
落花流水情兼有，莫向風塵看此君。

首聯是概說；頷聯指盧夢仙落第失去音訊，使其妻李妙惠改適他人；頸聯結聯指二人志情不忒，終偕琴瑟。

卷十四：紅葉紅絲說有緣，朱顏綠鬢好相憐。

情癡似亦三生債，色種從教兩地牽。
入內不疑真治葛，聯交先為小潘安。
留將浪蕩風流話，輸與旁人作笑端。

紅葉紅絲、朱顏綠鬢、情癡色種，都是指潘文子和王仲先二人，從遠地來到杭州相會，所以有「有緣」、「三生債」、「兩地牽」等語。「治葛」，刊本眉批「一本作治葛」，治葛爲有毒植物，喻人之狠毒；小潘安即潘文子，二句蓋指王仲先居心不良，勾搭潘文子成姦。結聯是指二人爲男色喪身，徒留笑端。

(2) 屬於「造成意境，烘托特定的情節」的有：

卷五：秋月春花自古今，每逢佳景暗傷神。
牆邊聯句因何夢，葉上題詩為甚情。
帶缺唾壺原不美，有瑕圭璧總非珍。
從來色膽如天大，留得風流作罵名。

這首詩只有結聯兩句和情節直接有關，色膽如天是指莫舉人強圖紫英小姐，私闖斯員外家。其他各聯無非寫悲秋傷春造成男女私情，帶缺有瑕，總是不美而非眞的。全詩點染春情，確有「造成意境」的效果。

卷十「如夢令」：

門外山青水綠。道路茫茫馳逐。行路不知難，頃刻夫妻南北。莫哭，莫哭，不斷姻緣終續。

這一卷寫王從事夫妻的離合故事，詞的意境正是山水茫茫，夫妻南北隔絕，一派淒清。卷十二引李白〈東海有勇婦〉詩，用勇婦白晝殺人，手刃仇首的故事，烘托本卷中屠氏不讓鬚眉，爲夫報仇，慷慨激昂的情境，達到相當的效果。

(3) 屬於「抒發感歎，從正面或反面陪襯故事內容」的情形最多，如卷三寫王原萬里尋父，孝心感人，卷首的詩則慨歎有些人不知行孝，連禽獸都不如，這是從反面陪襯故事內容。又如卷八引羅隱〈詠錢〉詩，感歎錢財萬能，難怪人人想要奪取，是從正面陪襯故事中吾愛陶的貪吝和酷虐。再如卷九的〈長相思〉詞，是感歎故事中玉簫女的可憐遭遇，詞云：

花色妍，月色妍，花月常妍人未圓，芳華幾度看。生自憐，死自憐，生死因情天也憐，紅絲再世牽。

作者繼抒慨歎說：「大概從來兒女情深，歡愛情濃之際，每每生出事端，兩相分折。閃下那紅閨艷質，離群索影，寂寞無聊，盼不到天涯海角，望斷了雁字魚書。捱白晝，守黃昏，幽愁恩怨，抑鬱感傷，不知斷送了多少青春年少。豈不可惜！豈不可憐！」。這是典型的「發抒感歎」、「陪襯故事內容」的例子，再如卷十三引杜牧〈過華清宮〉詩：

長安回望繡成堆，山頂千門次第開；
一騎紅塵妃子笑，無人知是荔枝來。

是感歎唐玄宗「把祖宗辛苦創來的基業，一旦翻成升平之禍」，也陪襯玄宗恩賜纊衣的故事情節。另外卷一的開場詩也是爲了陪襯正文故事的情節，不過該詩只發表議論而不是發抒感歎，略有不同。

(4) 卷首的詩詞除了胡先生前面所提到的三種作用外，本書有些詩詞完全是作爲道德教訓之用的，例如卷六的開場詩：

天地茫茫一局棋，輸贏黑白聽人移。
石崇豪富休欽羡，潘安姿容不足奇。
萬事到頭方結局，半生行徑莫先知。
請君眼底留青白，勿亂人前定是非。

入話中未達時的王播受木蘭寺和尚所欺，正話中的長壽女爲丈夫所棄淪爲乞婦，誰也無法預料後來都能揚眉吐氣，作者於是奉勸世人勿亂定人是非。又如卷四：

> 一點靈光運百骸，經綸周慮任施栽。
> 休教放逐同奔馬，要使收藏似芥荄。
> 舉世盡函無相火，幾人能作不燃灰。
> 請君細玩同心結，斬斷情根莫浪猜。

這是奉勸世人收歛情慾之心。再如卷十一：

> 百行先尊孝道，閨闈尤重貞恭，古往今來事無窮，謾把新詞翻弄。青史日星並耀，芳名宇宙同終，堪誇孝婦格蒼穹，留與人間傳誦。

這是奉勸世人盡孝。

(5) 最後，還有一種也是胡先生未提到的，其作用完全借題發揮，和主題沒有直接關連，例如卷七所引郟正夫詩，作者在詩後說明道：「此詩乃郟正夫教兒子就學於王荆公，把這詩引見，並勉兒子奮志讀書的意思。然讀書不過爲功名兩字，卻不知讀書是盡其在我，功名自有天命。」本卷寫仰鄰瞻得到鬼的提示而考取進士，所以說「功名自有天命」，這和郟正夫的那一首詩並沒有什麼關連。

2. 放在卷末，做爲全文的總束：

在話本小說中，卷末的詩詞有的是獨立的，有的則和一段評論結合，其作用在於故事敍述完後予以批評或讚歎。臺靜農先生曾探討傳奇文與史傳文的關係，認爲二者關係密切㉝，事實上，史傳文同樣影響了話本小說，從《史記》的「太史公曰」以下，到諸史的論贊，對小說的形式明顯地造成影響。話本小說卷末的詩詞或對整個故事提出議論，或單就某人而發，意義十分明確；在形式上，通例用四句或八句詩句，偶用詞或整齊的對句。《石點頭》十四卷中，除了卷二嘲笑盧南村用了六句所謂的「口號」㉞：「犂牛犂牛，南村養犢。伯騂夢仙，一雅一俗。迎賓館中，坐當朝北。」，卷四說是「偈語」其實是一首五言詩，卷八說是「古語」形式上也是七言四句的詩句外，其餘一律用四句或八句詩。有的一篇用了兩首，如卷二除了前述的一首「口號」外，「又有人步李妙惠金山壁上原韻以頌其操」。大部分詩其實都是作者自撰的，可是却多托爲後人，如卷一「後人有詩贊之道」、卷三「後人有詩爲證」，大概認爲這樣比較能取信於人吧！

3. 散於卷中，其作用有以下幾項：

(1) 描寫景物或表現心情。

描寫景物如卷三寫輝縣的景致：

送不迭萬井炊烟，觀不盡滿城閭閻。高陽里，那數裴王；京兆阡，不分婁郭。鼕鼕三鼓，縣堂上政簡刑清，宰官身說法無量。井井四門，牌額中盤詰固守，異鄉客投繻重來。可知尊儒重道古來同，奉佛齋僧天下有。依縣治，傍山根；訪名園，尋古迹。百千億兆，縣治下緊列著申明亭；千百阿羅，山根前高建起夢覺寺。

卷四既寫春光，又表現方氏難奈空閨的心情：

多情燕子成行，着意蜂兒作對。那燕子雖是羽毛種類，雌雄無定。只見啾啾唧唧，一上一下，兩尾相聯，偏湊着門欄春色。那蜂兒不離蟲蟻窠巢，牝牡何分。只見咿咿唔唔，若重若疊，雙腰交撲，描畫就花底風光。

(2) 說明或強調部分情節。

說明或強調情節，有些使用套語，也有許多運用詩詞，詩詞之前多爲「正是」、「有詩爲證」、「詩云」，偶而也用「乃是」、「這才是」等語。例如卷十：

當時有人作絕句一首，單道喬氏被掠從權，未為不是。詩云：

草草臨安住幾時，無端風雨喚離居；
東天不養西天養，及到東天月又西。

(3) 作爲情節的一部分。

其形式有「題詠」、「書疏」、「祭文」、「訟判」等，可以看出作者創作詩文的多方面才華。其內容亦莊亦諧、能俗能雅，例如卷七的古風〈六月吟〉：

> 曦輪獵野枯杉松，火焚泰華雲如峰。天地鑪中赤烟起，江湖煦沫烹魚龍。猙獰渴獸唇焦斷，峻翮無聲落晴漢。飢民逃生不逃熱。血迸背皮流若汗。玉宇清宮徹羅綺，渴嚼冰壺森貝齒。炎風隔斷珍珠簾，池口金龍吐寒水。象床珍簟凝流波，瓊樓待月徹酣歌。王孫晝夜縱娛樂，不知苦熱還如何。

頗能表現六月苦熱的景況。又如卷六、卷十都有限題分韻、即景題詠的情節，所題詩篇也都頗爲整鍊。但作者表現最好的，却是少數的詼諧之作，如卷六寫編蓆人和船家婚禮的情形，寫得突梯滑稽：

> 花對花，柳對柳；破畚箕對折苕帚。編蓆女兒捕魚郎，配搭無差堪匹偶。你莫嫌，我不醜，草草成婚禮數有。新郎新婦拜雙親，阿翁阿媽同點首。忙請大家快上船，冰人推遜前頭走。女婿當前拜丈人，兩親相見文縐縐。做親筵席卽擺開，奉陪廣請諸親友。烏盆糙碗亂縱橫，鷄肉魚蝦兼菜韭。滿斟村醪敬岳翁，趕月流星不離口。大家暢飲盡忘懷，連叫艄頭飛燙酒。風卷殘雲頃刻間，杯盤狼藉無餘蔌。紅輪西墜月將升，大人醉倒如顚狗。鄰船兒女笑喧天，一陣擔擔齊拍手。

又如卷二盧夢仙的父親，不通文墨，寫給親家翁的信，讀之令人噴飯：

南村拜字，月坡見字：年歲荒者，家裏窮哉，無飯吃矣。娘子苦之，轉身去也。現有方姨媽做山，不是我與房下草毛白付。你親家年前放學歸來，可到晚女壻鹽商謝客之處，問令嫒便知焉。

其他如四言的祭文，官員的疏奏、訟判，各有巧妙，不煩贅舉。

本書的內容，琳琅滿目、多彩多姿，不但詩詞文章豐富，更有當時流行的小曲。所謂「小曲」，是別於崑腔弋陽腔大曲的名稱，爲明人所獨創的一支，羅錦堂先生認爲，它們就好像詩詞之在唐宋一樣，「無論是販夫走卒，或一般士大夫階級，沒有不醉心於這種『新詩體』來抒寫他們的情感，發揮他們的天才的」㉟。羅先生又引王伯良《曲律》：

小曲掛枝兒卽打棗竿，是北人長技，南人每不能及。昨毛允貽我吳中新刻一帙，中如噴嚏、枕頭等曲，皆吳人所擬，卽韻稍出入，然措意俊妙，雖北人無以加之；故知人情原不相遠也。

認爲「在這幾句話裏，特別說明小曲是起源於北方，但在南方也同樣有很俊妙的小曲」㊱。本書卷六長壽女所唱的小曲都是用吳語唱的，同樣非常俊妙，其〈六言歌〉：

我的爹，我的娘，爹娘養我要風光。命裏無緣弗帶得，苦惱子，沿街求討好淒涼。孝順，沒思量。

我個公，我個婆，做別人新婦無奈何。上子小船身一旺，立勿定，落湯鷄子浴風波。尊敬，也無多。

其他的小曲沒有名目，文詞也都很活潑可喜：

生下兒來又有孫。呀，熱鬧門庭！呀，熱鬧門庭！賢愚貴賤，門與庭，庭與門，兩相分。呀，熱鬧門庭。

貴賤賢愚無定準。呀，熱鬧門庭！呀，熱鬧門庭！還須你去，門與庭，庭與門，教成人。呀，熱鬧門庭！

大小個生涯沒雖弗子個同，只弗要朝朝睏到日頭紅。有個沒弗來顧你個無個苦，啊呀，各人自己巴個鑊底熱烘烘。

最後，以卷六〈乞丐婦重配鸞儔〉爲例，說明詩詞在話本小說中造成的抒情效果。本卷在《夷堅志》中只是一個簡單的故事，由於詩和曲的運用，創造了J. Průšek 所謂的「一個複雜的藝術作品」[37]，如前述描寫周六女的婚禮的詩，寫得何等歡暢熱鬧，使全卷洋溢在一種喜劇的氣氛中；卷中所穿插的小曲，內容是悲哀的，卻毫無怨懟之意，也給人一種溫柔敦厚的感受。再看故事的另一個主人翁吳公佐，是一個倚才狂放，落拓不覊的人，後來落魄到投靠寺廟維生，可笑他：

> 本來是豪華公子，怎做得香積行童。打齋飯，請月米，懶得奔馳；挑佛像，背鐘鼓，強為努力。鋪燈地獄，急忙忙折倒殘油；請佛行香，生察察收藏襯布。監齋長壽線，禮所當應；書押小香錢，例難缺少。道場未散，鎮壇米先入磬籠；晝食才過，浴佛錢已歸纏袋。算來不是孫悟空，何苦甘為郭捧劍！

這段文字把一個落難公子的狼狽像敍寫得何等生動，爲了增強戲劇效果，文中不免有誇張之處，讀者不必，也不會相信眞有其事。後來他被寺僧所辱，又不見容於家人，內心的積鬱，便在一場文人的聚會吟詠中，宣洩出來：

> 十載淮陰浪蕩遊，射陽湖水碧於秋。雖逢漂母頻投飯，却愧王孫未罷鈎。
> 燕子樓前新月冷，鴛鴦塚上野禽啾。臨波雖有雙魚佩，只恐冰人話不投。

這是一首抒情之作，爲了配合情節，寫得不很工整，但表現吳公佐的心情則很貼切；他是失意的，但並不放棄希望，他是孤單的，但也不諱言臨波羨雙魚，他沒有自怨自艾，只是有一點慚愧、有一點慨歎。

總之，卷中的詩詞，如珠玉般的點綴在情節之中，隨時閃耀出晶瑩的光芒，脂硯齋在《紅樓夢》（庚辰本）二十五回的批語說：「余所謂此書之妙皆從詩詞句中泛出者，皆係此等筆墨也。」正可借來說明本卷的詩詞之妙用。這些詩詞，表現了人物的性格（樂觀、無怨），小說的情調（明朗、生意盎然）。由於詩詞的情調是一致的，使情節在樂觀的節奏中進行，造成了明亮爽朗的意境，刪除這些詩詞，將使小說顯得多麼空洞沈悶？

J. Průšek 所論雖然是針對宋元的所謂「中世紀小說」，但明代擬話本中的佳作，一樣能運用詩詞來創造抒情效果，這一點，可以從以上的討論得到很好的說明。

第五節　主題和思想

一、各卷主題

大體上說，小說主題的表現方式可區分爲兩種類型：

1 以情節表現主題。主題依附於情節中，隨情節的開展而逐漸顯現。主題貫串整個故事與情節，不但限定情節的開展，也決定故事的動向。

2 以思想揭示主題。直接說明而不藉情節表現主題，亦即情節未展開前，已點出主題，或故事結束後，作者自言作意㊳。

比較而言，短篇小說以情節表現主題較佳，因爲篇幅較小，結構較簡單，若直接點明主題，可能失去耐人尋味的效果，像部分唐傳奇在篇末點明作意，往往成爲蛇足，甚至造成反效果㊴。

如果能將主題藏在情節中，由讀者憑着自己的慧識去體悟，不但可以增加作品的深度，也可以使讀者獲得更多的樂趣或更深刻的體會。

本書十四篇小說，有的主題很明顯，有的作者雖表明作意但和情節所透露的主題並不一致，必須用心體會才能發現眞正的主題，有的主題很模糊，甚至只是遊戲筆墨完全找不到主題，本節將逐一細細討論。又我們在第一節所做的分類是以內容的性質爲標準的，而內容的性質必然影響主題的表現，因此本節的討論順序是依照第一節分類後的次序。

1 愛情類

(1) 卷四

本卷的主題在卷末的偈語中寫得很明白，是典型的「以思想揭示主題」型態。偈語中說：「是男莫邪淫，是女莫壞身。」有諷世的意味，不過故事中用心堅金石的異事來歌頌鳳奴的專情不忒，似可以視爲次主題。

(2) 卷五

要了解本卷的作意，我們不妨採取比較的方式，看作者就《談林》中的「莫舉人」條，增改了那些情節，這些情節是否有意地將主題凸顯出來。

從整個故事大綱來看，改寫者沒有採取太多的更動，莫舉人進京會試，因病羈留江都，在一間廟宇中邂逅了斯姑娘，強訂後約、私闖斯宅、相偕出奔；莫舉人發憤讀書，中試選官江都鄰縣，翁婿正式會面。以上情節二文都相同，但相見後，原作中斯員外原諒了莫舉人，本卷則做了截然不同的處理，卷中說：

> 幾年不見，（斯員外）並非喜自天來，只覺怒從心起。已而嘆道：「……。」言罷拂袖而去，把一個無天無地的莫誰何，罵得口不絕聲，含著羞慚，送斯員外出去。

後來，莫誰何做到福建布政使，這是爲了符合原作謂莫「官至方面」；原作又謂「二子俱登仕籍」，小說也做了同樣安排。原作至此結束，對莫舉人並未作任何譴責，從結局看，似乎還頗加贊許；本卷在此增加了一大段輪廻果報的情節，莫誰何臨死得了怪病，「常時嘻笑狂歌，搥胸跌背，持刀弄劍，刺臂剜肉，稱有鬼有賊有奸細」。有一天睡在床上，忽然坐起說道：

> 我非別神，乃是瓊花觀伽藍。當初紫英（即斯姑娘）前身，是江都大財主，莫可是桂林一娼婦。財主許了娼婦贖身，定下夫妻之約。不期財主變了此盟，徑自歸了揚州，婦人憤恨自盡。故此男託女胎，女轉男身，有此今生之事。莫可今生富貴，兩子連登，是前生做娼妓時，救難周貧，修橋造路，所以受此果報。臨終時惡病纏身，乃因平白地強逼紫英使他不得不從，壞此心術，所以有此花報。果報在於後世，花報即在目前，奉勸世人早早行善。

這一段話，這些增添改動的情節，正是本文的作意所在。果報花報，勸人行善云云，便是本卷的主題。

(3) 卷九

本卷是由兩個故事牽合而成，卷名題的雖是玉簫女，主要寫的還是韋皋一人，由他來貫串整個故事情節，玉簫的事倒像一個插曲。

這兩個故事，一個是寫韋皋受丈人所辱，後來發憤取代了丈人的地位；一個是寫韋皋和玉簫之間的兩世姻緣。從文章的重心來看，乃是借韋皋的事寫人生的遇合，所謂「舉世何人識俊髦，眼前冷暖算分毫」，便是本卷的主題。雖然卷末作者又在宣揚「花報果報」的理論，但十分牽強，更不是本文的重點所在。

(4) 卷十三

這一卷沒有很嚴肅的主題，是本書中比較特殊的一篇。其他各卷，多多少少總要帶一點教訓的意味，這一卷却近乎遊戲筆墨，寫完桃夫人與光普結成良緣之後，小說也就結束了，沒有發揮因果報應的理論，不太合於全書的格調。如果一定要給這一卷找一個主題的話，可能是「姻緣天定」的觀念，因爲桃夫人所縫的征衣原來不是分給光普的，可是分得這件征衣的軍士却貼錢換給了他，文中說是「緣分到來」的緣故。

(5) 卷十四

這一卷表面上似在批判斷袖之癖，但由於作者在評論時語氣既不尖銳也不嚴厲，單從故事情節看，倒像在歌頌一對深情的同性戀者。卷末詩云：

比翼何堪一對雄，朝朝暮暮泣西風；
可知烈女無他技，輸却雙雄合墓中。

卷末的終場詩通常代表作者對整個故事的觀點，而這首詩實實在在並沒有批判的意味。卷中還有這麼一段話：

可惜一對少年子弟，為著後庭花的恩愛，棄了父母，退了妻子，却到空山中，做這收成結果的勾當，豈非天地間大非人、人類中大異事、古今來大笑話？

這段話雖然有批評，但同情、惋惜的意味似乎更強。可見這一卷的主題可能並非道德上的批判，而是感情上的同情，但眞正的主題則很模糊，而且作者在文中賣弄了許多關於同性戀的見聞，很令人覺得有種不夠莊重之感。

2. 孝義類

(1) 卷三

這一卷的主題在宣揚孝道，毫無問題。卷首開宗明義說道：「話說人當以孝道爲根本，餘下來都是小節。」不過本卷還有另外一個主題是對里役制度之弊害的控訴，除了開頭部分詳細描繪了老百姓不堪苦役的慘況外，更借篇中人物之口道：「若論四海之大，幅員之廣，不知可有不困於役的所在？噫！恐怕也未必。」這話是極爲沈痛的。

(2) 卷十一

這一卷也是在宣揚孝道，開首便道：「人生百行，以孝爲先」。卷末的詩也說：

孝道曾聞百行先，孝姑千古更名傳。
若還看到周家婦，瀉到黃河淚未乾。

主題揭示得很明白。本卷人物性格的塑造非常成功，以「困境」和「對比」，生動刻劃了周迪性格的懦弱和其妻宗二娘的有見識、有膽氣（參見第四章），由於極力突顯人物的形象，使作品呈現出歌頌人物的另一個主題，作者似乎有意爲女性代言，證明她們並非「軟脚蟹」或「玻璃盞」，而也有果敢、堅毅的一面。

3. 離合類

(1) 卷二

本卷借夫妻離合的故事歌頌恩愛夫妻，並強調女子從一而終的觀念。主題似屬後者，入話中寫徐德言和黃昌夫妻的離合，但他們的妻子都失了節，而正文中的李妙惠却能「守定這朵朝天蓮，夜舒荷，交還當日的種花人。這方是精金烈火，百鍊不折。」卷末又再度強調：「看官，這李妙惠完名全節，重歸盧夢仙，比著徐德言、黃昌半殘的義夫節婦，可不勝似萬倍麼？」很明顯的道出作意。但本卷和卷十同寫夫妻離合故事，似都有頌揚夫妻恩情的主題，文中極力強調夫婦的恩愛，不只片面要求女性，也寫男性對妻子的款款深情！在古典文學中寫夫妻之情很少有寫得這麼深刻感人的。

(2)　卷十

前述卷二以頌揚夫妻之情爲次主題，本卷則直接是主主題，卷二強調女子貞節的觀念，本卷則對失節的女性表示同情，是全書中思想最通達，寫情最深細的一卷。

王妻喬氏被騙取入於賊手，不得已答應嫁給王知縣爲妾，出於無奈，作者說：「當時有人作絕句一首，單道喬氏被掠從權，未爲不是。」夫妻分散後，王從事斷無他娶之念，終日抑鬱不歡，喬氏更是一再懇求王知縣的成全。夫妻團圓後，「萬事盡勾一筆，只將臨安被人刼掠始終，並團魚一夢，從頭到尾，上床時說到天明，還是不了」。王從事一點苛責之意都沒有，這一段話，表現出何等深刻的夫妻之情。

後來王從事升任錢塘知縣，終於報了大仇，將歹徒繩之以法。這一段是原作（《夷堅志》）所沒有的，作者寫此書的目的之一是宣揚「善有善報，惡有惡報」，惡人沒有得到報應當然是不可以的，所以要做這樣的安排。又如王知縣（還妾者）之正室，五十多歲時爲他產下一子，這也是陰德之報。作者幾乎在每一卷都提到善惡報應，很容易令人誤會主題只是如此，其實各卷的主題有待仔細體會才能掌握，以本卷來說，純粹是頌揚夫妻的恩義，和因果報應實在扯不上關係。

4. 命運類

(1) 卷一

命定觀念的宣示是本卷的主題之一，進入正文之前的詩道：「命裏不無終是有，相中該有豈能無？」而入話又採用了《輟耕錄》中的「算命得子」條。郭喬因爲「名場失意欲銷憂，一葉扁舟事遠游」，到了廣東，替米家償了錢糧，救了米姓一家，米家感恩，將女兒青姐許給他作妾。這青姐「生他時，他母親曾得一夢，夢見一神人對他說：『此女當嫁貴人，當生貴子，不得輕配下人』」，這話後來也應驗了。

本卷另一個主題是證明果報，卷末的詩道：「施恩只道濟他人，報應誰知到自身。」郭喬連年不第，在廣東行了件善事後開始轉運，先考取鄉試，最後更父子同榜登進士第，正是善有善報。奇怪的是，各卷極力強調果報觀念，本卷眞正談果報時，反而輕描淡寫，要讓讀者自己去玩味，這寫法實在是較爲高明的。

(2) 卷六

本卷也有命定觀念，但主要主題是在諷世，卷末道：

> 自古道：「未歸三尺土，難保百年身。」百年之內，飢寒夭折，也不可知。就是百年之內，榮華壽考，也不可定。只要人曉得，難過的是眼前光景，未定的是將來結局，在自己不可輕易放過，在他人莫要輕易看人。

勸勉世人勿妄自非薄，已達的人也莫白眼看人，即是本卷主題所在。

5. 報應類

卷七的第一主題還是「作善作惡，必有報應」，作者刻意安排「仰家兩口老頭，行了三十年善事，家計日漸貧寒」來照應仰鄰瞻日後的登科，這是《鶴林玉露》的原作中所沒有的情節，作者寫此文是有勸善目的的。

另外一個主題與天命思想有關，作者強調「讀書盡其在我，功名自有天命」，又說：「大抵發達之人，一來是祖宗陰德，二來要自己工夫。」一方面強調「自己工夫」，一方面也體認到人力的有限，所以仰鄰瞻因鬼魂之助而登科，固然也曾經努力，但在主考官循私的情形下，若非陰錯陽差，使他誤取仰鄰瞻的試卷，能否登榜實在未定之天。

6. 復仇類

卷十二是典型的復仇小說，從受難——發現——計畫，到完成復仇，結構完密。結構配合人物性格而組織成功，人物形象的塑造是本文的重心，而對人物的頌揚則是本文的主題。此一人物，即是復仇者申屠娘子，文中對她有極高的推崇，與卷十一對周廸妻宗二娘的頌揚一樣，是爲女性吐氣之作。

7. 諷刺類

卷八是全書唯一的一篇諷刺小說，雖然諷刺筆法在各卷普遍運用，但完全以諷嘲爲內容，更以諷刺爲主題的只有這一卷。張宏庸〈中國諷刺小說的特質與類型〉一文，認爲要給諷刺小說做一個較清楚的界定，至少應考慮：

一、作家寫作的目標，或爲了「責難邪惡與愚蠢」，或爲了「改正惡行」，或爲了革新。有極深的道德基礎。

二、作品取材的對象，是人與事，是人所做的事，是「凡人之所爲」，故諷刺非常具有社會性。更具體的說，諷刺作家常取材於人在社會上行爲的不合宜、不道德或人性的弱點。例如職位與行爲間的矛盾或矯飾、虛僞、自私、貪暴等人性。

三、作品所呈現的語氣，是機智、譏笑、反諷、嘲諷、譏誚、諷罵、痛罵等[40]。

本卷處處採用反諷筆法，取材的對象是貪酷的官吏及其所作所爲，至於寫作目標，文中人物汪商的詩可爲註脚：

> 冠蓋今何用？風流尚昔人。五湖追故迹，六院步芳塵。笑罵甘承受，貪污自率真。因忘一字恥、遺臭萬年新。

正是張文所謂的「責難邪惡與愚蠢」。

以上我們討論了全書十四卷的主題，從表現的方式看，有少部分是「以思想揭示主題」的，例如卷二、三、四、六，其餘多爲「以情節表現主題」。值得注意的是，在許多卷中作者表明了作意，但此作意並不完全等於主題，必須另行尋索；此外，不少卷有雙重主題，其中有以情節表現，也有以思想揭示，換句話說，兩種表現主題的方式有時是可以出現在同一故事之中的。

二、全書主題及其所表現的思想

本書以《石點頭》名編，乃是取「頑石點頭」之意。馮夢龍在敘中說：

> 《石點頭》者，生公在虎丘說法故事也。小說推因及果，勸人作善，開清淨方便法門，能使頑夫倀子，積迷頓悟，此與高僧悟石何異？……浪仙氏撰小說十四種，以此名編，若曰：「生公不可作，吾代為說法。」所不點頭會意，翻然皈依清淨方便法門者，是石之不如者也！

意思非常明白，他認爲浪仙氏是代生公說法，所以才以「石點頭」名編。（據《通俗編・地理》「頑石點頭」條引《蓮社高賢傳》：「竺道生入虎邱山，聚石為徒，講《涅槃經》，群石皆為點頭。」）浪仙氏既是代生公說法，自然要「推及因果，勸人作善」，這便是寫作本書的目的。

本書特別強調因果觀念，例如：

> 施恩只道濟他人，報應誰知到自身。（卷一）

王孝子孝感天庭，多福多壽多男子，堯封三祝，萃在一家。（卷三）

果報在於後世，花報卽在目前，奉勸世人早早行善。（卷五）

方信自來作善作惡，必有報應，只是來早來遲，到頭方見。（卷七）

勸人休作惡，作惡必有報。（卷八）

花報果報，皆見實事，不是說話的打誑語也。（卷九）

方見王知縣陰德之報。（卷十）

這是宗二娘至孝格天之報。（卷十一）

全書十四卷中，直接提及因果報應的有八卷之多，其他像卷四寫出邪淫之報，卷十二方六一作惡也得到報應。因此，我們可以斷定，推論因果、勸人行善是作者寫此書的目的，也是本書最重要的主題。

因果報應的觀念是受到佛教業報以及輪廻觀念影響而形成的，這種思想，充斥於六朝小說中（如《冥祥記》、《冤魂志》等），唐代小說也有不少（如《續玄怪錄》等）。宋元話本中，比較少提到這種觀念，在明清兩代文人的擬話本中則又大量出現，《三言》中已有不少，《三言》之後的話本集如《西湖二集》、《貪歡報》以及本書等，無不大力宣揚，作家們似有意擔負起對社會教化的責任。在本書許多卷中都安排了報應及於子孫的結局，楊聯陞先生說：「約自唐代起，確定從宋代以降，普遍都接受神明報應是應在家族身上，而且穿過生命之鏈。」㊶又說：「果報不但及於今生，並且穿過生命之鏈。」㊷本書將今生報稱爲「花報」、後世報稱爲「果報」，正是指果報穿過所謂的「生命之鏈」（Chain of lives），而報應及於子孫，便是所謂「應在家族身上」。這樣的報應理論深入民心，確能得到勸善制惡的教化效果，因此也爲有心淑世的小說作家選擇作爲創作的主題。

本書另一個主題是表達對女性的尊敬，雖然卷二強調女子守節有一點男性本位主義，但其立意在於歌頌全節的女性，其思想雖有些陳腐，但出發點却是善意的。書中的女性除卷四瞿鳳奴的母親因克制不住情慾而有敗德之行外，其他的主要女性角色都是正面人物，其中又以卷十一、十二中的宗二娘和申屠氏寫得最令人欽仰。全書充滿的是孝婦、烈婦和節婦，作者歌頌他們自然也有勸善的目的。

此外，作者也極力鋪寫了深厚感人的夫妻之情。卷二、卷十都寫夫妻間的離合，兩個失去妻子的丈夫都表現出極爲眞摯的感情。他們想盡辦法要尋回妻子，斷沒有他娶的念頭，卷二的盧夢仙對來作伐勸他再娶的雷鳴夏說：「五內如焚，何心及此。」卷十的王從事失妻後更是食不知味，終日憂傷。另外像卷一的郭喬夫婦，卷九的韋皐夫婦，卷十一的周婤夫婦，卷十二的董昌夫婦，都是非常恩愛的。

以上是本書的幾個主題，以下再分就命運、道德、政治、婚姻、宗教五方面，試探本書所表現的思想：

1. 命運觀

本書表現很濃厚的宿命思想，由於相信「事皆前定」使得人力顯得十分渺小。卷一所謂：

「命裏不無終是有，相中該有豈能無！」可代表本書的命運觀。

卷六的長壽女，相士說她「額有主骨、眼有守精、鼻有梁柱……，定然是個富貴女子。只嫌淚堂黑氣，插入耳根，面上浮塵，亘於髮際，合受貧苦一番，方得受享榮華」。這話後來一一應驗。至於前述因果報應的觀念，也帶有宿命色彩，例如卷九的韋皐，其成功自然是靠他付出許多努力得來，作者却說：「須曉得韋皐是孔明後身，當年有功蜀地，未享而卒，所以轉生食報。」過分強調命運的主宰力量，會使人事上的奮鬥努力失去意義，也會減低作品的感染力。不過本書却也不主張人在命運之前低頭，人力雖然渺小，仍然有他積極的意義，卷七的入話說：「大抵發達之人，一來是祖宗陰德，二來要自己工夫。有德者必有天報，有學者天又惜其苦心，報以今生富貴。總之有個定數，一毫勉強不得。」雖說有「定數」，強調了命運的力量，但積德下工夫都是人事，既認爲天會惜其苦心，便是肯定人事可以影響天命，只是它是被動的，主宰權不在自身罷了。《孟子》曾說：「莫非命也。」（《盡心篇》，朱《注》：「人物之生，吉凶禍福，皆天所命。」）人所能做的，是「修身以俟之」，俗謂「盡人事，聽天命」也是這個意思。過分相信命運固然易陷於消極，尤其卜卦算命，放棄人事的努力，更屬不智；但承認人力有其極限，不做非分的妄求，未嘗不是一種通達。本書一方面強調命運的力量，一方面仍鼓勵人事上的努力，所以寫孝能感天（卷三、十一），行善能降福（卷一、七），邪淫作惡將受災（卷四、八、十二），仍有積極的意義。

2 道德觀

本書既然有勸善的主題，其道德觀當然都是正面的。不過由於題材所限，看不出是否有忠君愛國的思想，在卷十三，桃夫人的丈夫光普「感激朝廷，每有邊警，奮身殺賊，屢立功勳」是爲了感激玄宗賜其良緣，與忠君沒有什麼關連。至於孝道，是本書所極力宣揚的，卷一的郭梓，被父親遺棄二十年，却自稱不孝；卷二的盧夢仙不肯因爲失妻之事而彰顯了父親的過錯；卷三、卷十一以孝爲主題自不待言；卷九中的荆寶，不願娶乳母之女爲妾，道：「乳母列在八母，他的女兒，雖當不得兄妹，何忍將他做通房下賤之人。等待長成，備些粧奩，覓個對頭，成就他一夫一婦，少報乳母懷哺之情，這便是小弟本念。」本書對於人須行孝，眞是三致其意。子女須盡孝，父母則應慈愛，卷三王原的父親、卷九韋臯的父親、卷十四潘、王二人的父親都是典型的慈父，卷十一周廸的母親更是慈愛明理，令人感佩。其餘如寫郭喬的善行（卷一）、王知縣的義舉（卷十），以及諷刺吾愛陶的貪酷（卷八），都顯示作者有很強烈的道德感。李騰淵〈試論話本小說之世界觀〉一文舉出話本小說的三大類世界觀——道德的、悲劇的、矛盾的。就矛盾的世界觀而言，是指部分話本小說表現出傳統思想和新興價值觀念混淆及對立的現象[43]。如編撰《三言》的馮夢龍，「他雖然是個重視道德的正統文人，然有時却打破道德說的桎梏，而充分描繪『現實』上的悲劇的、矛盾的世界觀」[44]。本書幾乎沒有表現出任何矛盾的世界觀，對於傳統的道德觀念毫不懷疑，因此批判性也就不強，也比較缺乏現實主義的精神，例如卷四瞿鳳奴之母守寡，作者雖然描述了她的孤單苦悶，但不帶同情，認爲那是理所當然，對於她與孫三通姦則加以嚴責。在人性和道德發生衝突時，本書總是很快的安排道德壓倒人性，減少了衝突性，也減低了小說的藝術成就。

3. 政治觀

本書在提到政治問題時，都是站在百姓的立場說話，具現實意義，也非常可貴。如卷三於當時里役制度對百姓的禍害，有鉅細靡遺的描寫，除表示對制度本身的不滿，也對「吏胥爲奸，生事科擾」加以直言痛斥；卷八則借古諷今，對貪官汚吏的酷虐行爲做了嚴厲的指控；在卷九的入話中，更借寧王奪賣餅婦的事發揮，道：「這一樁事，若是平民犯了，重則論做強姦，輕則只算拐占，定然問他大大一個罪名。他是親王，誰人敢問？若論王子王孫犯法與庶民同罪，這句話看起來，不過是設而不行的虛套子，有甚相干？」這一段話，表現了對特權階級的不滿，作者生當封建時代，敢說這樣的話，也算大膽了。但整體而言，本書除了消極地表示了對這些政治制度或官員的不滿外，並沒有表現出積極進取的政治抱負。故書中大部分的男主角都是讀事人，他們讀書不是爲了經世濟民，而是爲了功名富貴，最多是光宗耀祖。卷七的入話直說：「然讀書不過爲功名兩字」，全書「功名」兩字出現數不下十次之多。這不但代表作者的想法，其實也是當時一般人的想法，潘耒在〈日知錄序〉中感歎「明代人才輩出，而學問遠不如古」，因爲「自其少時，鼓篋讀書，規模次第，已大失古人之意」。其實學問是否及得古人倒在其次，讀書人沒有政治良知，民生必然凋蔽，國家必然敗亡。本書所表現晚明讀書人的思想，對明朝即將到臨的覆滅，實提供了最好的說明。

4. 婚姻觀

《禮記・昏義》：「昏姻者合二姓之好，上以事宗廟，下以繼後世。」這兩句話說明了我國傳統婚姻的目的只是在於宗族的延續和祖先的祭祀。孟子曾經說：「不孝有三，無後爲大」（《孟子》〈離婁〉上），可見傳宗接代的觀念來源很早，這種觀念一直延續到近代始終不曾改變。本書承襲了這種觀點，卷一郭喬中舉後，賀客塡門，其妻武氏非常高興，但又「只恨兒子死了，無人承接後代，甚是不快」。由於婚姻是爲了傳宗接代，因此對於家族關係重，對個人關係輕，所以，主宰婚姻的是父母而非當事人，卷二盧、李的婚姻便完全是雙方父親作主，後來盧夢仙的父親「因賣了媳婦，自覺惶愧。及雷秀才來說龔家姻事，夢仙未允。待到行後，也不管兒子肯不肯，竟自行聘，先娶來家」。可見父親可以不顧子女的反對而直接決定婚事。再者，傳宗接代是以男性爲本位，若正室無出，便可以堂而皇之納妾，正室不但不反對，反而要鼓勵丈夫，卷一郭喬之妻武氏說：「你功名既已到手，後嗣一發要緊。妾聞古人還有八十生子之事，你今還未六十，不可懈怠。……你到京中，若遇燕趙得意佳人，不妨多覓一兩個，以爲廣育之計。」由於是以男性爲中心，女權必然低微，所以武氏道：「從來母以子貴，妾無子之人，焉敢稱尊？」卷二中的李妙惠竟遭到翁姑的轉賣；卷四中的瞿鳳奴母女，任由族長擺布，無法反抗，張監生娶了鳳奴後，鳳奴不從，更有「我娶妾不過要消遣作樂，像這個光景，要他何用？」的謬論。不過本書似乎表現出較贊成一夫一妻的傾向，雖然卷二中的雷秀才曾說：「如今縉紳，那一個不廣置姬妾。在兄長一妻不爲之過，況李夫人是大賢，決無不容之事。」但盧夢仙本人則不願辜負妻子，表示反對；又如卷一郭喬因緣湊巧在客邸娶了青姐爲妾，但他並不想帶回家中，還對妻子說道：「在那裏也還正景，今見了娘子，如何還敢說正景？」其他各卷多有強調夫妻恩義的情節，非萬不得已（例如為了傳宗接代），作者是不鼓勵娶妾的。

5. 宗教觀

日人中村・元說：「按歷來之見解，皆指明代佛教幾無一顧價值，若單就教學方面而言，明代三百年的佛學發展或可如此批評。然若轉就當時佛教如何弘佈於社會，及時人如何實踐之觀點以言『明代之庶民宗教』，則彼雖屬外來宗教，實已同化於中國內部，呈後世所見之佛教實態。」㊺鄭志明〈明代無為教的宗教思想〉一文也說：「明代的佛教因禪宗與淨土宗的大衆化，幾乎進入到社會的每個階層與社會文化、民衆生活習俗打成一片，造成佛教信仰鼎盛時期，佛教思想幾乎支配了當代民衆的宗教意識。」㊻明代民衆所信奉的是所謂的「庶民佛教」，據中村・元的解釋，是指流布社會底部，廣受信仰非正統之佛教，是合迷信化、低俗化意識之佛教㊼。這種「庶民佛教」也受到儒、道二教的影響，表現出三教調合的樣態，而且也足以代表當時除正統佛教以外的宗教信仰形態。本書所呈現的宗教意識，也是包含在「庶民佛教」的範疇中，帶有濃厚的迷信與神話色彩，如卷九韋皐得玉簫死訊，請衆僧禮懺的一段，韋皐到昭應祠早晚焚香禮拜，意甚哀苦，衆僧說：「大居士哀苦虔誠，貧僧輩也莊誦法寶，尊寵必然早離地獄，超升淨土矣。」韋皐却表現保留的態度說：「幽冥之事，不可盡求報應，也只是盡我心耳。」這時首座老僧似乎不太高興，高聲道：「檀越既不信佛法果報，連這禮懺也是多事了。」後來果然出現護法天尊，以及有召魂之術的祖山人，使韋皐見到玉簫的鬼魂。這裏所描述的正是庶民佛教的形態，這種信仰，到現代都還存在。至於本書對僧人的態度，和當時其他小說大同小異，筆者曾從《三言》觀察明代僧人，發現《三言》中的僧尼「奸淫作惡」者不少，一般人對其印象也壞到極點[48]。本書卷三王珣被衆僧所嘲，嘆道：「咳！從來人說炎涼起於僧道，果然不謬。大和尚在法堂上講圓覺經，衆沙彌只管在厨房下計論田產銀錢、齋襯饅頭，可不削了如來的面皮？」由於和尚素質低落，有些人對於齋僧之事便有了懷疑，本卷又說：「若供養你這個孝子，勝齋那若干不守戒律的僧人。」卷七更有一段批評：「在今人說好善，不過是造佛齋僧，但不知佛生於西天竺，那要人旃檀粧塑？若是雲遊僧道，龍蛇渾雜，還有飲酒貪淫，刼財害命，勝於強盜十倍者，一般結伙遊方。難道齋了這樣和尚，便叫做行善？」這段話和《醒世恆言》卷三十九的一首詩意思差不多：

人面不看看佛面，平人不施施僧人；
若念慈悲分緩急，不如濟苦與濟貧。

本書所表現的宗教觀念是一般性的，不佞佛也不排斥，雖然各卷充滿了因果之說，不過是勸人行善，並沒有看破紅塵的出世之想。

綜觀全書的思想表現，似未能突破世俗觀念的局限，特別在追求功名富貴、迷信因果鬼神、輕視女權、提倡片面貞操等方面，顯得相當陳腐。但在命運觀上，重視人事的力量，有積極意義；又認清政治應爲百姓謀福利，痛斥了貪官和苛政；又以爲眞正的行善不是禮佛齋僧，而是「救人饑寒，解人仇怨、隱諱人過失」；此外，歌頌了父子、夫妻之情的可貴，對於女性堅毅的一面予以肯定和頌揚，這些都是書中思想較通達、可取的部分。

本書有兩處對讀書人提出批評，卷二：「大凡讀書人最腐最執。」卷十二：「自來讀書人最好奉承。」又：「秀才家不會說話，只一言，觸惱了縣尹性子。」如果作者不屑以讀書人自居，則這些話是爲學者痛下鍼砭，如果作者不能否認自己是讀書人，却還能說出這些話，表示他思想中確有通透的一面，且是頗有自知之明的。

附註

❶ 原田季清《話本小說論》（古亭書屋），頁一九～二二。

❷ 同前註，頁一一三。原文爲：

風世類中の最後に置いた問題小說は理想、鑒戒、諷刺、說理各體の何れにも所屬せしめ難く、人生問題の把握提出をいて創作意義の存する所と見られる諸作を總括したものである。

❸ 如孟瑤、郭箴一、范煙橋、譚正璧等各家小說史都如此分類，其中俠義或作豪俠，神怪或作怪異。

❹ 見王鍾麟〈南宋說話人四家的分法〉，《中國文化研究所叢刊》第八卷，王氏歸納了前人的說法五種，加上自己的結論又多一種方法；又胡士瑩《話本小說概論》第四章〈說話的家數〉，集合了前人的八種說法並作成結論。

❺ 見《本事詩校補考釋》（藝文印書館），頁三二。

❻ 胡士瑩《話本小說概論》（丹青圖書公司），頁五七七。

❼ 見《小說見聞錄》（木鐸出版社），頁二六二。

❽ 見錢靜方《小說叢考》（河洛圖書出版社），頁二〇一。

❾ 見趙景深《小說戲曲新考》（世界書局）〈雙漸和蘇卿〉。

❿ 同註❻引書，頁三四。

⓫ 同前註，頁三三九。

⓬ 見杜聯喆〈明人小說記當代奇聞本事舉例〉，原刊《清華學報》，又見桂冠本《警世通言》附錄。

⓭ 同註❽引書，頁九二，「綵樓記院本考」條；又天一出版社《全明傳奇》有《綵樓記》一冊。

⓮ 《類說》卷四十三略引此條，題《飯後鐘》，內容僅約原文三分之一。

⑮ 見《小說考證》(河洛圖書出版社),頁一〇八。

⑯ 該書稱元爲國朝,如前集〈人倫門〉「君后」「大元昌運」條一載「國朝肇造區宇,奄有四方」可證是元人所編。

⑰ 據錢大昕〈洪文敏公年譜〉(中文出版社影涵芬樓《新校輯補夷堅志》附錄),洪邁紹興二十九年爲三十七歲,則出生於徽宗宣和五年(一一二三年);胡玉縉《四庫全書總目提要補正》(漢京文化事業公司)卷三十七引陸氏〈儀顧堂題跋〉,南宋有兩個羅大經,《鶴林玉露》的作者以寶慶二年中進士者爲近,寶慶二年爲西元一二二六年。

⑱ 《今古奇聞》是選輯《醒世恆言》、《西湖佳話》以及《娛目醒心編》而成的擬話本集,凡二十二卷,參見孫楷第《中國通俗小說書目》卷三。戴不凡認爲《今古奇聞》卷十五是改錄《石點頭》而成的,(見《小說見聞錄》,頁二六二),未注意到其與《娛目醒心編》之間的關係。

⑲ 商務《叢書集成》初編本《南部新書》,頁四十。

⑳ 見《小說見聞錄》,頁二六二。

㉑ 見錢鍾書《管錐編》第二冊,頁七九八~七九九。

㉒ 張宏庸《兩拍研究》(臺大碩士論文),頁四五。

㉓ 宋羅燁《醉翁談錄》(世界書局)卷一,頁三。

㉔ 金批七十回本《水滸傳》附〈聖歎外書〉卷五。

㉕ 此言本於吉川幸次郎《元雜劇研究》(岩波書店),頁三一一;鄭清茂中譯本(藝文印書館),頁一九三。
見莊因《話本楔子彙說》(聯經出版公司),頁五。

㉖ 見《話本小說概論》,頁一三六。

㉗ 見《三言兩拍資料》(維明書局)凡例二。

㉘ 同註㉕引莊氏書,頁一三五。

29 《清平山堂話本》即《六十家小說》，在北平古今小品書籍會印行日本內閣文庫的十五篇小說時，因原書沒有總稱，日本人因書板刻「清平山堂」字樣，才定名為《清平山堂話本》（見馬廉〈影印天一閣舊藏雨窗欹枕集序〉）。但這十五種小說中的〈西湖三塔〉篇，田汝成《西湖遊覽志》卷二謂引自《六十家小說》，孫楷第說「其為殘本《六十家小說》無疑」）（《中國通俗小說書目》，頁一〇五）。

30 陳炳良〈話本套語的藝術〉，收入《小說戲曲研究》第一集（聯經出版公司），引文見該書頁一七七～一七八。

31 見 J. Průšek 著，陳修和譯〈中國中世紀小說裏寫實與抒情的成分〉，載靜宜文理學院中國古典小說研究中心編《中國古典小說研究專集》3（聯經出版公司），頁八九～一〇二。

32 《話本小說概論》第五章第二節二「篇首」部分，見該書頁一三一。

33 見〈論碑傳文與傳奇文〉，《傳記文學》四卷三期。

34 卷尾的散詩有時稱為口號，這是後期擬話本才有的稱呼，除了本卷所引是一個例子外，《拍案驚奇》初刻卷二十二篇末：「聽我四句口號：富不必驕，貧不必怨。要看到頭，眼前不算。」也是一例。

35 見〈明代小曲〉，收入《錦堂論曲》，頁五七二。

36 同前註，頁五七四。

37 同註31引書，頁一〇〇。

38 參考洪文珍《唐傳奇研究》（東海大學碩士論文），頁二二九。

39 參見拙著《續玄怪錄研究》（師大碩士論文）第二章第三節主題討論部分，〈續玄怪錄〉有不少篇章在文末點明主旨，如〈辛公平上仙〉篇末云：「故書其實，以警道途之傲者。」〈驢言〉篇云：「且以戒欺暗者。」

40 見張宏庸〈中國諷刺小說的特質與類型〉，《中外文學》第五卷第七期，頁二二～三六。

41 見〈報——中國社會關係的一個基礎〉，段昌國譯，收入《中國思想與制度論集》（聯經出版公司），引文見頁三五九。

㊷ 同前註，頁三五八。

㊸ 本文載於《文學評論》第九集，頁一九一～二二五。

㊹ 同前註，頁二〇六～二〇七。

㊺ 見《中國佛教發展史》（天華出版事業公司）上冊，頁四七六。

㊻ 收入《中國社會與宗教》（學生書局）一書，引文見頁二二九。

㊼ 同註㊺，頁四七六。

㊽ 見拙稿〈從《三言》看明代的僧尼〉，《國立嘉義農專學報》第十七期。

第四章　藝術手法的探討

第一節　結構的安排

一、結構的理論

結構本來是建築學上的名詞，王延壽〈魯靈光殿賦〉：「詳察其棟宇，觀其結構。」李善《注》引高誘《呂氏春秋注》說：「結，交也；構，架也。」《玉篇》也說：「構，架屋也。」可見結構一詞，本是指構成建築物的交錯的支架，後來才被用到文章上，把文章的謀篇組織稱爲結構。

劉勰在《文心雕龍・附會篇》說：

何謂附會？謂總文理，統首尾，定與奪，合涯際，彌綸一篇，使雜而不越者也。若築室之須基構，裁衣之待縫緝矣。……凡大體文章，類多枝派，整派者依源，理枝者循幹，是以附辭會義，務總綱領，驅萬塗於同歸，貞百慮於一致，使衆理雖繁，而無倒置之乖，

> 羣言雖多，而無棼絲之亂，扶陽而出條，順陰而藏跡，首尾周密，表裏一體，此附會之術也。

所謂「附會」即文中所說的「附辭會義」，辭是文辭，是表現於外的形式，義是內容；將文章的這兩大要素組織安排，構成一個有機體，這便是「附會」；因此，這裏所談的，其實就是文章的結構。

就小說而言，結構是對人物、事件的組織安排，這種結構又稱爲「情節結構」，是由情節的發展構成。小說的結構還包含了一些非情節的因素，例如話本小說中的入話、議論、結語等，它們獨立於情節之外，但仍屬於結構的一部分，用來陪襯或加深主題的意義，有它存在的價值。這些非情節因素，我們在第三章已經討論過，本節主要討論的，是本書的「情節結構」部分。

情節（Plot）一詞，最早見於亞里士多德的「詩學」，用來稱作「悲劇」或「敘事詩」的結構體❶。近代學者則稱小說或戲劇依時間程序佈置前後動作的因果敘述，佛斯特（Forster）對情節的說明是：

> 我們對「故事」下的定義是按時間順序安排的事件的敘述。「情節」也是事件的敘述，但重點在因果關係（Cousality）上。「國王死了，然後皇后也死了」是故事；「國王死了，皇后也傷心而死」則是情節。在情節中時間順序仍然保有，但已為因果關係所

掩蓋。❷

將這些「著重因果關係」的事件加以妥善安排的工作稱爲「佈局」，佈局的結果便是「結構」。

關於小說佈局的理論，亞里士多德論「悲劇」結構的一段文字常被引用。《詩學》第七章：

> 悲劇為對一個動作之模擬，此一動作其本身係屬完整，……所謂完整乃指有開始、中間與結束。開始為其本身毋須跟隨任何事件之後，而有些事件却自然地跟隨於它之後；結束為或出於自身之必然，或出於常理，跟隨於某些事件之後，而無事件跟隨於它之後；中間則必須跟隨於一事件之後，而另一事件復跟隨於它之後。❸

這「開始」、「中間」、「結束」三步驟，又稱「糾紛」（complication）、「危機」（crisis）、與「解決」（solution）。而威廉（Williams）氏《短篇小說作法研究》一書，則將之演述爲：

1. 最初衝動或最初事件。
2. 爭鬥或糾葛中間的各步驟，至廻旋點（或稱戲劇頂點）爲止。
3. 自戲劇頂點至動作頂點（或稱動作的末尾）間的各步驟，和結局❹。

所謂「戲劇頂點」即小說的高潮，而「動作頂點」則指小說的結束。在「戲劇頂點」以前的動作稱「上升動作」，而「爭鬥」或「糾葛」等各步驟即包含其中；「戲劇頂點」以後的動作則稱「下降動作」。威廉氏謂：

近代的短篇小說，往往在戲劇頂點過去以後立卽結束，因為當小說的緊張時間過去以後，若把「下降動作」過分延長，那篇小說就要覺得失勢了。❺

至於話本小說的佈局，葉師慶炳曾說：

在理論上，話本作家在佈局上可以匠心獨運，自成一格；但在事實上，有一種佈局出現在現存大多數的話本作品之中。這種經常出現的佈局，筆者名之為常用佈局。常用佈局是把整篇話本故事清楚地畫分成幾個階段，每一個階段都包括進展、阻礙、完成三部分。用線條表示，就如下圖（假定此篇話本故事分成三個階段）：

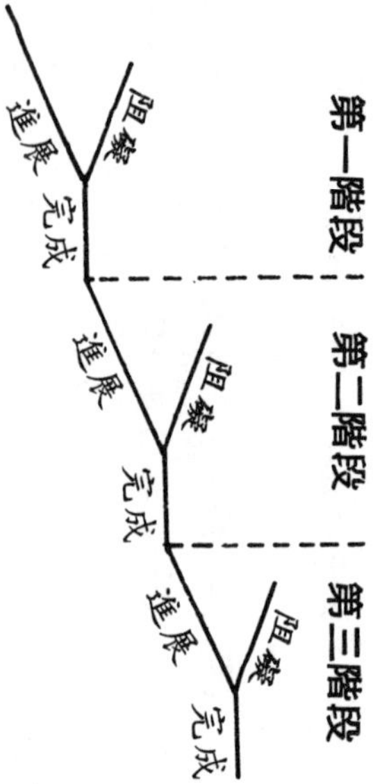

並說明這種常用佈局的優缺點說：

> 這種常用佈局，的確能收到曲折動人、高潮迭起的效果。但是這種佈局也有無可避免的缺點。舉例來說，由於「高潮迭起」，因此到了最後的高潮，就欲振乏力。這情形猶如水庫的水尚未貯滿就一放再放，水勢當然不及貯滿後一次放水來得壯大動人。又由於故事的每一階段都要安排阻礙，因此在人物處理上難免出現需要時招之卽來不需要時揮之卽去的現象。所以說，短篇話本的常用佈局在說話現場雖達到了引聽衆入勝使聽衆欲罷不能的要求，在文學批評上却留下了受人詬病的話柄。❻

二、敍事觀點

敍事觀點又稱作「視角」（Point of View），任世雍〈小說與視角〉一文認爲，視角有廣狹二義。廣義是指作者、讀書、敍述人及書中角色，對作品的視角，而四者之間的視差，常產生令人捧腹的反諷❼。至於狹意的視角。則單指敍述人以何種人稱來敍述，這方面的理論，討論得最爲精詳的是Manuel Komroff 的《長篇小說作法研究》，該書分敍事觀點爲內外二部：所謂內部觀點，是指敍述者爲參與敍述事件的人，又分爲：

1. 主角敍述（第一人稱「我」）；
2. 同伴敍述（「我」變成「我們」）；

3. 旁觀者敘述（第三人稱「他」）；

4. 幾個敘述者。

至於外部觀點，則敘述者完全置身事件之外，這種作品，必爲第三人稱的故事，又可分爲：

1. 完整的全知；
2. 有限度的全知；
3. 移動的觀點；
4. 哲學的「我」[8]。

敘事觀點對小說的結構有很大的影響，寫線索錯綜複雜、人物衆多、事件紛繁的小說多用完整全知的外部觀點，例如《三國演義》一書，如果想由書中人物來敘述，便有困難，因爲很難找到一個能貫穿大部分事件的靈魂人物來穿針引線，《水滸傳》亦然。如果小說的興味線是單一，只有一條主線時，便可以考慮使用內部觀點，如《簡愛》、《魯賓遜漂流記》、《少年維持的煩惱》等，都用主角敘述（第一人稱）的內部觀點，近代小說家郁達夫的短篇小說也都是採取這種觀點，它的好處是人物與讀者直接面對，容易引起共鳴。中國古典小說幾乎全部是外部觀點的小說，特別是話本小說來自「說話」，當然只能選擇完整全知的外部觀點。但外部觀點的小說，有時也能在部分情節中將觀點轉移，例如劉姥姥進大觀園，所描寫的大觀園便是劉姥姥眼中的大觀園，是透過小說中人物的眼睛去敘述，這就成爲主觀的敘述，美國小說家亨利・詹姆士稱之爲「單一觀點」（a point of view）[9]，胡菊人先生說：「這樣一來，作者本人就在書中人物與讀者之間退隱了，讀者與人物馬上親近起來，到了『無隔』的地步。」[10]

這話很對，不過胡先生認爲現代小說所謂「view-point」的轉移使用，「曹雪芹是第一響奪人的先聲」，那倒未必，因爲《水滸傳》中已經很技巧的使用過，而且金聖歎也看出來了，第九回寫李小二店中先後閃進兩個人，李小二「看時，前面那個人，是軍官打扮，後面這個，走卒模樣，跟著，也來坐下」。金聖歎批道：「『看時』二字妙，是李小二眼中事。」接著：「李小二入來問道：可要喫酒？只見那個人……」金聖歎又批：「妙，李小二眼中事。」這兩個要來害林沖的一個是陸虞侯，一個是富安，作者當然曉得，連讀者也曉得，但李小二卻不曉得，不曉得便借他眼中所見來形容，他又把所見到的樣子告訴林沖，林沖從他的形容得知來者之一是陸虞侯。觀點轉移便有如此曲折之妙，平平板板的敍述如何能吸引人呢？

本書十四卷都採用完整全知的外部觀點，並無例外，但難得的是，其中也有一兩卷採用了觀點轉移的技巧，獲得頗高的成就，例如卷四對春來的描述，套用金聖歎的話，乃是「張監生眼中事」，關於這點，我們在第二節還要做詳細的討論。此處我們單就全書運用觀點轉移最完整、最成功的卷九加以分析，探討其藝術效果。基本上，本卷所使用的是全知全能的外部觀點，和其他各卷相同，例如對韋皐的描述：

> 生得英偉倜儻，意氣超邁。雖然讀書，要應制科，卻不效儒生以章句為工，落落拓拓的，志大言大，出語傷時駭俗。

這是作者介紹給我們的韋皐，是作者心目中的韋皐，無論外在的言行或是心裏的想法，作者都清清楚楚的告訴了我們，而我們也只能毫無選擇的接受。但對於玉簫的形象，我們卻都是透過韋皐的眼睛去認識的，換句話說，我們在小說中見到的，都是韋皐眼中所見、心中所想的玉簫。

韋皐第一次見到玉簫，是在荊寶的內書房，韋皐「步入室中，只見一個青衣小鬟，年可十餘歲，獨自個倚欄看花」。由於匆匆一瞥，所以只得到模糊的印象。後來荊寶命她送茶來，這時才有工夫細看：「韋皐舉目仔細一覷，眉目清秀，姿容端麗，暗地稱羨道：『此女長成起來，雖非絕色，卻也是個名姝。』」後來玉簫便常來給韋皐送茶送酒，本來還未在意，「及至常在跟前行走，日漸成長，趨承應對之間，又不輕佻，却自有韻度」——這當然也都是韋皐的觀感，到了此時，韋皐「這點心花，未免被其牽動」。

有一天，韋皐喝了一點酒，惹起春意，「冷眼瞧玉簫，在牡丹臺畔，和着小廝，紈扇趕撲花上蝶兒。廻身慢步，轉折蹁躚，好不輕盈嬝娜」！這是醉眼所見，是韋皐在春心鬨動時的主觀念頭，也就在此時，韋皐做成了決定。

經過長久的醞釀，才讓韋皐下決心向荊寶開口，希望能獲得玉簫，這和一般古典小說中對小說人物急色的描寫是完全不同的。作者曾說：「韋皐本是個好男子，平日原不在女色上做工夫。」但這兩句是虛提之筆，要讀到上述實寫的情節才能讓讀者相信，在韋皐心目中已經塑造了玉簫的完美形像，他的心動是有理由的。同時，這篇小說的結構基礎也在此時完成，既然玉簫在韋皐心目中已是完美形像，何以韋皐又忍心負她呢？這便將韋皐爲了達成心願可以不顧一切的執着性格，非常鮮明地突顯出來了，而後來玉簫的殉情也就更令人同情了。情節是依人物性格而進行的，人物性格又是靠情節的進行來塑造的，本卷巧妙的運用觀點轉移，推動了情節，塑造了人物，其成就雖不能和《水滸傳》、《紅樓夢》媲美，也算難能可貴了。

三、格局

我們把結構的方式稱爲格局，關於小說的格局可以從兩方面討論，第一是故事情節的時間安排，其次是故事情節進行方式。依時間安排的不同可以有「編年式」、「反編年式」、「混合式」等格局；依進行方式的不同可以有「單線式」、「多線式」、「交互式」等格局。

所謂「編年式」格局，在記敍文中稱爲「正敍」或「順序」，就是按照故事情節發生的時間、進程依次敍述，這是傳統小說最常見的格局，尤其早期的短篇文言小說，多半平鋪直敍，很少用到其他的敍述技巧。

所謂「反編年式」格局，相當於「倒敍」或「逆敍」，就是先寫結果，後寫原因。古典小說中這種寫法甚少，本書十四卷沒有一卷是採取此一格局的。

所謂「混合式」格局，就是將編年和反編年兩種方式混合運用，例如在依次敍述時，跳過一段，然後在某處補足，類似於記敍文中的「追敍」或「補敍」。

所謂「單線式」格局，指只有一條主線貫穿全篇，雖然可能有一兩條副線，但只在結構中處於從屬地位。

所謂「多線式」格局，指有好幾條主線交錯進行。

所謂「交互式」格局，指兩條主線互相交錯進行。

四、各卷結構分析

以下分析《石點頭》各卷的結構，既非依照原書的卷次，也不是依照第三章的分類，而是完全根據討論的方便，將這十四卷分爲若干組。分組也沒有一定的原則，結構特別的，就單獨討論，性質相近或相反可以做比較的，就合幷討論，或者，只是因爲取材相同而合爲一組，或者，因爲需要用較多的篇幅討論，也讓它獨立一小節。總計分爲八組，爲了閱讀方便，茲將各組所討論的卷別及分組的理由條列如左：

1. 卷一（結構特別）。
2. 卷二、卷十（題材類似）。
3. 卷三、卷十四（佈局類似）。
4. 卷四、卷五（內容性質相近）。
5. 卷六、卷七（主題近似）。
6. 卷八（結構特別，篇幅較長）。
7. 卷九、卷十三（性質相反）。
8. 卷十一、卷十二（卷十一僅略論，卷十二詳論，並作為本節之結束）。

1.

卷一的題材是一件奇事——一對從未謀面的父子，因同榜登科而相認。父子相認是全卷的高潮處，也就是所謂的「戲劇頂點」，由於所採用的是編年式格局，因此在這之前的情節都是所謂的「上升動作」。

全篇以郭喬的遭遇為主線，其主要情節如下：

(1) 郭喬屢試不第，心情煩悶，因舅父之邀，到廣東一遊。

(2) 遇到米氏父女，代償糧債，米感其恩德，想將女兒送給他，被他拒絕。

(3) 郭喬到城外遊賞，因躲雨正巧來到米家，又因米家的熱情對待以及青姐的坦誠表白，終於答應娶青姐為妾，婚後，二人十分恩愛。

(4) 一年多後，母舅逼郭喬回鄉再圖功名，分別前夕，米氏已有五個月身孕，要郭喬預先命名，遂名之為郭梓。

(5) 郭喬回鄉後雖再落榜兩次，又混過兩科，終於遇到秦鑑的賞識，一舉登第。

(6) 到京城會考，又中進士，見榜上有一人名郭梓，請李翰林詢問，終於父子相認，一家團圓。

(6)是戲劇頂點，(1)到(5)都是上升動作，其中雖有若干起伏，但大體說來結構是頗為單純的。

本篇故事有兩個重要的環結，都是建立在一個「巧」字之上的。郭喬躲雨正巧躲入米家是一巧，這一巧不但是巧合的巧，更是巧妙的巧[11]。米家知恩圖報，如果郭喬很快答應收納青姐，不但會使這個人物變得很淺俗，情節也會變得很平板；作者很高明的安排躲雨一段，使人覺得那是天意，在米家這樣的盛情下，連讀者也覺郭喬不好拒絕，這便是巧妙的所在。

第二巧自然是父子同榜，這就純粹是巧合了，但這個巧合也必須建立在兩個基礎上，第一，郭喬必須先給兒子命名；第二，郭喬必須錯過許多科不中或甚至不去應考。因此，前面都需要有伏筆，也就是說，即使是巧合之「巧」，仍必須建立在佈局的巧妙之上，否則讀者是不能信服的。

2.

卷二和卷十的題材類似，都是寫夫妻離合的故事，但兩卷的結構同中有異，各有巧妙，是鄭振鐸認爲「寫得很生動，結構也比較得不很壞的」三卷中的兩卷（另一卷是卷八）⓬。

卷二有兩條主線，一條以盧夢仙爲重心，另一條則以李妙惠爲重心，雖然寫李的分量多於盧，但兩條線互相交錯而沒有從主之分，是屬於「交互式」的格局。由於主線有兩條，無法採單純的「編年式」，遂採取了「混合式」格局，其敍述手法，屬於「中國古典小說藝術欣賞」一書所提出的「輪敍」，其定義是：

> 就是說完這一頭，再說另一頭；說完另一頭，又說這一頭。也就是甲事件與乙事件輪流敍述。⓭

卷首從盧夢仙的童年寫起，寫盧的個性，盧父的「富不好禮」，都是伏筆。然後從壁上題詩寫到盧李兩人結合；之後先說盧夢仙進京赴考落榜不歸的情形，再說盧家以爲夢仙已死，又遇到天災，於是逼李妙惠嫁給塩客謝啓的情形，一直寫到金山題詩；再回頭說盧夢仙考中回家，發現妻子已被轉賣，一直寫到在金山寺看到李妙惠的詩，這首詩是一個重要關鍵，然後寫他設法找到李妙惠的情形。在「輪敍」的過程中，時間都是交錯的，一枝筆不能同時交待兩個人的行踪，所以必須找到適當的轉換點，例如寫李妙惠金山題詩後立刻轉到盧夢仙，因爲「江上尋妻」是全篇的高潮處，而重心在於盧夢仙，所以李妙惠離開金山後的情形便被略去，等夢仙也到金山，得到妻子的訊息，便開始尋妻的計劃，這時節奏轉快，必須把次要的情節先擱置，直到李妙惠被找到，再回頭補述她離金山之後的動向，並交待何以她來到江上正巧被夢仙找到，這一段追述，三言兩語便帶過了。下筆的輕重緩急拿捏得恰到好處，情節的安排處理得天衣無縫，這一卷的結構處理可以說是相當高明的。

卷十也採用了一小部分的「輪敍」手法，但結構和卷二却有很多不同。在卷二，有關盧夢仙的情節是獨立發展的，在本卷，所有關於王從事的情節則只是用來陪襯其妻喬氏的遭遇，所以前者有兩條主線而後者只有一條，王從事只處於從屬地位，其經歷只能算一條副線。其次，卷二盧夢仙主動尋找李妙惠，本卷王從事則是被動的，由於喬氏對他念念不忘，感動了王知縣，使他慨然相讓，促成了她和王從事的復合。

卷十的主要情節是：

(1) 王從事偕妻到臨安選官，誤住到妓家叢集的抱劍營，屠戶趙成見其妻喬氏貌美，設計強取。

(2) 到趙成家後喬氏不肯就範，用金簪搠壞趙成一目。

(3) 補述王從事失妻後的情形。

(4) 喬氏被轉賣給王知縣爲妾，金簪則被趙妻花氏奪去。

(5) 喬氏悶悶不樂，經詢問，王知縣得知其不幸遭遇，答應代爲尋訪。

(6) 王從事來到本縣任教授職，與知縣漸熟。某日到知縣家作客，見到喬氏所烹的團魚，不覺落淚，並道出與喬氏離散的經過，王知縣促成他們夫妻復合後，飄然隱退。

(7) 王從事升任知縣，因金簪查獲趙成行踪，得報大仇。

其中，(6)是「戲劇頂點」，(2)到(5)都屬於「上升動作」，(7)則是「下降動作」。除了(3)外，喬氏的遭遇貫串每一個情節，是全文的主脈。

報仇一段寫得很長，事實上自成段落，雖然就戲劇效果而言顯得有點累贅，不過由於作者事先埋下金簪作伏筆，使兩段故事有機地結合成一體，於此處可以見出作者對結構的處理頗爲細心。

這兩卷相同的地方在於關鍵事物的巧妙安排，卷二是金山題壁詩，卷十是團魚，他們是戲劇頂點的導引物，如果這兩卷的結構像一條龍，他們便是龍的眼睛，他們使整個情節活了起來。雖然這兩卷各有所本，但原作只是一筆帶過，小說則加以用心處理，得到了很好的效果。

3.

卷三和卷十四很合於葉師慶炳所提出的「常用佈局」，各分成三階段，除了卷十四的第三階段外，每一階段都有「進展」、「阻礙」和「完成」。

先看卷三：

第一階段：從王珣充任里長到逃亡至蘭若安身。

第二階段：從王原童年到決定外出尋父。

第三階段：從出發到找到父親。

在第一階段中，王珣擔任里長剛開始還算順利，情節持續進展；後來輪到「經催」，要催繳十甲錢糧，由於他爲人過於忠厚心軟，加上年歲荒欠，催繳無功，不但花了大筆金錢，還要受杖責，迫不得已只好逃亡，這是受到阻礙；離家後心情反而輕鬆愉快，最後在一家寺廟找到安身立命之處，這一階段完成。

在第二階段中，王原一心想外出尋父，但一再受到母親的阻止，這個阻礙在王原成親後得到解除。

第三階段是全文的重心，王原在尋父的過程中，歷盡千辛萬苦，重重阻礙，終於找到父親，完成心願。其中有一段「插敍」，寫司禮監尋母的事。《中國古典小說藝術欣賞》一書對「插敍」的定義是：

> 就是在一個主要情節的進行過程中，忽然插進另一個情節。這插進的情節與主要情節有關，插敍完畢又返回到主要情節。⑭

這種插敍的手法金聖歎把它稱作「橫雲斷山法」，他說：

> 有橫雲斷山法。如兩打祝家莊後，忽插出解珍、解寶爭虎越獄事；又正打大名府，忽插出截江鬼油裏鰍謀財害命事等事也；只為文字太長了，便恐累墜，故從半腰間暫時閃出，以間隔之。⑮

橫雲斷山，山並未斷，只是暫時被雲遮住，金聖歎此詞下得很妙，它除了有間隔的作用外，也有烘托的效果。就本卷而論，王原尋父花了漫長的十年光陰，如果三言兩語帶過便表現不出過程的艱辛，可是尋找的過程雖然辛苦，却也總是類似的狀況，同樣失望的心情，一再的重複將使文勢顯得很平板很累贅，這時從中插入一段精彩的小事件，可以造成文勢的波瀾，其內容寫李太監異於常人的不孝行爲對主題又有反襯的作用。

挿敍這一段相當高明的運用前述任世雍先生所謂的「視差」技巧，造成很好的反諷效果。「視差」是由書中人物以及作者、讀者之間視角的差異所造成。書中人物都認爲李太監是孝子，他們見到李太監迎一個白胖婦人進京，稱道不已，王原更觸景傷情，放聲大哭，謂：「適來見說李太監母子隔絕三十餘年，正與王原事體相同。他的母親便尋著了，我的父親不知還在那裏？」事實上呢，作者告訴我們，那李監確曾找到母親，但見她「容顏憔悴，面目黧黑，形如餓莩，相似貧婆，自己不勝羞慚」，竟把自己身生母親再度遺棄，任她死於道途，然後找一個白胖婦人來奉養。王原爲這樣的事感傷痛哭是不是有點滑稽？妙在作者不在故事中點破，讓一個至孝的人反而去欽羨一個極不孝的人，造成極佳的反諷效果。

再看卷十四，卷十四的三個階段是：

(1)　寫潘章和王仲先從故鄉來杭州求學的經過，是分別發展的兩條線，以兩人在杭州會合爲這一階段的完成。中間有一個小小的阻礙，那就是潘章的父母不捨得兒子遠離，由於潘章「啼啼哭哭，要死要活」，這個阻礙很快就被克服了。

(2)　寫王仲先向潘章求歡，屢次被拒，最後終於成功。此一階段的阻碍都來自潘章的正言拒絕，等到潘章的心被打動，這個階段也就完成了。

(3) 從潘、王二人被先生所逐，到二人合葬於羅浮山。

這一個階段已經是「下降動作」（因為第二階段中潘王二人的歡好已達到「戲劇頂點」），所以中間不再出現阻礙或衝突。

結構的安排要配合主題的需要，因此我們分析一篇小說的結構，到最後應該可以將主題逼顯出來。在第四節的討論中，我們認爲本卷主題模糊，並推想可能是在表示對斷袖之癖的同情，在此，我們再從結構安排的角度看，整個情節的高潮，下筆最重之處是在寫潘王二人結合的第二階段，如果主旨是批判，這一段應該略寫而把重心放在他們的悲慘結局，事實上結局却寫得很平和，這可以說明我們前面的推想是合理的。

4.

卷四和卷五是寫所謂「淫奔苟合」的故事，但結構和結局都有很大的差異。

卷四的結構可以用撞球來比方，撞球時以白球撞擊色球，色球進袋動作才算完成，本卷孫三和瞿母偷情這一段像是白球，孫三和瞿鳳奴結合到雙雙殉情才是色球；從白球擊中色球到色球進袋是本文的重心，但白球的進行決定色球的方向也很重要。

當然，情節的進行高低起伏曲曲折折，和球的行進不同。這兩段各成格局，瞿母那一段節奏較快，進行很順利沒有什麼衝突糾葛，但也是經過一番周折才達成目標的。鳳奴這一段則有很高的衝突性，鳳奴經母親的安排和孫三成親，母女同夫已埋下悲劇的種子，而受舊禮教的影響，加上孫三「善會湊趣幫襯」，使鳳奴有從一而終的決心（她不知道孫三已有妻室）。戲劇性的糾紛（Complication）和危機（Crisis）是由兩種相當力量的抗衡造成，鳳奴想從一而終可是族人却出來干預，一來認爲瞿母敗壞家門，二來希圖瞿家的產業，告到官府，將他們的婚姻拆散，這是第一股外力的介入，與鳳奴的決心產生衝突，造成糾紛。此時鳳奴還抱着一線希望，還圖日後團圓，無奈三個月後，族長貪圖聘禮，作主將鳳奴嫁給張監生，這是第二股力量的介入，鳳奴則頑抗到底，使衝突持續升高。這一段是「加力」的過程，正反雙方的力量都在增大，一直要達到「危機」的頂點爲止，王夢鷗先生對危機的解釋是：

> 危機並非事態演至極危險或危急的地步，而是指那注意「後事如何」（按，就編年式格局而言）或「事出何因」（按，就反編年格局而言）的人們受著無數新加入事件的刺激而弄得極度注意，注意力達到飽和的狀態。⑯

這場危機由於不斷地「加力」——孫三爲鳳奴眞情所感而自宮，鳳奴被張監生鎖禁空樓——愈升愈高，然後陡然跌落：孫三病亡、鳳奴自縊，危機才解除。以下情節都是下降動作：二人屍身焚燒，胸前一塊人形不化等等，其事雖奇，但已是強弩之末，引不起讀者的興味了。

比較起來，卷五的結構安排就遜色多了。首先，就結構的完整性而言，作者在卷尾所添加的一段輪迴報應的情節實在是一大敗筆，因爲突如其來，並無伏筆可以聯繫照應，使它顯得像蛇足一樣的多餘而累贅。如果把這一段删掉，可以寫成一篇以「改過遷善」爲主題的小說，那麼莫誰何最後高官厚祿，兩子登科便很合理，現在作者爲了解釋何以一個輕薄無行的浪子竟能得到富貴功名，不得不套用前世積德今生受報的觀念，又爲了讓他先前的行爲得到懲罰，再安排他臨終時得到惡病，勉強牽合的痕迹是非常明顯的。所以說主題對結構有決定性的影響，本篇提供了一個很好的負面示範。

其次，本卷的高潮在莫誰何勾搭紫英得手後就完成了，以下的情節都是在做收尾的工作，下降動作中雖然也略有起伏，但拖得太長，終覺失勢。

本卷的結構勉強可以稱作雙峯並峙型，莫誰何登第選官後與岳父相認是另一個高潮，此處作者做了不錯的處理，尤其紫英向父親下跪時，老員外眼花，想縣官夫人怎麼對自己下拜，一時也跪了下去，等看淸楚時不禁大爲痛恨，女兒淫奔使自己面子險些掛不住，如今自己竟向她下跪，憤怒蓋過了親情，在痛罵聲中拂袖而去，寫得很合情理。但這一段終是太略，無法和前一個高潮等量齊觀，結構不平衡，不能達到完美，十分可惜。

5. 六、七兩卷，命運決定了情節的發展，如果不在枝節上另做處理，將使結構顯得平淡無奇。金聖歎說：

> 《水滸傳》不說鬼神怪異之事，是它氣力過人之處；《西遊記》每到弄不來時，便是南海觀音救了。⑰

這話的意思很明白，《水滸傳》所以勝過《西遊記》的一大原因是：前者情節發展順理成章，後者却往往要依靠外力勉強牽合。命運並非不能做爲主題，神怪也不是不能取爲題材，但如果命運主宰了一切、神怪掌握了情節，人物在其中便只是傀儡，整篇小說缺少糾葛、爭鬥，也就毫無興味可言了。

卷六，長壽女從行乞到幫傭到與吳公佐成親最後官封紫誥，關鍵只在相士的一句話；吳公佐的發迹更離奇，是因爲賭博贏了大錢。這兩個關鍵情節都不需要預留伏筆，沒有兩個相對力量的抗衡，沒有「糾紛」，當然也就沒有「危機」。其敍述的方式爲，先寫長壽女，從她嫁給漁人、被遺棄，寫到朱從龍收留她爲止，這是第一階段；然後寫吳公佐，從他一擲千金寫到寄食寺廟，友人周濟並助他與長壽女完婚爲止，這是第二階段；此後公佐一帆風順，贏錢後開典庫，成爲巨富，然後參加科考，出任知州，榮華富貴，這是第三階段，全文結束。階段之間的轉換倒很自然，文采也很好，就是結構設計過於平板。

卷七的結構設計比卷六便稍勝一籌。這一卷的故事是很神奇的，主考官告訴他的老友鄭無同如何在答題中作暗號，好助他上榜，這事被一個女鬼聽到了，把其中的機關告訴了另一位考生仰鄰瞻，因爲仰答應上榜後替她安葬，結果鄭酗酒過度誤了考期，仰金榜題名。落榜的鄭無同極不服氣，找仰鄰瞻的麻煩，並誣告他「上訕祖宗，下亂國事」，後經判定，鄭以誣告流徙邊方，罪有應得。本文妙在加重鄭無同這個角色的分量，由於他事後撒潑無賴的表現，使人覺得他落榜是應該的，此處淡化了神怪的力量，是很高明的安排。《中國古典小說藝術欣賞》〈拍案驚「奇」〉這一章把小說的奇分成四類：神話的、迷信的、荒誕的、正常的。其中最有現實意義的是「正常的奇」，是建立在生活眞實的基礎上的奇⑱。本卷強化了「正常的奇」，把鄭無同奇奇怪怪的表現、奇特的言語反復的描述，淡化了「神話的奇」，將仰鄰瞻因鬼上榜的事寫得很平實，不特意渲染。本來不很突出的結構，經由旁生枝節的陪襯，倒也顯得頗有可觀之處。

嚴格說起來，如果拿前述小說結構的理論來衡量，這兩卷恐怕會被逐出小說的門外。卷七鄭無同找麻煩這一段勉強可以看做完成動作的阻礙，但衝突性還是不夠。不過佛斯特在討論情節時，認為亞里士多德所提出的「糾紛」、「危機」、「解決」對小說不一定有用，他說：

> 小說情節中的人物與戲劇情節中的人物大不相同：後者處處為舞台環境所限，有其一定的條件；前者則一無拘束，深不可測，就像一座四分之三部分隱藏在水中的冰山一樣。像這樣的一座龐然大物，用亞里士多德所提出的結釁（Complication，前譯「糾紛」）、高潮（Crisis，前譯「危機」）、終結（Solution，前譯「解決」）三種程序去解釋，不一定有用。有一些人物，或者一如他所說的，出現後即與他人有所啓釁，結果小說寫到最後像劇本而不像小說。⑲

這段話提醒我們不要光注意小說情節中露出水面的那四分之一，而忽略了隱藏在水面下的更多東西。也許，我們過分重視那些有形的結構，而沒有深入去體會無形的結構，結果，往往把包藏在泥層中的鑽石當做石頭遺棄了。

因此，我們換一個角度重新來考量這兩卷。卷中的人物是平面式的，是佛斯特所謂的「扁平人物」⑳，他們的性格是固定的，並且只有外在行爲的演出而沒有心理的刻劃，他們是由命運所操縱的木偶。但是，他們畢竟不是木偶，一定會有心理的衝突，例如長壽女這一段，她被夫家遺棄，父親又溺死，不得已出來行乞，作者沒有描述她內心的掙扎，反而說她「一從乞食以來，反覺身心寬泰，雖不免殘羹剩飯，到反比美酒羊羔，眼目開霽，說話聰明」，但她果眞沒有傷痛嗎？聽聽她唱的蓮花落：「我的爹，我的娘，爹娘養我要風光。命裏無緣弗帶得，苦惱子，沿街求討好淒涼。孝順，沒思量。」又：「我個公，我個婆，做別人新婦無奈何。上子小船身一旺，立勿定，落湯鷄子浴風波。尊敬，也無多。」這兩段蓮花落直接表白她的心情（而不是作者敍述），她很認命，故沒有怨尤，但仍存著疑惑，仍感到淒涼。她內心的衝突，是來自於對於命運的順從和命運給她的折磨，她是沒有抱怨什麼，只是逆來順受，但「逆來」和「順受」之間不就充滿了糾葛嗎？然則何以作者又不把這種衝突表現出來呢？原因便在於所要表現的是一個不具有衝突性格的人物，因爲「小說的情節結構應該從人物性格的塑造和性格的邏輯發展去進行構思，進行組織安排」㉑。事實上作者的表現是很稱職的，本卷平淡無奇的結構也是必要的。

6.

如果把短篇小說分成以事件爲主的和以人物爲主的兩種，則卷八是一篇很典型的人物小說。當然，小說都離不開事件和人物這兩大要素，但有些小說是借人物來演出事件，重點在事件；有些小說則是借事件表現人物，重點在人物。

卷八的結構是由一些事件串連而成，像一串「糖葫蘆」，小說中的主要人物吾愛陶便是貫串其中的那根竹籤。這些事件並沒有必然的因果關係，但也不是全然獨立，彼此仍有部分粘合，作者用巧妙的手法，把這些事件寫得不即不脫，眞是匠心獨運工作。

這些事件包括：

(1)吾愛陶「在閭里間，兜攬公事，武斷鄉曲」。

(2)廷試高第後，任稅監提擧，巧立名目課稅，大招民怨，被譏爲吾剝皮，汪姓徽商不願繳額外的稅，被判漏稅，不但挨了二十板，一船的綢緞都被剪破。

(3)衙門隔壁王大郎一家被誣作賊，吾剝皮貪其千金家私，動用酷刑，「三日之內，無辜七命，死得不如狗彘」。

(4)吾愛陶被劾後削職爲民，臨行百姓投磚瓦土石，大加譏嘲；老家被焚，鄉人揚言他若回去，便要搶劫。

(5)移居建康，改名換姓，開設妓院；汪商到妓院，題詩冷嘲、當面譏諷，報了舊日之恨。

(6)吾愛陶臨終鬼魂來索報，死狀奇慘；死後獨子敗光家產，死於徒刑，女兒淪落爲娼。

(2)、(3)兩段本來是毫無關連的兩件事，作者很技巧的用幾句話將他們銜接起來：

當日王大郎看見汪商之事，懷抱不平，趁口說道：「我若遇此屈事，那裏忍得過，只消一把刀，搠他幾個窟窿。」這話不期又被士兵們聽聞。

這幾句話非常重要，是承上啓下的重要關鍵，一方面使情節自然銜接，一方面伏下王家七口慘遭屠戮的因由。此外，(2)和(4)以百姓的反應遙接，(1)和(4)以鄉民的舉動遙接，(2)和(5)以汪商的報復遙接，(3)和(6)以鬼魂索報遙接，其結構可如左圖所示：

所有的事件由吾愛陶一個人串連起來，各個事件之間又互相牽連，接合之處，錯落有致，結構完密而巧妙。

7.

卷九和卷十三同樣取材於唐代故事，但是性質迥異。卷九寫韋皐和玉簫，以人物爲主；卷十三寫玄宗恩賜纊衣，以事件爲主。前者時間拖了很長，以繁複的情節、衆多的場景來表現兩個個性執著的人物；後者時間短暫、情節簡單、場景單一，簡潔有力地描述了一個異於尋常的事件。

有關人物刻劃的問題，留待下一節再討論，此處我們先簡單分析卷九的敘述方式和結構。由於情節繁多，本卷運用了輪敘和追敘兩種手法來輔助正敘的不足：

(1) 從韋皐家世寫起，接寫他在岳家受到輕慢憤氣出門、到了荊寶家中與玉簫成婚、與玉簫訂下七年之約後，離開荊家求取功名，以上都是正敘。

(2) 然後「話分兩頭」——一段寫玉簫因韋的爽約，絕食身亡；一段寫韋皐銳志奮勵，終於完成志願，採用輪敍。

(3) 韋皐取代了丈人的職位後，鎮守一方，一日升堂理事，赫然發現荊寶在罪犯之列，詢以別情，作者才借荊寶之口道出了玉簫死後荊家的情形，這便是追敍。

(4) 以下寫韋皐對玉簫的思念，以及和轉世後的另一玉簫再度結緣，到終卷，又回復正敍。

這一卷的結構還不能成爲交互式的，因爲主線只有一條，玉簫的事只能算做從屬的副線（雖然小說以玉簫爲卷名）。這樣的結構使本卷的性質偏離了愛情小說，作者在韋皐身上費去了太多筆墨，寫韋皐的經歷下筆太重，使玉簫的痴情表現變成點綴，才會造成內容與題旨不切合的情形。

卷十三的場景只有兩處，一處在宮中，另一處在邊關，如果改寫成劇本的話，只要四幕就可以完成：

第一幕：桃夫人接獲縫製征衣的命令，在宮中自怨自艾。這一幕內心戲較多，主要在表現宮女的深宮之怨。然後寫她異想天開，把一首盼望再世結緣的詩和一股金釵縫入衣領中。

第二幕：在潼關，寫軍士們領取纊衣的情形。桃夫人所縫的征衣原來是分給王好勇，由於覺得領上有刺，才和男主角李光普交換。光普拆開衣領發現了詩句，報知主帥。

第三幕：回到宮中，寫玄宗責問桃夫人，貴妃代爲求情。

第四幕：桃夫人和李光普在潼關成親，圓滿收場。

以亞里士多德的理論來看，本劇的「糾紛」在第二幕，光普發現衣領中的藏詩時，心裏產生了交戰，他想：「這事關宮闈，後日倘或露出來，須連累我，不如先去稟知主帥。」又想：「這女子自家心事，量無他人知得，我若把來發覺，不但負他這點美情，却又害了他性命。」就在心中七上八下，猶豫不決之際，猛不防背後的伴當發現，傳開此事，引起原來得到這件征衣的王好勇的嫉妒，一場紛鬧迫使光普不得不出首稟告，這場「糾紛」使劇情升高了「危機」。第三幕中，對於這件事玄宗「勃然變色」，貴妃則「生了可憐之念」、「有心周全」，這是「加力」的過程，到決定賜婚達到戲劇頂點。到第四幕收尾，已經是下降動作了，在這一幕中，對第二幕的衝突有合理的解決，當時光普將此事稟告主帥之後內心必然十分歉疚，到二人成婚時，心理動作並未完成；作者安排了一場對話，先使桃夫人怨責，讓光普有機會解釋，「桃夫人聽了這些言語，方釋了一段疑惑」，這是照應全局的大關目，必須有這一段對話，整個結構才算完整。

8.

卷十一的結構是單線式的，全部用「正敍」，全文由許多個困境組成，將在下一節討論人物性格塑造「人物與環境之間的衝突」這一小節詳論，此處從略。

卷十二是一篇復仇小說，大凡復仇故事佈局最重要，局佈得越好，越引人入勝。這一篇很巧妙的運用「視角的差異」來佈局，讀者眼見著劇中的人物受惡棍的愚弄，一步步的踏入陷阱，走進毀滅；主角越是表現出對惡棍的信賴和感激，讀者的內心越是惋惜和氣憤，這種激昂的情緒累積到最高點時，再藉復仇的過程得到渲洩，戲劇效果最佳。

《中國古典小說藝術欣賞》一書討論本卷提出「誤會法」的運用，其實誤會即是來自「視差」。該書的討論非常深入，值得參考，全文引錄如下：

古典小說中運用誤會法的成功事例是不勝枚舉的，〈侯官縣烈女殲仇〉（《石點頭》）是一個有代表性的例子。這篇小說寫一個胡作非為的無賴方六一，為了謀娶董昌的妻子，大耍兩頭鳥手腕。表面上，他給董昌送禮，暗地裏卻定下毒計陰謀陷害。董昌是個志誠君子，他「見方六一恁般小心克己，認定是個好人，並無猜慮，日親日近，竟為莫逆之交」——這就是「誤會」。董昌由於被方六一誣陷為「叛逆」而遭到官府逮捕，在被官府逮捕的時候他還高叫：「六一兄，快來救我！」——這就是繼續誤會。而方六一在這時一方面假意殷勤，假裝出一副同情董昌、願意盡力解救的模樣，另一方面則加緊施展陰謀，賄賂官府，必欲置董昌於死地而後已。可是，善良的董昌仍然蒙在鼓裏，直到被下入死囚牢裏即將被處死的悲慘時刻，他還嗚嗚咽咽地向方六一哭道：「我家世代習儒，從不曾作一惡事。就是我少年落拓，也未嘗交一匪人，不知得罪那個，下此毒手，陷我於死地。這是前生冤孽，自不消說起。但承吾兄患難相扶，始終周旋，此恩此德，何時能報。」董昌明明是被方六一陷害死的，可是他至死還「誤會」方是好人，而且還在感謝方的恩德，說：「此恩此德，何時能報。」這真是以「誤會」始，又以「誤會」終，一直「誤會」到底。然而，這個「誤會」，不但真實地表現了董昌的誠實和對人坦然不疑的性格，而且十分有力地反襯出方六一騙術「高超」，刻劃出了他猙獰醜惡的兩頭鳥

嘴臉。㉒

這一場「誤會」是全篇的重心，是結構的主幹。在這之前的敍述，都是爲了「造成」這個誤會；在這之後的敍述，則全是爲了「解決」這個誤會。可知本文可分爲三個階段，各個階段負有不同任務，階段之間，環環相扣，毫無差池，故能形成極爲縝密的結構。

第一階段：從董昌的家庭寫起，到與姚二媽的不歡而散爲止。這一階段伏下了第二階段主要事件的遠因和近因，董昌和繼母徐氏之間的不睦是遠因，事件的導火線則是姚二媽的出現。其實姚二媽到董家並沒有什麼惡意，偏巧董昌一早受了徐氏的氣，回到家中又見徐氏在哭、申屠氏在勸，和姚二媽三人攪做一團，便把氣發洩在姚二媽身上。這姚二媽豈是好惹的，董昌無緣無故遭到橫禍，便是她一手造成。如果董家不是素來不睦，便不會有當日之事，則第二階段的「誤會」也無法形成，可見作者在設計上是花過一番心血的。另外，作者也費了許多筆墨來塑造申屠娘子的美貌和多才明理的形象，以便使往後方六一肯爲她付出極大代價設計董昌，以及她能冷靜果斷復仇的情節不會顯得太過突兀。

第二階段：從方六一的出現到董昌被害。姚二媽「被董秀才打了兩個巴掌，一來疼痛，二來沒趣」，非常惱怒，心想：「無端受這酸丁一場打罵，須尋個花頭擺佈他，方銷得此恨。」正好遇到方六一，於是從中撥弄，終於把董昌搞得家毀人亡。

第三階段：申屠娘子復仇的經過。從發現眞相、定下計劃到完成復仇，節奏轉爲明快，一氣呵成，顯得痛快淋漓，爽朗無比。所謂「事不關己，關己則亂」，這方六一在算計別人的時候，何等狡獪？一旦詭計得售，志得意滿，以為美人到手，這時一步步踏上死而不自知，又是何等疏漏？方六一在害死董昌後不久，就叫姚二媽來提親，立刻引起申屠娘子的懷疑，慢慢用話去套，等到姚二媽說出「我外甥想慕花容月貌多時了，若得娘子共枕同衾，心滿意足」的話時，便眞像大白了。申屠氏周詳計劃，新婚之夜，先灌醉姚二媽，躲在床上，持刀在手，等方六一脫衣撲上，正對小腹，再補一刀直透心窩。可笑這方六一，千算萬算，忘了替自己一算，連兒子也陪上性命；姚二媽更是害人害己，報在自己身上，換來的是身上的數十個透明的血孔，以及兩家的家破人亡。

好的結構設計，不但該有的間架不能少，以免鬆散危墜，也要刪除不該有的情節，以免造成枝蔓。本書卷九就是一個刪汰不精的例子，它使兩條本來應該交互穿插的主線產生參差，多餘的情節也使主題顯得曖昧難明。

其次，結尾的處理也必須非常愼重，最好是高潮之後，戛然而止，才能收到餘音嫋嫋，興味不盡之妙。本書有少數幾卷爲了牽合道德教訓的主旨，假借神怪，勉強解說因果，使得餘味蕩然無存。胡菊人先生認爲小說有四忌：

> 一忌直指個性；二忌直點動機，三忌架空出背景；四忌作者站出來宣道。[23]

這些小說的禁忌未免陳義過高，完全不犯很難，但顯然所犯禁忌越少，所得到的成就越高，以卷五爲例，除了第三忌之外，其他三忌都犯了，尤其結局的部分，勉強牽合的迹象最明顯。

本卷的結構處理，不但嚴謹，尤爲簡勁。再看結局的部分，雖也略涉神怪，却能完全擺脫教條，不談因果，作者也不「站出來宣道」；中屠娘子報仇後，取方六一的首級置於董昌墓前，然後自縊，「腰間短劍，一聲吼聲，如虎嘯龍吟，飛入空中，不知其所向」。後來案情大白，中屠娘子封爲俠烈夫人。半年後父親採藥歸來，見到女兒的遺書，以及另半截寶劍，看罷信後大笑道：「非中屠虔不能生此女，非中屠虔不能生此女！」話猶未了：

只聽豁剌一聲，手中半截斷劍，飛入雲霄。那中屠娘子下半截劍，從南飛來，合而為一，蜿蜒成龍，漸漸而去，見者皆以為奇。

徐復觀先生研究「興體」的演變，認爲從《詩經》以來，「興」的發展是從章首的「興」到中間的「興」，要到把「興」放在結尾才算發展成熟，例如王昌齡〈從軍行〉：

琵琶起舞換新聲，總是關山離別情。撩亂邊愁聽不盡，高高秋月照長城。

結尾一句「是由一種醇化後的感情、氣氛、情調，把高高秋月照長城的客觀事物，與主觀的邊愁交會在一起；……這種交會，是朦朧而看不出接合的界線的，所以它是主客合一，是通過有限而具體的長城，來流蕩著邊愁的無限的」㉔。本卷的結尾，很有這種興體的味道，在令人熱血沸騰的復仇過程之後，小說的氣氛，作者與讀者的感情，都處在一種亢奮的狀態，此時推開情節中的一切人事糾葛，將主觀的情緒，與客觀的事物（寶劍）結合，達到情景交融的狀態。「蜿蜒成龍，漸漸而去」這八個字，造成何等悠遠無盡的境界！

第二節 人物的刻劃

事件和人物是小說構成的兩大要素，而短篇小說也可以概括的區分爲以事件爲主或以人物爲主的小說兩種。早期的小說，多半著眼於奇特的事件，六朝的「志怪小說」便是典型的代表；以後慢慢發展，到了唐傳奇，由於受到史傳文學的影響，才有許多以人物爲主的優秀作品出現，如〈虬髯客傳〉、〈霍小玉傳〉等，創造許多令人印象深刻的典型人物，但唐人小說之被稱爲「傳奇」，表示它仍以奇特的事件爲特色。宋元話本是職業說書的寫本，必然要以曲折的情節、奇特的事件吸引觀衆，例如〈錯斬崔寧〉（《京本通俗小說》，《醒世恒言》作〈十五貫戲言成巧禍〉）[25]，說的便是因一句戲言造成兩條人命枉死的曲折故事。到了明代的擬話本，一部分仍延續早期話本的風格，以曲折的情節取勝，例如〈一文錢小隙造奇寃〉（《醒世恒言》卷三十四）便和〈錯斬崔寧〉很類似；但有許多好作品已經注意到人物典型性格的刻劃，例如膾炙人口的〈金玉奴棒打薄情郎〉（《喻世明言》卷二十七）、〈杜十娘怒沈百寶箱〉（《警世通言》卷三十二）、〈賣油郎獨佔花魁〉（《醒世恒言》卷三）所創造的人物形象何等生動而深刻，令人過目難忘。葉朗先生曾說：

一部小說，如果沒有成功地塑造出典型性格，單憑故事情節取勝，那麼，讀者看過一遍，知道了故事情節，便不想再看了。只有成功地塑造出典型性格，反映社會生活、社會關係才有深度，才能叫人百讀不厭。㉖

這話是非常眞切的，好的小說必定有令人難以忘懷的人物，這些人物超越了時空，受人們不斷地傳誦著，或同情仿效，或憎惡唾棄，他們活在千萬人的心中，永遠不會消亡。

所謂「典型人物」，是經過作家藝術加工，典型化之後的人物，《中國古典小說藝術欣賞》一書說：

典型化，就是作家馳騁藝術想像，把生活中某一類人的性格特徵集中概括到一個人身上，並予以誇大、加深和個性化。只有進行了典型化，使人物既有鮮明的個性又有充分的類的共性，既是獨特的「這一個」，又是一整類人的代表。㉗

可見，典型人物兼具了個性和代表性。因爲有鮮明的個性，所以令人難忘；因爲具有代表性，所以令人同情。而小說的結構，便是配合這些典型人物的塑造而發展的，換句話說，情節是要服務於塑造典型性格的，金聖歎在分析《水滸傳》時，便處處表明此意，例如第四十六回的回首總評：「石秀探路一段，描出全副一個精細人。」㉘又如《三國演義》中的「溫酒斬華雄」、「華容道義釋曹操」等段，未必合於史實，都是爲了塑造關羽的性格而創作的。

當然，結構也不全然是受人物所擺佈的，佛斯特贊美梅里狄斯（George Meredith）的《包全普生平》（Beauchamp s Career）一書說：「這種佈局來自人物而又影響人物，可稱佳構。」[29]為塑造典型人物而設計的結構，反過來也影響了人物的發展，因為小說是一種完整的藝術，不是單一場景的獨腳戲，一個角色有時是賓有時為主，當他只是賓陪的時候，為了情節的需要，可能隨時被賦予其他的性格特色。此外，小說中還有一些人物是次要人物，這些人物被創造出來，只是為了推動故事情節的發展，金聖歎稱這種情況是「借勺水興洪波」[30]。

談到小說人物，不能不提佛斯特所提出有關「圓型人物」和「扁平人物」的理論，他的說法和我們前述的理論是有些衝突的。前述的「典型人物」，和佛氏的「扁平人物」彷彿類似，扁平人物（flat character）在十七世紀叫「性格」（humorous）人物，現在有時被稱為類型（types）或漫畫人物（Carictures），他們易於辨認，也易於讀者所記憶，佛氏說：「我們都嚮往不受時間影響，人物始終如一的作品，以做為躲避現實變幻無常的場所，扁平人物於是應運而生。」[31]照這個說法，《水滸傳》、《三國演義》中的英雄，個個都是扁平人物。佛氏並不否定扁平人物的價值，例如狄更斯筆下的人物幾乎都是扁平的，但他仍能擠身於大作家之林；又如威爾斯大部分小說中的人物都像相片中的人物一樣扁平乏味，但這些相片人物都有一種躍躍欲出的生氣，佛氏認為，使這些扁平人物生氣勃勃的是作者的那一雙靈巧有力的手「手的擺動使讀者產生錯覺，以為手下的那些傀儡自有其活躍的生命」。但是，佛氏又說：「有一點我們必須承認，扁平人物在成就上無法與圓形人物相提並論，而且只有在製造笑料上才能發揮最大的功效。」什麼是「圓形人物」呢？圓形人物是性格複雜的，不能用「標幟」概括的，他比較接近現實的人，充滿了矛盾，「一個圓形人物必能在令人信服的方式下給人以新奇之感。……絕不刻板枯燥，他在字裏行間流露出活潑的生命」。

佛斯特的說法的確給小說人物的討論提供了許多方便，不過一部小說許許多多的人物，很難嚴格去區分那些是扁平的，那些是圓形的，因爲每一個人都有他不變的成分，也有他變動的成分，不變的成分多，便趨向於扁平；變的成分多，便趨向於圓形。換言之，上述的典型人物未必都是扁平人物，雖不能否認古典小說中的人物，的確有扁平化的傾向，但純粹的扁平人物，如佛氏所言「可以用一個句子描述殆盡」的，畢竟多爲次要人物，人都有其複雜性，豈能因爲他有某些不變的特質便把他歸類爲「扁平人物」呢？

威廉的《短篇小說作法研究》第十章說道：

> 去刻劃一個人物，非但要形容畢肖，而且要把他的心理狀態和人格一併顯露出來，作者必須備得下列三種手段：卽描寫（description）分析（analysis）和戲劇動作（dramatic action）是。㉜

以下，便從這三方面討論《石點頭》一書的人物刻劃。

一、描寫法

此處的「描寫」，是指人物外貌的形容，包括他的儀表和服飾等等，威廉氏認爲有三種方法：

1. 由作者敍述；
2. 由其他的人物敍述；
3. 由作者根據其他人物的觀察而敍述。

其中又以第三種方法「戲劇色彩較濃，而且描寫手段也較爲經濟；因爲它可以給讀者以判別人物的根據。」

本書各卷主要人物的描寫，十之八九都採用第一種方式——由作者敍述。但其敍述有一個特別的意義，都是爲了情節的需要，並非泛泛敍寫。由於是爲了配合情節，所以有一些人物形象明晰，有一些却面貌模糊。

例如卷一對郭喬的描寫：「生得體貌豐潔，宛然一美丈夫，只可恨當眉心生了一個大黑痣，做了美玉之瑕。」之所以特別強調眉心的黑痣，是因爲日後父子相認，以此爲標誌。卷四對方氏的描寫：「年不上四旬，且是生得烏頭黑髮，粉面朱唇。曲彎彎兩道細眉，水油油一雙俏眼，身子不長不短，娉婷嬝娜，體段十分妖嬈。」特意描述她的眼神、體態，以下接寫她和孫三眼波相遇，孫三爲她神魂顛倒便很自然。這一卷三個女性角色的描寫用了三種不同的方式，方氏寫得很詳細，做爲女主角的鳳奴却形象模糊，只有在她和孫三被判離之後，族人瞿百舌「與本鎭一個大富張監生相知，偶然飲酒中間，說及方氏不正，帶累女兒出乖露醜的事。張監生問起女兒年紀，又問面貌生得如何。那鳳奴本來有幾分顏色，瞿百舌又加添了幾分，一發形容得絕世無雙」，很虛泛的說她「有幾分顏色」，並未詳加敘寫，這一段後面有照應，鳳奴被逼嫁過來之後，張監生「看見鳳奴顏色，果然美麗，大是歡喜」，這裏仍是虛寫，本卷主要強調的是鳳奴從一而終的決心，所以她的面貌如何便顯得較爲次要。後來張監生喜歡上方氏的丫嬛春來，春來從次要角色被提升爲主要角色，張監生看中她的一段是一個大關鍵，這一段，作者很技巧的使用視角轉移，也就是前述威廉氏所提出的第三種方式「由作者根據其他人物的觀察而敘述」，達到良好的效果：

> 一日大娘子請方氏吃茶，留下春來相伴鳳奴。正當悄悄的問孫三郎信息，忽見門帘啓處，張監生步將入來，鳳奴卽翻身向著裏面。張監生坐在床前，低聲啞氣的問：「今日身子還是如何，心裏可想甚東西？」連問兩聲，鳳奴竟不答應。春來在側，反過意不去，接口道：「今日略覺健旺，只是虛弱氣短，懶得開口。」張監生見他應對伶俐，擧目一觀，那頭髮剛剛覆眉，水汪汪一雙俏眼，鵝卵臉兒，白中映出紅來，身子又生得苗條有樣，大是可人。

這一段道出了三個人的微妙關係，張監生小心翼翼的想討鳳奴歡心，鳳奴則來個相應不理，身爲丫嬛的春來倒過意不去，爲鳳奴解釋，也給張監生一個下臺階。再看對春來的描述，先寫聽到她的應對伶俐，才擧目細看，所寫仍是張監生眼中的春來，他的目光從上到下，從頭髮、眼睛、臉蛋到身材。寫鳳奴重在寫「心」，寫方氏和春來重在寫「形」，都是爲了配合情節所需而寫的。

各卷人物的描寫，詳略不一，像卷二的盧夢仙和李妙惠、卷三的王原、卷五的莫誰何和斯紫英，都是主要人物，作者却都沒有賦予清晰的臉容；只有卷三的王原之父王珣，是透過王原的母親張氏的敍述呈現的，這是前述威廉氏所說的第二種方式「由其他的人物敍述」。張氏對王原道：「你爹身材不長不短，紫黑面皮，微微裏有幾莖髭鬚。左顴骨上有痣，大如黑豆，有一寸長毫毛兩三根。左手小指曲折如鉤，不能伸直。」這些細微的描寫是要做爲日後王原尋父的依據的，當然也是情節之所需。在這十四卷中的人物描寫得最詳細，最精彩的，是卷六的長壽女，從頭到脚，從五官、膚色到神態，鉅細靡遺，筆調又輕鬆詼諧，褒貶參半，比起一般小說滿紙羞花閉月、沈魚落雁、鶯啼燕語，其間藝術成就的高下，眞不能以道里計：

> 那長壽女年已一十八歲，只因喪了母親，女工刺綉，一些不曉。雖如此說，就是其母在日，也不過是村莊的阿媽，原不曉得描鸞刺鳳，織綉縫裳，所以這長壽女只好幫着周六劈蘆做席。你想習熟這樣生活，總然臂如蓮藕，少不得裝添上一層蛇腹斷紋，任你指似筍尖，也弄做個擂鼓棰頭。更可惜生得一頭好髮，足有四五尺長，且又青細柔和。若此髮生在貴家富室深閨女郎頭上，日日加上香油，三六九篦去塵垢，這烏雲綠鬢，好不稱副粉容嬌面。可憐生在此女頭上，鎮日塵封灰裹，急忙忙直到天暗更深，沒有一刻清閒。巴到天明，舀些冷水，胡亂把臉上抹一抹。將一個半片梳子，三梳兩挽，挽成三寸長，歪不歪，正不正，一個擂棰，豈非埋沒了一天風韻。又可惜生得一口牙齒，齊如蝤蠐，

> 細如魚鱗，雖不曾經灌香刷，擦牙散，天生得粉花雪白，又不露出齒齦。還有一樁好處，眉分兩道春山，眼汪一泓秋水。雖則面上肌瘦，卻是鼻直口方，身材端正，骨肉停勻。這等樣一個女兒，若是對鏡曉妝，搽脂傅粉，穿上一身鮮衣華服，緩步輕行，可不令少年浪蕩子弟，步步回頭！單嫌兩只金蓮，從來不曾束縛，兼之蓬頭垢面，滿身破碎，東綴西聯，針線參差。把他弄得分明似個烟熏柳樹精，怎麼得遇呂純陽一朝超度。更有一件，年雖及笄，好像泥神木偶，閉着嘴，金口難開。除卻劈蘆做席，只曉得着衣吃飯，此外一毫人事不懂。

卷七的仰鄰瞻、卷八的吾愛陶，形象都很模糊。卷九的韋皐作者也只用「英偉倜儻，意氣超邁」八個字來形容，但玉簫的形象則有清楚的描述，且是透過韋皐的觀察來描述的，我們在前一節討論敘事觀點時已經討論過了，此處不再贅述。卷十的王從事未加描述，其妻喬氏則只說她「生得十分美貌」，寫得很虛泛。卷十一周廸夫婦的外貌，也未加以描述。卷十二的董昌形象也十分模糊，但其妻申屠希光則加意描寫，不但狀其貌，更強調她的才學，並取古代的孟光來做比較：

> 天生得柳葉眉、櫻桃口，粉捏就兩頰桃花，雲結成半彎新月；縷金裙下，步步生蓮，紅羅袖中，絲絲帶藕。且自幼聰明伶俐，真正學富五車，才通二酉。……這希光名字，本取孟光之意。然孟光雖有德行，卻生得又黑又肥，怎比得此女才色兼至，世上無雙，人

間絕少。

這一段的描寫有兩個作用：第一、極度強調其美艷，以照應後文惡棍方六一花了許多工夫來奪取她的情節；第二、說明她有才學，有智慧，以照應她後來計劃復仇的情節。只是這裏所用的字眼比較不具創意，比起卷六對長壽女的描述是遜色多了。

卷十三的桃夫人自認爲有「如花容貌」，究竟如何未見描繪，男主角光普寫得稍爲詳細：「生得人才出衆，相貌魁偉」，但也很空洞。卷十四是寫男色的，所以把潘文子寫得「嬌模嬌樣」，臉龐是「白裏放出紅來，眞正吹彈得破」，又打扮得風流標緻：「嘗穿青蓮色直身，裡邊銀紅襖子，白綾背心，大紅褲子，脚上大紅綢紗，時樣履鞋，白綾襪子，走到街上，風風流流，分明是善財轉世，金童降凡。」另外一個主要人物王仲先則只說他「體貌生得好」。這種輕重不同的敍寫當然也是爲了配合整個情節的發展，本文先讓潘文子上場，極寫其貌美，而受到多方的覬覦，許多人的挑逗，都無動於衷；然後王仲先出場，使出渾身解數，才得到潘文子的青睞，此時強調王仲先的外貌毫無必要，表現他渴望親近文子的心情才是重要的，所以略寫其形貌而詳寫其心態。

在小說中，人物的性格特質是比較重要的部分，因爲人物的典型性格左右了情節的發展，而人物的外貌似乎是比較次要的小節，本書的作者並未忽略這個小節，輕重詳略之間做了恰當的安排，在人物描寫方面的成績是相當不錯的。

二、分析法

所謂「分析」，是指去顯露人物內心的變化，也就是描寫人物的心理。這種「分析」可以從兩方面來說：一是作者對小說中人物的心理剖析，一是讀者（或評論者）就小說人物的言行解析其心理的變化。

蔡國樑〈明代擬話本心理描寫敍論〉一文認爲，古代小說的心理描寫的普遍採用，起於明代。因爲當時的文壇重視文學的社會作用，他說：

> 當時的通俗文學家認為，如果作品真實地反映現實，符合生活的邏輯，便可以「觸性性通，導情情出」。所謂「性通」「情出」，卽是作品的藝術魅力所引起的人們的共鳴。而作品能夠使市井細民「可喜可愕，可悲可涕，可歌可舞」，除了「理真」卽思想內容的真切外，各種表現手段包括心理描寫的運用，也是一個重要的因素。[23]

「觸性性通，導情情出」出自〈警世通言序〉，「可喜可愕，可悲可涕，可歌可舞」出自〈古今小說序〉，這兩篇文章近人多認爲是馮夢龍所作。蔡先生這段話說明了文學的社會作用和表現手段之間的關係，至於何以明代小說普遍採用心理描寫的技巧，並未作具體的答覆。蔡先生在回顧了中國小說運用心理描述的粗略發展之後，認爲：「宋元話本確立了中國近代小說的民族傳統，明代擬話本在此基礎上更向前發展一步。它們與奠定歐洲近代短篇小說基礎的《十日談》近似，普遍使用心理描寫作爲小說的表現手段。」原因是：

> **題材範圍的擴大，時代內容的融入，加上小說家對民間藝術的集中整理與重新創作，小說對象從瓦肆聽講轉向案頭閱讀，這些因素都促使擬話本加工技巧的不斷提高，心理描寫的漸趨細膩，其表現方式和心理狀態也呈現多種多樣。**[34]

蔡先生在文中分析了擬話本中一些運用心理描寫成功的優秀作品，顯示了中國白話短篇小說的心理描寫在當時已達到相當高的水準。他沒有提到《石點頭》，以下我們便來看看本書在心理描寫方面的表現。

首先要聲明的是，本書有關心理描寫的情節太多，想要全面討論勢必有所不能，只能選擇較具代表性的部分加以析論。其次，本小節的討論對象包含前述兩種心理描寫的形式，即除了由作者直接道出之外，人物的言語行動所傳達的心理狀況也一幷討論。

筆者認爲本書對人物心理的描寫，至少已經達到下列成就：

1 借心理描寫，刻劃人物的個性：

例如卷一的郭喬，是一個熟讀聖賢書，道德感很強的讀書人，但他的個性却相當軟弱，優柔寡斷，很容易受別人或所處環境的影響。他在幾度落榜之後，決定放棄功名之念，把筆硯經書都燒了，可是經不起夫人勸說，不久又重拾筆硯，出來應考。他到廣東，幫助了米氏一家，本來不願娶青姐爲妾，可是經不住米家的感情，還是答應了。他不願娶青姐是因爲「恐碍了行義之心」，其實他自己也承認，面對佳人「非不動心」，但道德禮教約束了他的行爲。等到他爲了躲雨無意中闖到米家，受到熱情的招待，「飲到半酣之際，偷著將青姐一看」，偷字下得妙，把他的本性顯露出來了。作者續道：「郭喬吃到半酣，已有些放蕩。又見青姐在面前來往，更覺動情。」可是畢竟理智還在，「心下想一想，恐怕只管留連，把持不定，弄出事來，又見雨住天晴，就要謝入城，當不得米天祿夫妻，苦苦留住……郭喬無奈，只得住下」。這一段細膩的描繪，眞是寫活了郭喬依違在禮教和情慾之間矛盾的心態，也生動刻劃了他猶疑不定、優柔寡斷的個性。

又如卷五，通過內心活動的描述，道盡了莫舉人的輕薄品性。莫誰何因病錯過考期，流連於揚州，病好後，天天到瓊花觀「東穿西走，希冀有奇遇」，撞了幾日，終於撞見了個美貌女子，不覺神魂飄蕩，暗道：「撞了這幾日，才得遇個出色女人，眞好僥倖也！」這句內心話所造成的寫實效果，的確不是任何抽象的字眼所能比擬的。

再如卷二盧夢仙的父親，作者說他是個「富不好禮之人」，遇到年荒，連媳婦也想賣了。媳婦無奈，表明要先祭奠前夫一番，拿出兩件衣服要公姑將去換些三牲祭品，盧父見她答應，很高興的說：「祭禮我自去備辦，不消你費心。」等到她眞的把衣服拿出來，盧父看了想道：「這衣服急切換東西，須要作賤。把來藏過，只將錢鈔去買辦。」這幾句內心話將盧父的本性表露無遺。他並無大惡，就是愛貪便宜，當初娶這個媳婦貪的就是「行聘省儉，聘金又不受」；由於沒讀過書，做事顚三倒四的，人家笑他也不以爲迕。把媳婦賣了之後，才知道兒子竟然沒死還考上進士，覺得很慚愧，趕緊又替兒子娶了一房，沒想到兒子却帶着自己賣掉的媳婦回來了，嚇了一跳心想「這件事可不又做錯了」。本卷寫盧父，「嘲弄」（irony）的意味是很強的，像此處事實與預期相反，姚一葦先生稱之為「事件或情境中的irony」㉟，而其中的心理描述對「嘲弄」是有增強的效果的。

2. 借心理描寫，推動情節的發展：

本書的卷三和卷十三有一點類似西方戲劇中的「獨白劇」（Ich-drama），大部分的情節是由一個人自言自語構成的。

卷三的主要人物雖然有三個——王原、王原的父親王珣、母親張氏，然而故事開始不久王珣就避役逃亡了，從他策劃逃亡到單獨上路都是在自言自語中進行，一會兒捨不得妻子，一會想「事已至此，也顧他不得了」，在路上也是想東想西，最後才決定在佛寺安身；張氏撫育幼兒，孤苦伶仃，心中掛念丈夫，不覺嗚嗚而泣。以下的描寫，非常感人：

原兒見了，也啼哭起來。張氏愛惜兒子，便止悲收淚，捧在懷中撫慰。又轉一念道：「幸得還生下此子，不然教我孤單獨自，到後有甚結果。」自寬自解，嗟嘆不已。

「自寬自解」四字，何等沈痛？好不容易把原兒養大，誰知他尋父心切，剛滿十六歲出幼成丁便離了家門，一去十二年。王原尋父這一段，每到一處都有觸景傷情的敘寫，例如經過閔子騫祠，便想：「當年閔子為父御車，乃有『母在一子寒，母去三子單』之語，著孝名於千載。我王原求為父御車而不可得，眞好恨也！」經過孟子廟，不免又轉過念頭，想起母親：「為著尋父遠離，父又尋不得，母又不能養，可不兩頭不著！」思想到此，又是一場煩惱，然後寫他的兩場夢境，第一個夢：「朦朧合眼，恰像在家時書房中讀書光景。取過一本書來，照舊是本漢書，揭開一看，卻依先是田橫被殺，三十里挽歌，五百人蹈海這段故事。」這個夢含有兩重意義：第一，它是現實的，它將王原潛抑在內心的思家的心情借夢境呈現出來，因爲王原爲達成尋父的心願，必定時時壓抑想家的念頭，進入潛意識，然後出現在夢境中；第二，它又是先驗的，指引王原進入田橫島。第二個夢較爲複雜：

> 想來身子疲倦，且權就廟中棲息一宵，再作道理。步將入去，向神道拜了兩拜。但見塵埃堆積，席地難容，無可奈何，只得將身臥在塵中，卻當不過腹內空虛，好生難忍。復掙起身，欲待往村落中求覓些飲食。遙空一望，烟火斷絕，鳥雀無聲，也不見一個男女老少影子。方在徬徨之際，忽然現出一輪紅日，正照當天，見殿庭廊下，一個頭陀炊飯將熟。私喜道：不該命絕，天使這和尚在此煮飯。便向前作揖，叫聲：「老師父，可憐我遠方人氏，行路飢餒，捨我一碗充飢。」這和尚就把鉢盂洗一洗，盛着飯遞過來說：「這是莎米飯，味苦不堪入口，我與你澆上些肉汁調和，方好下咽。」王原接飯在手，慌忙擧筯。那和尚合掌念起咒來。高聲道：「如來如來，來得好去得好。」忽地祠門軋的一聲響，撇然驚覺，卻是南柯一夢。

佛洛伊德在《夢的解析》第三章〈夢是願望的達成〉這一章中說道：

夢，並不是空穴來風，不是毫無意義的，不是荒謬的、也不是一部份意識昏睡，而只有少部份乍睡少醒的產物。它完全是有意義的精神現象。實際上，是一種願望的達成。它可以算是一種清醒狀態精神活動的延續。它是由高度錯綜複雜的智慧活動所產生的。㊱

王原由於肚中餓，所以夢見一個頭陀在炊飯，甚至「澆上肉汁」，這正是「一種願望的完成」。夢中的景象都是有意義的，「一輪紅日，正照當天」指的是「南方火位」，莎草根名附子（父子），肉汁者膾（會）也，正是父子相會的預兆。這場夢是結構的轉折處，從此漸由逆境轉入順境，終至父子重逢，家人團聚。

從以上的分析可知，全篇泰半是由心理描寫（包含潛意識的夢境）組織成的，將心理描寫的部分刪除，整個結構就散掉了。同時，大量的心理描寫不但展現了人物的內心世界，也反映出在不合理的制度下生活的百姓的悲哀。

再看卷十三，情節的推展是從桃夫人的自言自語，自怨自憐開始的，胡思亂想的結果，精神極度倦怠之下，乃有噩夢的產生：

在燈前轉思轉怨，愈想愈恨，無心去做這征衣，對灯脈脈自語。忽然高力士奔入宮來說道：「天子駕幸翠微閣。召夫人承御。」桃夫人卽便起身隨去，須臾已到閣前，衆嬪娥迎着，齊聲道：「官家特宣夫人，好且喜也。」桃夫人微笑不答。又有個內侍出來催道：「官家專等夫人同宴，快些去承恩。」桃夫人暗道：「不想今日有恁般僥倖也。」急到閣中朝見，玄宗用手扶起道：「朕知卿深宮寂寞，故瞞着貴妃娘娘，特來此地與卿一會，明日當冊卿為才人。」桃夫人謝恩道：「賤妾蒲柳陋姿，列在下陳，今蒙陛上垂憐，實出三生之幸。」玄宗命近侍取錦墩，賜坐於旁。桃夫人又謝了恩，方欲就坐，忽報貴妃娘娘駕到。桃夫人聽見貴妃到來，驚得沒做理會，連玄宗天子也頓然變色道：「卿且往閣後暫避，待朕哄他去了，然後與卿開懷宴敘。」桃夫人依言，踉踉蹌蹌，奔向閣後躲避。側耳聽着外面，只聽得貴妃亂嚷道：「陛下如何瞞着我，私與宮人宴樂？」玄宗說道：「朕獨自閒遊到此，並無宮人隨侍，卿家莫要疑心。」貴妃道：「陛上還要瞞我，待我還你個證據。」吩咐宮女道：「這賤人料必躲在閣後，快與我去搜尋。」桃夫人聽了這話，暗地叫苦道：「如今躲到何處去好？」心忙意急的，欲待走動，兩只脚恰像被釘釘住一般，那裏移得半步。只見一羣宮娥，趕將進來喊道：「原來你躲在此。」扯扯拽拽，擁至前邊。貴妃喝道：「你這賤人，如何違我法度，私自在此引誘官家？」教宮娥取過白練，「推去勒死了」。唬得桃夫人魂不附體，叫道：「陛下救命。」玄宗答道：「娘娘發怒，敎我也沒奈何，是朕害了你也。」衆宮娥道：「適來好快活，如今且吃些苦去。」推至閣外，將白練向項下便扣。桃夫人叫聲我好苦也，將身一閃，一個脚錯，跌翻在地，霎後驚覺，卻是一夢。

這一場夢境的描寫，維妙維肖地將桃夫人渴望受寵以及對楊妃恐懼的心態表露無遺，顯示作者刻劃人物心理的功力之深厚。再看夢醒之後的情形：「及至醒來，但見灯燭熒煌，淚痕滿袖，卻又恨道：『楊貴妃你好狠心也，便是夢中這點恩愛，尙不容人沾染，怎不教人恨着你。』此時愁情萬種，無聊無賴，只得收拾安息。及就枕衾，反不成眠。」把一個後宮怨婦的心情，表現得何等細膩深刻！以後她詩縫纊衣，盼與收到征衣的軍士結再生之緣，便是將她「愁情萬種，無聊無賴」的感情，寄託於虛無渺茫的幻想中，換來一絲鏡花水月般的慰籍。作者也描述了收到征衣的軍士心中的矛盾，我們在前一節探究結構設計時已有深入討論。

這一卷故事由於缺乏嚴肅主題，又不能反映時代或社會生活面貌，價值不高，但它描寫人物心理的技巧還是值得稱道的。

3.借心理描寫，表現內心的衝突：

表現人物內心衝突的方法有二：一是言不由衷，例如郭喬在廣東娶妾後流連忘返，母舅催他回家，郭喬口中雖答應，「然心裏實未嘗打點歸計」；又如卷四的方氏，口裏雖說「貞金不怕火」，「心裏却捨不下這個俏麗後生，恨不得就摟抱過來，成其好事」。就是因爲外力的阻礙，造成內心的衝突，才會言行不一。

另外一種方法是作者直接加以描寫，卷十王從事妻被惡人賺去之後，求生不得求死不能，當惡人打算將她賣給西安知縣爲妾時，內心極爲矛盾，想到：「我今在此，死又不得死，丈夫又不得見面，何日是了。」又想：「到此地位，只得忍恥偷生，將機就計，嫁這客人，先脫離了此處，方好作報仇的地步。」然而未來的事終難預料，又想到：「但此身圈留在此，不知是甚地方，又不曉得這賊姓張姓李，全沒把柄。」「想了一回，又怕羞一回，不好應承，汪汪眼淚掉將下來，就靠在桌兒上，嗚嗚咽咽的悲泣。」這一段描寫，將人物心裏的想法，結合了外在的動作，深刻的表現出那種矛盾在「生命」、「羞愧」、「報仇」之間的心情。

三、戲劇法（dramatic method）

所謂「戲劇法」，便是讓各個人物從他們的言語和動作中間去自己顯露性格。

我們在前面提過，小說家的要務在於塑造典型人物。在塑造典型人物的性格時，要注意到言語、動作的一致性，不能前後矛盾；又要各有特色，不能雷同。金聖歎說：「《水滸》所敍，敍一百八人，人有其性情，人有其氣質，人有其形狀，人有其聲口。」[37]便是因爲作者能注意到人物的特性和一致性，所以有此成就。

此外，塑造典型人物通常要靠一些不尋常的事件，《中國古典小說藝術欣賞》〈拼命三郎〉這一章說：「古典小說中的典型人物，都是在衝突中塑造成功的。」[38]塑造人物的另一種手法是「對比」（contrast）法，姚一葦先生將藝術上的對比分爲「情境的對比」和「人物的對比」，前者例如杜甫〈自京赴奉先詠懷〉：「朱門酒肉臭，路有凍死骨。」是相反的情境的對列；後者如李商隱〈富平少侯〉：「不收金彈拋林外，卻惜銀牀在井頭」。是描寫不同或前後矛盾的性格，雖統一於一人身上，但卻是對立的。「人物的對比」還可以表現爲人物與人物之間的性格的對照，如聰明與愚笨、老實與刁鑽、邪惡與善良，彼此搭配可以使性格鮮明而突出。姚先生又說：

嚴格地說情境的對比與人物的對比是無法分割的，因為一種情境的產生不能脫離人物，同時人物的表現亦不能脫離情境；吾人係用一連串相關的情境來顯露人物，或者說人物惟有存在於一連串相關的事件之中，才是活的人物。㊴

因此，在探討「對比」時，應該在「完整的動作」（卽包含開始、中間和結束的動作）中把握，不應片面的割裂。

以下即就「衝突」和「對比」兩方面，討論本書塑造人物所使用的「戲劇法」。

(一)衝突

先談「衝突」，前所提及的〈拚命三郎〉章將衝突區分爲外在的和內在的兩種，前者是指人物與人物、人物與環境間的衝突，後者是指人物自己內心世界的衝突。人物內在的衝突，我們已在前文探討心理描寫的部分討論過了。如郭喬優柔寡斷的個性便是在衝突中顯現出來的，又如卷十三的光普，當他發現衣領中的金釵和詩句時，旣高興又害怕，又擔心受連累想去稟告主帥，又怕害了題詩的宮人終於決定藏起來，這些內心衝突的描寫，塑造了光普正直和善良的個性，他並不想貪圖金釵的珍貴，也不願因自己的害怕受累而去害了別人，所以可說具有正直和善良的特質。在外在衝突方面，就人物之間的衝突而言，還可以細分爲：

1. 言語之間的衝突：

例如卷十，喬氏被屠戶趙成騙到家中後，二人在言語上起了衝突：

喬氏喝道：「你們這班是何等人，如此無理，我官人須不是低下之人，他是河南貢士，到此選官的。快送我去，萬事皆休，若還遲延，決不與你干休！」趙成笑道：「娘子弗要性急，權且住兩日就送去便了。」喬氏道：「胡說！我是良人妻子，怎住在你家裏。」趙成帶着笑，側着頭，直湊到臉上去說道：「娘子，你家河南，我住臨安，天遣良緣，怎說此話。」喬氏大怒，劈面一個巴掌，罵道：「你這砍頭賊，如此清平世界，敢設計誆騙良家婦女在家，該得何罪？」趙成被打了這一下，也大怒道：「你這賊婦，好不受人擡舉。不是我誇口說，任你夫人小姐，落到我手，不怕飛上天去，那稀罕你這酸丁的婆娘，要你死就死，活就活，看那一個敢來與我講話。」

這一場衝突刻劃了趙成無賴的嘴臉和兇惡的個性，也表現了喬氏官家小姐的單純思想以及頗為倔強的性格。

2. 言語與行為之間的衝突：

例如卷九，韋皐要離開玉簫時，和她訂下七年之約，謂：「神明共鑒，七年之後，若是不來，以死相報。」可是後來為了功名，不但未能踐約，連個音訊也沒有，終致玉簫絕食而亡，作者在文中說道：「你且想他的志念只在功名，連結髮妻子尚不相顧，何況玉簫是個婢妾，一發看得輕了。所以七年之約，竟付之流水。」其實他的心願是取代丈人的地位，為當初丈人瞧不起他的事出一口怨氣，為達到這個目的，什麼都可以犧牲，他這種執著的性格，造成他的言行不一，反過來說，這種言行衝突的情節，正刻劃了他的執著性格。此處牽涉到情節與人物性格之間的邏輯問題，因爲人物性格是在情節的發展中塑造出來的，而小說的情節又是依照人物的性格去發展的，到底孰先孰後呢？例如韋皐的性格很固執，所以才有爽約的情節，而他爽約的情節也正好表現了他性格中的固執，這樣的討論是否有「循環論證」之嫌呢？事實上，我們探究人物性格用的是歸納法，將人物的許多言行歸納後，得到他有某些特質的結論，一旦我們確認人物的性格特質之後，便可用演繹法去推論情節的發展，就長篇小說而言，人物的典型性格可能在前幾回塑造出雛形，再就此基礎一方面發展情節，一方面塑造個性，短篇小說較難，因爲可能沒有足夠的事件來確認人物的性格，可能必須整體合觀，再來散論各節。例如我們認爲韋皐性格執一，是從全篇所有事件歸納出來的，丈人輕視他，他便不辭而別，愛妻「涕泣牽衣」也挽留不住，因爲他一旦做了決定，便不會爲任何人改變。他出門後，不願回家依靠家人，認爲沒有出息，寧可「隨意行去，得止便止」。後來當到「隴右留後」的官，已算不小，父親勸他接取妻子來完聚，他堅持不肯，非要取代丈人地位才肯罷休「寧可終身夫妻間隔，沒有子息，也就罷了」，以一個「不孝有三，無後爲大」傳統教養下的中國士大夫，爲了賭一口氣，寧冒著「沒有子息」的不孝大罪，這種性格，是不是執著、固執？以上情節合觀，便可歸納出韋皐此種特質，因其有此種特質，負心於玉簫的情節便覺合理，而此一情節也參與了性格塑造的工作，因此，可以說「人物性格發展的歷史」和「故事情節發展的歷史」是交互影響，並行不悖的。

3. 行爲之間的衝突：

例如卷六的吳公佐，寄食在延壽寺，「一日在外吃得爛醉歸來，當家和尚說了他幾句。公佐大怒，使出當年性氣，與和尚大鬧一場，走出寺門」。俗語說：「在人屋簷下，不得不低頭」，吳公佐既然寄食在人家的地方，主人說他幾句認個錯也就罷了，反而和人家大鬧一場。一方面可以說他落拓不得志，積鬱已久，藉着酒意發洩一番，一方面也表現出他豪邁而不肯低下的個性。以下的情節中，凡提到吳公佐的部分，都能配合這種個性發展，他本來是富家子弟，因爲揮霍無度而落拓，等到他娶了長壽女得了些資粧，又拿去賭博，不料卻因此致富，他的成功雖非得自正途，就人物性格和情節的安排而言，卻是非常合理而自然的。

再如卷十的喬氏，前面已提到她和趙成言語上的衝突，再看兩人行爲上的衝突。趙成騙喬氏到家後，便想強佔她：

> 此時趙成又添了如杯酒，慾火愈熾，喬氏雖則淚容慘淡，他看了轉加嬌媚，按捺不住，趕近前雙手抱住，便要親嘴。喬氏憤怒，拈起手中簪子，望着趙成面上便刺，正中右眼，刺入約有一寸多深。趙成疼痛難忍，急將手搭住喬氏手腕，向外一扯，這簪子隨手而出，鮮血直冒，昏倒在地。可惜一團高興，弄得冰消瓦解。

將此段與上一段合觀，便可以發現作者在塑造人物性格時，是頗能顧及性格的一致性的。喬氏敢罵趙成，可見她個性很強，現在又以一個嬌弱女子，搠壞了趙成一目，表現了她寧死不從的決心，性格的發展非常合理。後來她雖然勉強答應嫁給王知縣，是心存僥倖，一來希望日後夫妻團圓，二來希望能夠報仇。嫁過去之後王知縣雖然待她甚好，但她始終不歡，一旦有了前夫消息立刻求王知縣成全，這些情節都是順著喬氏的性格發展而毫不悖離的。以上所討論爲外在衝突中「人物之間的衝突」部分，以下再看「人物與環境之間的衝突」。

狄德羅《論戲劇藝術》（一七五八）認爲：「人物的性格要根據他們的處境來決定。」又說：「如果人物的處境愈棘手愈不幸，他們的性格就愈容易決定。」㊵這條理論是表明「困境」對於人物的塑造極有幫助，此處筆者試舉本書卷十一爲例，來印證此一理論的正確性。

卷十一寫的是一個極爲悲慘的故事，周廸夫婦面對著一個接一個的困境，命運將他們一步步逼向死路，雖然他們竭盡力量去抗爭，仍然逃不過命運的無情踐踏。最後，周廸妻宗二娘子犧牲了，在人肉公然販售的圍城，她賣身於屠戶「粉骨碎身於肉臺盤上」，來換取丈夫返家的路費，好讓他回去奉養老母。作者在卷首說：「這樁故事若說出來呵！石人聽見應流淚，鐵漢聞知也斷腸。」故事是眞的感人，這話一點也不誇張。

故事一開始周廸一家便面臨困境，因爲安史亂後，藩鎭跋扈，兵戈不息，到僖宗時，更是盜賊叢起，民不聊生。周廸是行商，遇到荒亂之世，把本錢都折光了，只留下些微帳目，空身回到家裏。一家三口，眼看坐吃山空，做母親的，拿出棺材本給兒子和媳婦，要他們到襄陽去收帳，沒想到却送了媳婦一命。這一段還沒有對人物性格做鮮明的刻劃，但對母子、婆媳之間互相愛敬，互相體諒的情形描繪得很令人感動。

周廸夫妻到了襄陽，不但帳沒有收到，連帶來的銀子也被偷光，這是第二場困境。面對此一困境，夫妻二人的不同性格便顯現出來了，周廸是怨天尤人，想到可能餓死他鄉，不禁責怪起母親來，說：「這分明是我老娘造下的寃債。」宗二娘一面不許他埋怨母親，一面心平氣和的說出一番「天無絕人之路」的道理，把周廸說得啞口無言，只好流著淚出去想辦法。在這一整卷中，宗二娘子沒有流過一滴眼淚，即使臨死就屠，也是面不改色，而周廸流淚哭泣的場面則不下十次，作者有意用周廸的軟弱來襯托宗二娘的義烈，在塑造人物性格時，下筆頗重。

果然天無絕人之路，他們得到汪姓徽商的援助，汪商請周廸到揚州替他管帳，總算解決了生活的問題。當汪商問起周廸的苦況時，周廸說到傷心之處，又是「淚珠兒亂落，痛哭起來」。沒想到，汪商救了他們却也害了他們，他們到揚州不久，就遇到畢師鐸之亂，揚州城被圍，二人逃亡不及，被困在城中，回到住處，却又被封了，這便是第三場困境。同樣的，面對困境二人又有截然不同的表現，周廸是「不覺兩眼掉下淚來」，宗二娘則正色說道：「凡事有經有權，須要隨機生變，死中求活，這才是男子漢大丈夫……你就哭上幾年也沒有用。」周廸這才冷靜下來，幸好身邊還有錢，預備了五六個月的口糧，「向冷落處賃了半間房屋住下」，暫時解決了目前的困境。

揚州城被困了八個多月才解圍，城中已經開始吃人肉了，周廸夫婦糧食吃完，此時面臨了最大的困境。周廸又埋怨起老娘來了，然後又是痛哭流涕，宗二娘却冷笑道：「隨你今日哭到明日，明日哭到後日，也不能夠夫婦雙還了。」她提議兩人之中一人去賣了，周廸聽說要殺身賣錢「滿身肉都跳起來」，最後還是宗二娘自己親自去安排賣身的事，安排好之後，先送錢回來，却不告訴周廸實情，而欺騙他道：「這是你老娘賣兒子的錢，好歹你到市上走一遭，我便將此做了盤纏，歸去探望婆婆。」周廸此時「魂不附體，臉色就如紙灰一般，欲待應答一句，怎奈喉間氣結住了，把頸伸了三四伸，吐不得一個字，黃豆大的淚珠，流水（般）瀼出來」。

這一段對周廸形象的描寫，何等生動、傳神！而周廸懦弱的性格，被刻劃得何等鮮明！如果平時在家，何嘗不是昂揚丈夫，不是遇到生死大關，怎會把自己卑微的一面顯現出來？

本卷平鋪直敘在結構設計上平淡無奇，但在塑造人物形象和性格方面則相當成功，如前所述，小說家的要務在塑造典型人物，若宗二娘的膽識和義烈，若周廸的懦弱，都是典型化後的產物，不必眞有其事。小說不是事實的再現（representation），創作必然含有虛構（fiction）的成分，但必須合理，蔡源煌先生在〈小說的虛構與現實〉一文中說：「個人把現實搬到字裏行間來，其構成是否可信，完全看辯證的周延，辯證又必須像問題與解答，一問一答之間儘量力求周密。」[41]塑造人物性格也必須合於這項要求，從「新唐書·列女傳」對於周廸妻的平面敍述，到本卷將其塑造成功，其中史事的捏合，困境的安排，情理兼顧，論其辯證是絕對周延的。

以上是有關人物刻劃與「衝突」的討論。

(二) 對比

《中國古典小說藝術欣賞》〈西施、無塩〉這一章把人物與人物的對比分爲四類。現在根據其說，討論本書對比的運用如下：

1. 正面人物與正面人物的對比：

這種手法本書運用頗多，例如卷十一先在入話中寫投江尋父的曹娥，乳姑不怠的唐夫人來與正話中的宗二娘作比較。曹娥奮不顧身，唐夫人孝順婆婆固然都難能可貴，受到後世的欽佩，但比起宗二娘爲讓丈夫回鄉孝養婆婆而屠身，就相形失色了。

再如卷十二以東海勇婦與爲夫報仇的申屠娘子作比較，東海勇婦是學過劍有武藝的，她敢殺死仇家不足爲奇，申屠娘子却是「嬌嬌怯怯」的「香閨弱質」，也敢爲了報仇連殺數人，「比起東海勇婦，豈不更勝一籌」？

2. 正面人物與反面人物的對比：

例如卷三以入話中不孝的吳愷來和正話中天涯尋父的王本立作比較，其目的正是「以反顯正」。

卷七的仰鄰瞻爲人善良端正，鄭無同則撒潑無賴，作者極力描寫鄭的無理取鬧來襯托仰的平實正直，達到相反相成的效果，使兩個人的不同性格鮮明的顯現出來。

又如前述卷十一周廸的懦弱和宗二娘的膽識也是明顯的對比。

3. 反面人物與反面人物的對比：

這種手法，似乎未在本書出現。

4. 人物自身的對比：

包括人物自己前與後、表與裏、言與行之間的對比。

例如卷四的孫三，他本來是輕薄風流的人，行爲放蕩，肆無忌憚，先和瞿母勾搭成姦，又娶了她的女兒鳳奴。沒想到鳳奴爲他堅貞守節，誓不二夫，孫三受她眞情所感，良心受責，竟引刀自宮，二人後來雙雙殉情。孫三這種前後不同的表現，顯示他本性不壞，並非冥頑不靈，他的改變雖嫌太晚，已經無法挽回悲慘的結局，但却說明了人性都有善根，只要受到感化，便可能走向正途，人們對於敗德的言行不應一味苛責，應設法予以導正。

言行、表裏不一的寫法通常用來刻劃反面人物，特別是陰險的人，例如卷十二的方六一，前述〈西施、無塩〉這一章也引他為例說：「方六一表面上對董昌夫妻關懷備至，『饋禮請酒』，實際上全是為謀娶董昌老婆而搞的陰謀，其兩面人伎倆的高超，甚至使董昌被誣陷至死還以為方六一是他的恩人、好友。」㊷

至於像卷八的吾愛陶，在地方上苛虐無道，有幾位老鄉紳來教訓他，他聽完後，打一躬道：「承教了，領命。」，事實上他不但未領命，反而變本加厲。這也是用言行、表裏不一的寫法來刻劃反面人物的醜陋嘴臉。

總結本書在人物刻劃方面的表現，其不凡的成就是值得肯定的。作者運用了各式各樣的技巧來塑造人物性格、表現人物特性，形象鮮明而生動。人物類型豐富，有舉子、官宦、惡棍、酷吏、孝子、烈婦、宮人、同性戀者等等，各有各的神態，各有各的言行，都能刻劃入微，入木三分。《石點頭》一書，在人物刻劃部分最見精彩，最值得重視，研究中國小說史的學者，在討論到我國短篇小說發展的人物部分時，《石點頭》一書是不應錯過的。

第三節　說白的運用

小說的語言大致以描寫和敍述為主，議論的語言不在情節之內，此處不談；至於說白，其內容自然也離不開描述和議論，但它在小說中佔有特出的地位，所以將它獨立出來討論。

說白包含人物之間的對話和人物的自言自語，兩者都必須達到生動、逼眞，合於人物身分才算上乘之作，在這方面，本書是微有缺憾的。

本書在說白上的最大毛病是與人物身分常無法配合，而且喜歡引經據典，大掉書袋，往往出現令人啼笑皆非的情況。例如卷一郭喬替米家解危後，米天祿對郭喬說，爲報大恩，女兒情願爲婢，服侍恩人，已拒絕別人的提親，郭喬聽了驚道：「這事老丈在念，還說有因。令嬡妙齡，正是桃夭之子，宜室宜家，怎麼守起我來，那有此理，這話我不信。」郭喬是讀書人，說出這樣的話固不稀奇，但米天祿是莊稼漢，跟他講「桃夭之子，宜室宜家」，豈不是對牛彈琴？這還不算嚴重，最可笑的是卷六中的長壽女，她是織席人家的女兒，不僅沒讀過書，作者還說她「只曉得著衣吃飯，此外一毫人事不懂」，可是朱從龍收留她後，有一天對她有邪淫之念，長壽女却變色說道：「灑掃有書幃之童僕，衾裯有巾櫛之女奴。越石父願辭晏相而歸縲紲者，恨不知己也。謹謝高門，復爲丐婦。」不要說長壽女說不出這樣的話，即使她讀過許多書也不會這樣說話。作者讓這樣一段對仗工整，巧用典故的文字，從一個不識字的貧女口中道出，豈不可笑！

本書說白的另一個毛病是文白夾雜，前面所舉的兩個例子都用了文言，再看卷二方姨娘對李妙惠說：「你且慢著，待我說來聽。自來婦人既失所夫，喚做未亡人，言所欠惟一死耳。」前兩句白話說得好好的，第三句忽然轉爲文言，讀起來不倫不類。有時兩人對話，一人用文言，一人用白話，也很奇怪，但作者似乎又不是沒有注意到這一點，像這一卷中，凡李妙惠說的話都用文言（甚至用駢句），盧南村夫婦（妙惠翁姑）說的話則全用白話，並未相亂，好像是刻意安排的。這樣雖然顧到了身分（李妙惠自幼讀書，頗有才學；盧南村夫婦則是粗人，文墨不通），也讓人物有自己的口音，但文謅謅的話離實況太遠，終是不妥。

以上說的，是本書在說白上的缺點，這些缺點幾乎任何一卷都可以找到，影響了各卷在寫作藝術上的成就，令人為它惋惜。但本書的說白也非全無可取，除了前文提到以言語上的衝突（對話的一種）來達成刻劃人物性格的效果，或以自言自語來表現人物心理頗成功外，在形式上，它還有下列幾項成就：

1. 注意到說話時的神態和語音：

同樣一句話，不同的神情，便可能有不同甚至相反的意思，因此，寫小說的對話一定要寫出講話時的動作、神情或聲音，才能使人了解眞正的意思。試舉卷三中的一段，看本書安排對話的工力：

> 再說張氏，自從丈夫去後，不覺年來年往，又早四個年頭。原兒已是六歲，一日忽地問着娘道：「人家有了娘，定有爹。我家爹怎的不見？」突然說出這話，張氏大是驚異。說道：「你這小廝，吃飯尚不知飢飽，曉得什麼爹，什麼娘，卻來問我。這是誰教你的？」原兒道：「難道我是沒有爹？」張氏喝道：「畜生，你沒有爹，身從何來。」原兒道：「既有爹，今在何處？」張氏道：「兒，我便說與你，你也未必省的。你爹只為差役苦楚，遠避他方，今已四年不歸矣。」口中便說，那淚珠兒早又掉下幾點。原兒又問：

「娘可知爹幾時歸來?」張氏道:「我的兒,娘住在家裏,你爹在何處,何由曉得。」原兒把頭點一點,又道:「不知爹何時才歸?」

這一段對話,母子各有不同的口氣,非常逼眞,配合說話時的表情,更是令人感動。特別是六歲的原兒,口音、神情都傳神無比,末一句寫他把頭一點,說:「不知爹何時才歸?」像在詢問母親,又似在自言自語,尤爲感人。

2. 諺語、俗語、方言、土語的適時運用,使對話更生動、傳神:

例如:「只說做和尚的吃十方,看這人到要吃廿四方的,莫要理他。」(卷三)這話是嘲笑王珣沒錢却想出家,套用一句俗話來做比方,一方面加深了話中的刻薄意味,一方面也活畫了說話人的現實嘴臉。又如卷四中方氏勸鳳奴與孫三成親,鳳奴說:「常言道踏了爹床便是娘,這個人踏了娘床便是爹,只怕使不得。」方氏道:「如今只好混賬,那裏辦得什麼爹,論什麼娘。」這一場對話很形象化,非常寫實,表現出鳳奴的猶豫不決和方氏的慾令智昏,俗話的運用彷彿使對話活了起來。其他像「大相公好沒撻煞」(卷四),「沒撻煞」從上下文推斷當是「沒道理」之意[43],「沒撻煞」當然比「沒道理」有味的多;又「若像你這樣猴急,放出霸王請客幫襯,原成不得」(卷四),其中「猴急」、「幫襯」都是市井土話;又「小姐,這樓後有假山樹林,十分幽靜,到好耍子」(卷五),「難道我央求了你小姐半日,白白就放了去,可不淡死了我」(卷五),「我那妻呀!你怎生不與我說個明白,却葫蘆提做出這個事來」(卷十一)「好耍子」、「淡死我了」、「葫蘆提」,都是活語言,十分傳神。此外,罵和尚爲

「禿賊」（卷七），罵秀才爲「酸丁」（卷十二），士兵罵過商爲「賊蠻」、「蠻囚」（卷八），罵馬泊六爲「老乞婆」（卷十二），罵他鄉來的人爲「蠻子」（卷十），都很形象化。卷十二有一段對話，像是俗話，又像作者自創，極爲生動有趣，那是方六一害死董昌，娶得申屠娘子的新婚夜，方六一笑道：「不是頭缸湯，只要添把火，待我熱烘烘的，打個觔斗兒。」不是頭缸湯是說不是初次成親，申屠娘子的回答也妙：「便是二缸湯，難道你不赤膊，好打觔斗麼？」果然方六一脫了衣裳撲上來，撲到申屠氏手中的短劍上，一命嗚呼！這眞是「談笑用兵」，令人拍案叫絕。

3. 重複語、結巴語的運用：

本書使用重複語的情形有二：一是出現在特殊情境，表現當時的狀況；一是某人的習慣用語。前者例如卷八中的王大郎遭吾愛陶誣陷，死前呼喚兒子的名字道：「招兒，招兒，不能見你一面，未知可留得性命，只怕在黃泉相會是大分了。」「招兒，招兒」，叫得何等心痛！再如卷九韋皐收到荊寶願將玉簫相贈的回詩，不覺亂叫亂跳道：「妙！妙！好知己！好知己！」這幾句重複的話把韋皐興奮的神態表露無遺；後來韋皐離去，音訊杳茫，玉簫自言自語說：「韋郎雖不中，如何音訊也不寄一封與我？虧他撇得我下，難道這兩三年間，覓不得一個便人。眞好狠心也！眞好狠心也！」末二句的重複深刻表現了玉簫心中的幽怨和傷痛；玉簫死後，荊寶也因罪被囚，恰好韋皐任節度使來審囚，荊寶大叫：「僕射僕射，你可想江夏姜使君兒子姜荊寶麼？」重複呼喚，表現出驚喜、期待、生機乍現時的心情。又如卷五中的斯員外，女兒莫名其妙失踪，又在花園中發現男鞋，幾年後，新上任的鄰縣縣令親自來拜，回拜時縣官夫人也出來跪拜，使他心中一團迷霧，等到看清縣令夫人是自己女兒時，不禁大聲嚷道：「爲何？爲何？怎麼？怎麼？」兩句爲何，兩句怎麼，把他積壓在胸中多年的懷疑、傷痛、憤恨，完完全全的表現出來，何等生動、有力！

慣用重複語的是卷六的胥老人，自認年高望重，喜歡管閒事，常做和事佬或是撮合山，說話老成持重，爲了使人信任，常用重複語來加重語氣。勸人勿相爭說：「不可！不可！」人請他喝酒說：「通得！通得！」周六自愧貧窮不能與親家聚敍，胥老人搖手道：「莫說此話，兩省！兩省！」說到長壽女嫁到劉家的苦況（生長岸上，嫁給船家多所不便），他又說：「不難！不難！」劉五假意願把孩子過繼給周六，胥老人聽了，拍手笑道：「說得妙！說得妙！」活畫出一個圓滑世故老人的形貌來。

至於結巴語本書只出現一次，那是在卷十一周廸聽說妻子賣身受屠，嚇得面如土色，身子不動自搖，說道：「不，不，不信有這事！」把周廸驚恐的情狀生動地呈現出來，極爲傳神。

4. 反面語、雙關語的運用：

所謂「反面語」，是故意說和事實相反的話來表示揶揄、諷刺的意思。例如卷三王原的母親聽到十三四歲的兒子想外出尋父時說：「好孝心，好志氣！只是你既曉得有爹，可曉得有娘麼？」「好孝心，好志氣！」表面上是讚許，事實上是諷刺兒子的想法不切實際。又如卷八吾愛陶魚肉鄉民後，被劾丟官，臨去前百姓聚在岸邊，對他亂擲土石，並且再三揶揄，用的都是反話，有的說：「吾剝皮，你各色俱不放空，難道這磚瓦不裝一船，回去造房子？」有的叫道：「吾剝皮，我們還送些土儀回家，好做人事。」擲出去的是泥塊；又有人道：「吾剝皮，小豬船、人載船在此，何不來抽稅？」「岸上有好些背包裹的過去了，也該差人拿住。」這些都是他平日所爲，有船載了兩個婦女，他說：「婦女便與貨物相同，如何不投稅？」連討飯的道人所討得的飯也要十碗抽一，現在，百姓就用這些事向他還擊，這種冷嘲熱諷的反面語，比正面譏罵更令人難堪。再如卷十二的姚二媽慫恿方六一陷害董昌，奪取申屠娘子，方六一聽了，合掌念一聲阿彌陀佛：「謀人性命，奪人妻子，豈是我良善人做的？」這是方六一在裝模作樣，姚二媽道：「原來六一官如今吃齋念佛了，老身卻失言也。」則是姚二媽順勢用反語把方六一揶揄了一下。

至於「雙關語」的使用，是因爲有些事爲了某種原因不能說出眞相，但又必須在衆人面前完成，只好用一些相關的話來引起注意，使了解內情的人主動現身，在神不知鬼不覺的情況下達成目的。例如卷二中的盧夢仙，他是新科進士，妻子却改適鹽商，「訪問嫁妻，既難於啓齒；總或尋著，聲名不雅」，既要避免尋訪嫁妻的尷尬，又不能不在衆鹽船間探問，在這種情況下，一個聰明的蒼頭想出了好辦法，我們且看他是如何完成任務的：

且說蒼頭讀熟了這八句詩，駕了一只小船，船中擺著幾個酒罈，搖向鹽船邊。叫一聲賣酒，隨口就歌出這八句詩來，分明是唱山歌一般。在鹽船幫中搖來搖去，一連穿了三四日，並沒些動靜。那鹽船上人千人萬，見他日日在此賣酒，酒又不見，歌甚麼詩。都笑道：「常言好曲子唱三遍，也要過臭了。」蒼頭道：「好曲子唱三遍，好詩唱三千遍何妨。」又有一船上叫道：「你賣甚麼酒？」蒼頭道：「我賣狀元紅。」船上又問：「可

> 賣菜？」蒼頭道：「我正賣蔡狀元。」船上又問道：「如何蔡狀元？」蒼頭道：「蔡狀元尋趙五娘。」船上又笑道：「滿口胡柴。」蒼頭道：「胡柴倒沒有，只有柴胡，換些紅娘子與我。」只些半真半假，似醉似痴。又轉船搖過一鹽船邊，叫了一聲賣酒，便停棹高歌這詩。船上又有人問：「賣什麼酒？」蒼頭道：「賣靠壁清。」船上道：「若是渾的，便不要。」蒼頭道：「也不渾。揚州新進士盧夢仙，初選行人，沒有贓私，何渾之有。」這兩句話還未完，只見那邊一只大船上，水窗開處，一個女人在艙門口，將手一招，蒼頭望見，飛也似搖近船旁。這女人便是盧夢仙的妻房李妙惠。

蒼頭所唱的，是盧妻李妙惠在金山寺壁上所題的詩，至於「狀元紅」、「尋趙五娘」、「柴胡換紅娘子」、「靠壁清」云云，都是語帶雙關，提醒李妙惠的注意。如果只吟唱詩句而沒有這些雙關語，一方面不能引起衆人的注意，另一方面李妙惠也不敢貿然現身。這一段眞是匠心獨運之作，比較一下原作（《情史》「李妙惠」條）：「乃選臺隸最黠者一人，諭以其故，令熟誦前詩，駕小艇沿鹽船上下歌而過之。越三日，忽聞船中女聲啓窗喚曰……」其間戲劇效果的差別豈可以道里計？雙關語在小說中是十分常見的，但運用得如此巧妙且興味盎然的，實在是鳳毛麟角。

第四節 敍寫的技巧

一、敍述

敍述是抽象的說明，描寫是具體的呈現。「他生病了」是敍述，「他眼窩深陷、臉色蒼白、嘴角歪斜，出來的氣多，進去的氣少」是描寫。很顯然的，要創造栩栩如生、眞實感人的藝術形象，非描寫不爲功；然而描寫所費的筆墨常數倍甚至數十百倍於敍述，例如「漢朝自高祖斬白蛇而起義，一統天下，後來光武中興，傳至獻帝，遂分爲三國」（《三國演義》第一回），短短三十字的敍述，交待了漢朝三四百年的歷史，若要具體描寫，至少也要幾十萬字。小說的各部分內容有輕重的不同，寫法便有詳略的差異，因此必須敍述和描寫交錯運用、適當安排，才能完成一部成功的小說。

話本小說在入話之後，通常會先概述正話中所要說的內容，例如「在下如今把一樁貪財的故事，試說一回，也盡可喚醒迷人」（本書卷八），接著便簡介所要寫的人物，例如：

> 話說宋時有個官人，姓吾名愛陶，本貫西和人氏。……這西和果是人文稀少，惟有吾愛陶從小出人頭地，讀書過目不忘。見了人的東西，卻也過目不忘，不想法到手不止。自幼在書館中，墨頭紙角，取得一些也是好的。至自己的東西，卻又分毫不捨得與人。更

> 兼秉性又狠又躁，同窗中一言不合，怒氣相加，揪髮扯胸，揮磚擲瓦，不占得一分便宜，不肯罷休。這是胞胎中帶來凶惡貪鄙的心性，便是天也奈何他不得。（同上）

這兩個部分，都必須採用敘述。前者以「貪財的故事」一語概括全文，後者融合了描寫，將人物做了生動的介紹。基本上，這些敘述像建築的藍圖，以下的正文則像根據藍圖去完成建築，一虛一實，配合無間，成就了話本小說特有的風格。

由於敘述是虛（抽象）的，因此必須合於「簡鍊」的要求，冗長的敘述將使讀者昏昏欲睡。本書在敘述上所犯的毛病便是有時不知適可而止，做了過多的說明，如卷三開首說明里役的情形就費了千餘字，這兩部分都是次要情節，應該略寫，王原尋父才是重點所在；又如卷九說明韋皐如何當上西川節度使，卷十一敘述畢師鐸之亂，都過分詳盡，至於卷十四則對於斷袖之癖做了過多的發揮，文中說道：

> 那男色一道，從來原有這事。讀書人的總題，叫做翰林風月；若各處鄉語，又是不同；北邊人叫炒茹茹，南方人叫打蓬蓬，徽州人叫塌豆腐，江西人叫鑄火盆，寧波人叫善善，龍游人叫弄苦蔥，慈谿人叫戲蝦蟆，蘇州人叫竭先生，大明律上喚作以陽物插入他人糞門。……

這一段敘述非但與主題無關，全屬多餘，更墮於惡趣，降低了作品的格調。

合於要求，簡鍊、扼要的敍述當然也很多，例如卷二李妙惠金山題詩後便回到臨川，何以又在揚州被盧夢仙尋獲？作者只用幾句話做了合理的交待：

原來謝啓自前年回歸臨川，因酒色過度，得了個病症，在家中醫療，不能痊癒。後來虧一個醫家與他灸了，養了半年，方得平復。這時才帶領婢妾到揚州盤賬。妙惠也欲回鄉訪問父親消息，隨著艾氏一齊同行。

寫小說和作文一樣，必須注意虛實詳略的安排，這一段是夾在情節描寫之間的「補敍」（請參考第一節第四小節的討論）是虛筆，非簡要不可，因爲文中正寫到李妙惠聽見蒼頭在裝瘋賣傻後（見前一小節引文）開窗招手，在還沒有寫二人之間的對話之前，插入這一段，如果敍述過長，前後文便被隔斷而連接不上了。

二、描寫

有關本書人物心理、外貌的描寫，已經在第二節討論過了，此處僅就事件和景物兩方面，探討本書的描寫技巧。

1. 事件描寫：

蒼頭棹到船邊，妙惠已在艙口等候。兩下打個照會，槳船輕輕划近船旁，也還上下相懸。

水手連忙搭上跳板，打起扶手。說時遲，那時快，妙惠一見船到，卽跨出艙門，擧足登跳，搭著扶手，跑下船中。水手收起跳板扶手，依舊輕輕盪開。到了河心中，方才一齊着力，望著座船飛也似划來。那鹽船上人正當睡熟，更無一人知覺。

這是卷二蒼頭將李妙惠從謝啓的船上偷偷接出來的經過，是具體的描寫，如果用敍述的手法，只說「蒼頭神不知鬼不覺的將妙惠從謝啓的船上接出來」就夠了，但我們也就見不到當時的情形，也不會爲妙惠揑一把冷汗了。這一段文字乾淨俐落，敎人喝彩，試想妙惠要避過衆人耳目，深夜獨自一人在艙口守候，當她和蒼頭照會時，心情如何？一個弱女子，從大船跳到跳板，再跑下小船，其心情如何？小船輕輕盪開，離開大船的範圍，開始「飛也似」的向丈夫的船划去，其心情又如何？妙的是只寫動作，不說明心理，因此節奏極快，用字又精鍊，沒有一個字是多餘的，長短句搭配巧妙，緊張處用短句，前後都用長句，一張一弛，緊緊扣住了讀者的心弦，實在是不可多得的好筆墨。

我們對敍述的要求是「簡鍊」、「扼要」，對描寫的要求則是「生動」、「形象」、「具體」。抽象的說明絕無法感動人，只有具體、形象化的描寫才能讓讀者感同身受、引起同情，請看卷十寫王從事食團魚想起妻子的情形：

惟王敎授一見供上團魚，忽然不樂，再一眼看覷，又有驚疑之色。及擧筷細細一揀，俯首沈吟，出了神去。兩只牙筷，在碗中撥上撥下，看一看，想一想，汪汪的兩行淚珠，掉下來了。

如果說前舉取李妙惠的一段是長鏡頭快節奏的描寫，則這一段正好相反，鏡頭對準王從事，從他臉上的神色，慢慢移到筷子，然後到碗中，再回到臉部，節奏極緩慢，描寫極細膩。他的神色，從「忽然不樂」、「驚疑」、「出神」到落淚，一共四變；他的動作，從「舉筷一揀」到「在碗中撥上撥下」，一共二變，短短六十九個字，容納這麼多的神情和動作，中間的變化，又如此自然而眞實，像影片一樣清楚的呈現在讀者目前，讀到這裡而不受感動的，恐怕只有那些麻木不仁的人吧？

本書描寫事件的技巧是十分高明的，除上舉二例外，第二節討論人物之間的衝突所引卷十喬氏和趙成之間的言語、行爲之間的衝突，也都是很生動的事件描寫。此外，卷十二中屠娘子親手報仇，連殺五人的經過，描寫更是精彩無比：

> 方六一忙解衣裳，挺身撲上來。申屠娘子右手把緊劍靶，正對小腹上直搠，六一大痛難忍，只叫得一聲不好了，身子一閃，向着外床跌翻。申娘屠子，隨勢用力，向上一透，直至心窩，須臾五臟崩流，血污枕席。兩個丫鬟，初聽見主人忽然大叫，不知何故，側耳再聽，分明氣喘一般。心中疑惑，急忙近前看去。申娘屠子已抽身坐起，在帳中望見丫頭走來，怕走漏了消息，便叫道：「這樣酒徒，嘔得髒巴巴的，還不快來收拾。」丫頭不知是計，一個躦上一步，方才揭開帳子，申娘屠子道：「沒用的東西，火也不將些

來照看。」口內便說，探出手一把揪住，挺劍向咽喉就搠，卽時了賬。那一個丫頭，只道眞個要火，方轉身去携燈，申娘屠子跳出帳來，從背後劈頭揪翻，按倒在地。那丫頭口中才叫啊呀，刃已到喉下，眼見也不能夠活了。申娘屠子卽點燈去殺姚婆，那房門緊緊栓住，急切推搖不動。方六一兒子，還未睡着，聽見門上聲響，問道：「那個？」申娘屠子應道：「你爹要一件東西，可起來開門。」這小廝那知就裏，披衣而起。門開處，申娘屠子娘子劈面便搠，這小廝應手而倒，再復一下，送歸泉下，跨過屍首，挺身竟奔床前，那婆子爛醉如泥，打鼾如雷，一發不知什麼好歹，一連搠下數十個透明血孔，末後向咽下一勒，直挺挺的浸在血泊裏了。

在這一大段中，描寫申屠娘子殺五個人用了五種不同的手法，方六一是罪魁禍首，所以死狀最慘；兩個丫鬟一個從正面搠入咽喉，所以「卽時了賬」，一個從背面用刀刃割到喉下，所以只說「眼見也不能活了」；殺小廝乾淨俐落，殺二姚媽則氣她挑撥是非，連搠了「數十個透明血孔」。作者每下一字、用一句，都是經過千錘百鍊的，眞正做到劉勰所說的：「句有可削，足見其疏；字不得減，乃知其密。」㊹而細節的處理，即使事件具有眞實感，因爲申屠娘子是嬌弱女子，想報仇一定要靠智慧和冷靜，段中處處表現出她的急智，絕非瘋狂亂殺，這是與作者前文所塑造出來的人物性格完全符合的，波瓦洛說：

你打算創造一個新人物形象？

那麼，你那人物要處處符合他自己。
從開始到終場表現得始終如一。㊺

描寫事件不只要求精彩生動而已，也必須注意到人物性格的一致性，「藝術品的構成不是數學的排列」㊻，我們雖然將構成作品的各要件抽離討論，但不能忘了小說是完整的藝術品。本小節所舉三例，不僅在事件的描寫上皆屬上乘，在各卷中所擔負組織結構、塑造人物的任務也都是十分成功的。

2. 景物描寫：

在古典小說中描寫景物成功的例子甚少，比較有名的只有《儒林外史》楔子裏王冕畫荷，《老殘遊記》中黃河結冰、遊大明湖等寥寥可數的幾段。此外像《紅樓夢》寫大觀園中的景致、《水滸傳》第十回〈林教頭風雪山神廟〉寫雪景、《西遊記》對一些險山惡水和寺廟寶塔的描寫，也都算是傳神之作。至於其他小說的寫景，多半散佈在情節之中，信筆敘寫，較少專意描繪之作；有些話本小說採用韻文，用較長的篇幅描寫景致，可是套語太多、格式千篇一律，很難描繪出美麗動人的景象，本書也有這種情形，如卷三寫輝縣（第三節有引）、山東，卷十寫臨安，卷十一寫揚州皆是。作者為了賣弄才學，不但句採駢儷而且繁用典故，所寫景象過於虛泛，不能到達眞實生動的境界。其中寫得較好的是卷十對臨安的描寫：

鳳凰聳漢，秦晉連雲。慧日如屛多怪石，孤山幽僻遍梅花。天竺峯、飛來峯，峯峯相對，

> 誰云靈鷲移來？萬松嶺、風篁嶺，嶺嶺分排，總是仙源發出。湖開瀲灩，六橋桃柳盡知春；城拱崔巍，石雉樓臺應入畫。數不盡過溪亭、放鶴亭、翠薇亭、夢兒亭，步到賞心知勝覽。看不迭夫差墓、杜牧墓、林甫墓，行來吊古見名賢。須知十塔九無頭，不信清官留不住。

這一段較為具體，所用典故也少，稍有清新自然的風致，試與卷十一所寫的揚州做一比較：

> 蜀崗綿亙，崑崙插雲。九曲池淵淵春水，養成就聳壑蛟龍；鑿邗溝滴滴清波，容不得棲塵螻蟻。草藥欄前四美女，瓊花臺下八仙人。凋殘隋苑，知他是那一朝、那一代遺下的碎瓦頹垣；選勝迷樓，都不許千年調、萬年存沒用的朱甍畫棟。盤古塚、煬帝墳，聖主昏君，總在土饅頭一堆包裹；玉鈎斜、孔融墓，佳人才子，無非草鋪蓋十里蒙茸。說不到木蘭寺裏鐘聲，何人乞食；但只看二十四橋月影，那個銷魂？正是何遜梅花知在否、仲舒禮樂竟安歸？

典故繁多，敘述多於描寫，像是一幅導遊圖，雖也能引起興趣，畢竟未能將美麗的景色呈現出來。

除了以上所舉的韻文外，本書描寫景物的文字不算多，如卷一郭喬躲雨一段，開頭說「不期一日，郭喬在山中遊賞」，卻沒有把所賞的景致寫出來；卷二寫李妙惠等人到金山遊玩，也只說：「處處遊之不迭，觀之不盡。」所遊所觀都未加以描寫。卷三有一段寫得不錯：「原來隔岸看這山，覺得山勢大。及至其地，卻見奇峯秀麗，重重間出，頗是深邃。轉了幾處徑道，不覺落日銜山，颶風大作。又抹過一個林子，顯出一所神祠。就近觀之，廟宇傾頹，松楸荒莽，也無榜額，不知是何神道。」這是小說中人物（王原）眼中所見的景象，也就是前所謂「單一觀點」（a point of view）的主觀眼（參見第一節討論敘事觀點部分）所見，所以才會有「不知是何神道」（非全知全能觀點）的情形。這一段寫景是採用動態的方式，配合時間（落日銜山），描寫出陰森、蒼涼的景象。

卷五也有一段對揚州的描寫：「看那街市上，衣冠文物，十分華麗。更兼四方商賈雜沓、車馬紛紜，往來如織，果然是個繁華去處。」這也是小說中人物（莫誰何）所見，寫街景的繁華還算具體。同卷有一段寫丫鬟蓮房眼中所見瓊花觀園內的景象，描寫得頗為寧靜清幽：「轉過樓後，穿出一條小徑，顯出一所幽僻去處。只見竹木交映，有幾塊太湖假山石，玲瓏巧妙，又大又高，石畔斜靠著一株大蠟梅樹。」這種寫法頗類似於「靜物畫」，羅列的靜物、交映的光影，有一種靜美的神韻。同卷還一段寫景文字，卻是莫誰何家人來元眼中所見：「在那宅後小街裏，見一帶黃砂石牆，一座小門樓上，有一個匾額，寫著息機二字。兩扇園門，半開半掩，來元知是人家花園，挨身進去一看，正當三月下旬，綠蔭乍濃，梅子累累。垂楊上流鶯宛轉，石欄邊牡丹盛開。」這一段就描寫得比較空泛了，好的寫景文字要寫出特色來，如前一段的景物只能在瓊花觀內，不能移到別處，這一段却可以用來描寫任何一座園子的景象，這種描寫便非上乘。

全書最具神韻的寫景文字，出現在卷十：「三位官人，都是角巾便服，素鞋淨襪，攜手相扶，緩步登山，借地而坐，飲酒觀花。是日天氣晴和，微風拂拂，每遇風過，這些花瓣如魚鱗般飛將下來，也有點在衣上，也有飛入酒杯。」在這段文字裏，人物融入景物中，成爲景物的一部分，眞能達到柳宗元所謂「心凝神釋，與萬化冥合」（〈始得西山宴遊記〉）的境界，尤其寫花瓣如魚鱗般飛下，非常形象化，又寫花瓣「點」在衣上，「飛」入酒杯，直似把人物都牽入大自然裏。「點」字尤有鬼斧神工之妙，彷彿給花瓣注入了生命，使它們完全活了起來。

無論任何一種描寫，寫形尙易，最難的便是要寫出神韻來，要有韻味、有境界、有神彩才能稱爲高明的、成功的描寫，像前引這段文字，可謂已達到描寫的極致了，然而，全書也就僅有這麼一段，不可多得。可是景物描寫要成功，本來就不是輕而易學的事，《石點頭》能有這樣的佳作出現，也足以讓作者自傲了。

附註

❶ 見《詩學箋注》（中華書局），姚一葦譯注，第六章。

❷ 《小說面面觀》（志文出版社），頁七五，李文彬譯。王夢鷗《文學概論》十九章註一譯為：「我們把情節定義為：將故事（story）依照時間順序而整理的各種事件的敘述，而這敘述的重點則在於因果關係。」

❸ 《詩學箋注》，頁七九。

❹ 《短篇小說作法研究》（商務印書館），頁四八，張志澄譯。

❺ 同前註，頁五一。

❻ 〈短篇話本的常用佈局〉，《中外文學》八卷三期。

❼ 本文收入《小說欣賞與論評》（龍門圖書公司），頁五六～六〇。

❽ 《長篇小說作法研究》（幼獅文化事業公司）第五章，陳森譯。

❾ 此處觀念得自胡菊人《紅樓水滸與小說藝術》甲輯㉒〈主觀眼與客觀眼〉。

❿ 同前註，頁六二。

⓫ 任世雍〈明代短篇小說中「巧」的表現〉一文將巧定義為：一是為文構思之「巧」；一是巧合之「巧」。前者近似「巧奪天工」的「巧」；後者頗類「無巧不成書」的「巧」。見〈小說欣賞與論評〉，頁三二～三三。

⓬ 見〈明清二代的平話集〉，《小說月報》卷二二第八號，頁一〇六六。

⓭ 見賈文昭，徐召勛合著《中國古典小說藝術欣賞》（里仁書局），頁三七。

⓮ 同前註，頁三八。

⓯ 見〈讀第五才子書法〉，《水滸傳》（全聖歎批，三民書局影印貫華堂本）上，頁四〇。

⑯ 見《文學概論》（藝文印書館），頁一九九。

⑰ 同註⑮，頁三五。

⑱ 同註⑬，頁一二八、一三五。

⑲ 同註❷，頁七五。

⑳ 《小說面面觀》第四章〈人物〉下，將小說人物分成扁平和圓形的兩種。見該書頁五九～六八。

㉑ 同註⑬，頁四三。

㉒ 同註⑬，頁一八五～一八六。

㉓ 同註❾，頁二一九。

㉔ 見〈釋詩的比興〉，《民主評論》九卷十五期。

㉕ 《京本通俗小說》馬幼垣先生、胡萬川先生已證明其爲僞作，見〈京本通俗小說各篇的年代及其眞僞問題〉（《清華學報》新五卷一期）以及〈京本通俗小說的新發現〉（《中華文化復興月刊》十卷十期）二文。但《恒言》卷三十三之下注：「宋本作錯斬崔寧。」《寶文堂書目》、《也是園書目》都有〈錯斬崔寧〉，這一篇毫無問題是宋代作品，當然，其內容是已經遭馮夢龍改動過了。

㉖ 見《中國小說美學》（里仁書局），頁八三。

㉗ 同註⑬，頁七〇。

㉘ 金批《水滸傳》（三民書局），頁六九五。

㉙ 同註❷，頁八〇。

㉚ 同註㉘，頁六五九，金聖歎在四十三回的夾批中說：「楊志被牛（沒毛大蟲牛二）所苦，楊雄爲羊（踢殺羊張保）所困，皆非必然之事，只是借勺水興洪波耳。」十一回的牛二和四十三回的張保就是情節所需創造出來的次要人物。參見《中國小說美學》，頁一一三。

㉛ 同註❷，頁六一。

㉜ 同註❹，頁一〇八。

㉝ 見〈明代擬話本心理描寫敍論〉，在《明清小說探幽》（木鐸出版社），頁一四八。

㉞ 同前註，頁一五三。

㉟ 姚先生認爲「irong」通常的用法有二，一是語言或修詞上的，二是事件或情境中的。見《藝術的奧秘》（臺灣開明書店），頁一九八。

㊱ 見《夢的解析》（志文出版社），頁五五。

㊲ 見《水滸傳》序三，同註㊼，頁二六。

㊳ 同註⑬，頁七五。

㊴ 同註㉟，頁一九五。

㊵ 轉引自《文學理論資料匯編》（華諾文化事業有限公司）上册，頁二九七。

㊶ 本文原載七十年十二月十四日《臺灣時報》，後收入《文學的信念》（時報出版公司），引文見頁二一一。

㊷ 同註⑬，頁一〇〇。

㊸ 「沒撻煞」一詞在古典小說、戲曲中似未出現過，我猜測可能就是金元戲曲中的「沒掂三」，如高文秀《遇上皇》：「這言語沒掂三。」《董西廂》：「沒掂三沒思慮。」見徐嘉瑞《金元戲曲方言考》（華正書局）頁一六。徐氏的解釋是「無道理」、「胡塗」，與本書的「沒撻煞」的用法相近。

㊹ 見劉勰《文心雕龍‧熔裁》篇。

㊺ 波瓦洛《詩的藝術》（一六七四年），轉引自《文學理論資料匯編》，頁二九一。

㊻ 姚一葦先生語，見《藝術的奧秘》，頁二四九。

第五章　與相關作品的比較

第一節　以「算命得子」爲入話故事的兩種寫法

「算命得子」故事出自元陶宗儀所撰的《輟耕錄》，《拍案驚奇》卷三十八和《石點頭》卷一都用爲入話，但寫法截然不同，所造成的效果也有很大的差異。

事實上，《拍案驚奇》卷三十八只是將《輟耕錄》的文言改寫成白話，內容絲毫未更動；《石點頭》卷一則是隱括其意，另行敍寫。嚴格說來，前者僅是翻譯，後者才是創作。

莊因先生認爲話本和擬話本的差異，最具體的表現，是在「楔子」裏面，前者純然是一種爲輔助達到說書目的，務使聽衆皆大歡喜，心滿意足的東西：「說書人可以天南地北，上下古今，或者隨手拈來的唱說一小段，給大家『助樂子』。因此，對於楔子的內容，並不十分講求。」到了明代的擬話本，「人間百相，不斷的被取來述說，論評、故事性的楔子，不斷地被用來配襯正文，使能達到積極強調並發揮主題的作用，這使楔子本身的篇幅增大，重要性增加」❶。莊先生這段話是極合於實際情形的，我們只要比較《清平山堂話本》和《二拍》的入話，便可以明顯看出話本中的楔子由簡而繁，從音樂性到故事性的演變情形。擬話本中楔子（入話）部分質與量的加重，到清代更是變本加厲，例如《娛目醒心編》，鄭振鐸先生說：「她的『入話』便往往是很長的，且竟是自成一回，與正文同其數量，這或可以說是話本的一個變體。」❷在這種情形下，研究擬話本時「入話」便成了不可忽略的重要部分，張宏庸的《兩拍研究》便認爲兩拍的入話從篇幅、功用、技巧三方面來說，都該受到相當的重視，並謂「不妨跳開正話的羈絆，而單獨的去討論入話中所表現的技巧」❸。

「入話」誠然是《二拍》中不可忽視的部分，但是這一卷的入話却微有缺憾，最大的原因是，正如韓南（Patrick Hanan）先生在討論《二拍》時所言：「有時，淩濛初會顯得幾乎完全遷就於他所用以改編的原作。」❹在此，淩濛初不僅在內容上遷就原作，連遣詞用字也受其影響，造成不文不白的情況，顯得極不自然，例如原作：「聞樞密院東有術者，設肆算命，談人休咎多奇中。試往叩焉，且語之曰：『吾之祿壽，已不必言，但推有子與否。』」淩氏的改寫是：「聞得樞密院東有個算命的，開個舖面，譚人禍福，無不奇中。總管試往一算。于時衣冠滿座，多在那里候他，挨次推講。總管對他道：『我之祿壽，已不必言；最要緊的，只看我有子無子。』」除了「于時」以下三句外，完全是原作的翻譯，而「無不奇中」，「我之祿壽」等文言句法則是受原作影響而造成的。只比較這兩小段即可看出，淩氏並沒有用很多心力來改寫這個故事，即就翻譯而言，也不算太高明。

《輟耕錄》卷二十二「算命得子」條的原文已收錄在第三章本事考的部分，爲方便討論，再將其主要情節條述於下：

(1) 李總管無子，往叩術者，術者謂其已有子，李回想四十歲時一婢有娠而爲妻所鬻，或即此也。

(2) 相別而出後，坐中一千戶告之十五年前置一婢已有孕，與其妻一兩月間各生一男，婢所出或爲其子，兩人各言婦人之容貌齒歲相同。

(3) 李至千戶家，二子出拜，李諦視良久，天性感通，前抱一人曰：此吾子也。

(4) 次日，千戶幷其母以奉。

《拍案驚奇》卷三十八入話的情節與此全同，作者在正話之前說：「小子爲何說此一段話？只因一個富翁，也犯著無兒的病症。豈知也係有兒，被人藏過，後來一旦識認，喜出非常。」可見入話是用來正襯主題的，正話中也有婢女生子的情節，最後母子也都同歸員外，楔子與正文間確能達到聯繫照應的效果；淩氏的選材有足稱道，問題是出在他對原作毫不保留的接受，而原作的細節安排是不夠周延的。

在原作中，李總管老來無子，必然殷切盼望，既然曾將有孕的婢女賣出，早該日夜訪尋，豈有等相士提醒才想到的道理？《石點頭》的安排就合理多了。只說他與一個丫頭「春風一度」，被主母發現，丫頭就被賣了。春風一度當然難保有孕，在當時的社會婢女毫無身分地位可言，說賣就賣，賣了也就忘了，所以相士特別提醒他：「四十五歲丙午這一年五月內，可曾與婦人交接？」他細細回想，才想到這個丫頭，並謂：「要說生子，除非是此婢，此外並無別人。」安排心理的變化，合於情理。原作的另一個毛病是巧合太多，李總管正巧找此人相命，而買婢的千戶又正巧在坐，若非如此，則相士的相術再精，李總管還是找不到兒子。這些巧合使故事變得太過於虛幻了，這便和《拍案驚奇》卷三八正話中頗爲寫實的情節顯得有些格格不入，如果淩氏稍加處理，將巧合的部分淡化，對主題陪襯的效果會更好一點。《石點頭》則將這一部分都刪除了，這一卷的入話故事不長，現將全文抄錄於下：

昔日有一人，年過六十，自歎無子。忽遇着一個相士，相他已經生子，想是忘記了。此人大笑說道：「先生差矣，我朝夕望子，豈有已經生子，而得能忘記之理。」相士道：「我斷不差，你回家去細細一查，便自然要查出。」此人道：「我家三四個小妾，日夜陪伴，難道生了兒子，瞞得人的，叫我那裏去查。」相士道：「你不必亂查，要查只消去查你四十五歲丙午這一年五月內，可曾與婦人交接，便自然要查着了。」此人見相士說得鑿鑿有據，只得低頭迴想，忽想起丙午這一年，過端午節吃醉了，有一個丫頭伏侍他，因一時高興，遂春風了一度。恰恰被主母看見，不勝大怒，遂立逼著將這丫頭賣與人，帶到某處去了。「要說生子，除非是此婢，此外並無別人。」相士道：「正是他，你相中有子不孤，快快去找尋，自然要尋着。」此人忙依言到某處去找尋，果然尋着了，已是一十五歲，面貌與此人不差毫髮，因贖取回來，承了宗嗣。

由於後半段用幾筆敍述帶過，這則入話的故事性略遜於原作及淩氏的改寫，但處理細節面面具到，與原作相形之下，可以看出作者是費過一番思量的。

《石點頭》卷一的正話故事中並無賣婢、還婢的情節，所以入話中便將原作此部分刪除了；同時，它淡化了巧合的色彩，目的是不使他強過正話中巧合的情節，要讓雲來烘托月色而非遮蓋月光。作者自己說：「這事雖奇，却還有根有苗，想得起來就尋回來，也只平平。」如果不將千戶遂子還婢的情節刪去，就不會只是「平平」，也不能襯托「還有一個全然絕望，忽相逢於金榜之下」的正話故事，使它「豈不更奇」了。可見作者處理材料的態度是視需要而增刪甚至改作，這和淩氏在該卷照單全收的情形完全不同，就襯托主題的效果來說，《石點頭》顯然勝過一籌。再看行文和對話，與原作無一句雷同，完全是作者自行創作；雖然白話也嫌不夠純淨，但一氣呵成，自然流暢，和《拍案驚奇》該卷入話文句縛手縛腳的情形不可同日而語。

雖然只是短短的一段入話故事，透過比較，可以看出作者的寫作態度之誠懇，也可以看出作者是如何的運其匠心，來創作他做爲淑世之用的藝術品。

第二節 「鬼報冒頭」故事的兩種寫法

「鬼報冒頭」故事在最早的來源宋羅大經的《鶴林玉露》卷十四，題作〈玉山知學〉，但這個標題不能將故事的要點顯示出來，所以本節採用《夷堅續志》（元人所編）所定的標題。所謂「冒頭」此處是指文章段落或句子的開頭，「鬼報冒頭」是寫鬼將冒頭的特定格式報給某考生，使其順利登榜的故事。

《石點頭》卷七採用這個故事爲主要題材，寫成一篇結構縝密，主題嚴肅的小說，題爲〈感恩鬼三古傳題旨〉。所謂「三古」是指易題試卷的冒頭用三個古字，這篇以三古字爲冒的文章《鶴林玉露》並未記載，《石點頭》的作者代古人撰了這篇奇文，其中以三古字爲冒的部分爲：「古伏義以所畫之奇偶，俾之文王。古文王以元亨利貞所繫之詞爲象者，俾之周公。古周公以所繫詞斷吉凶者爲爻，以足伏義文王之義。」作者還借故事中主考官汪藻起的看法批評本文，認爲「文勢亦開爽簡勁」。

和《石點頭》刊行時代相近的《西湖二集》❺，卷四〈愚郡守玉殿生春〉也用了這個故事，不過只是做爲情節的一部分，和《石點頭》卷七做爲主幹不同。《西湖二集》的作者周清源生平不詳，據湖海居士的〈西湖二集序〉，周清源似乎是一個懷才不遇的文人，寫此書的目的是「不得已而借他人之酒杯，澆自己之塊磊」。全書共三十卷，字裏行間充滿了誇張、譏諷、滑稽的意味，有時爲炫耀才學，還打破了話本小說的格式，例如卷十七〈劉伯溫薦賢平浙中〉，附了〈戚將軍水兵篇〉和〈海防圖式〉；卷三十四〈胡少保平倭戰功〉，附了〈緊要海防說〉和〈救荒涼法〉。戴不凡先生說：

> 《西湖二集》的三十四篇小說，它的取材來源，大部分出自田汝成的《西湖遊覽志餘》、沈國元的《皇明從信錄》，間亦有採取《情史》、《剪燈新話》、《輟耕錄》等書的。作者根據這些原始材料，有的等於是直抄；有的是翻為白話，連綴成篇；有的則是根據素材加以描寫、誇張，甚至加入一些猥褻之詞，有時則頭巾氣很足，這亦屬於晚明的「風流道學」一派吧。❻

從以上的討論可以了解，周清源寫小說的態度並不嚴謹，所以《西湖二集》各卷故事也顯得主題模糊、結構鬆散，遣詞造句時有重複，就小說藝術的成就而言，和《石點頭》是不能相提並論的，談遷《北遊錄》說周清源的小說「施耐庵豈足法哉」❼，未免誇大其辭。

「鬼報冒頭」故事的情節是這樣的：

1. 汪玉山將知貢舉，約友人於富陽一蕭寺，密語之曰：省試程文易義冒子中可用三古字，以此爲驗。
2. 玉山既知舉，搜易卷中果有冒用三古字者，遂批爲前列，及拆號，乃非其友人，竊怪之。
3. 友人來見，玉山怒責之，謂其必輕名重利，售之他人，友人告以暴疾不能就試，並未洩漏。
4. 以古字得者來謁，乃道出眞相，謂假宿富陽某寺，見一棺塵埃漫漶，夜夢一女子告以冒用三古字事，登科後求爲代葬，果叨前列，已葬其女矣。

原作的故事已經很富有懸奇性，第二階段玉山知舉拆開封號發現冒頭用三古字的竟然不是他的好友，原作只說他「竊怪之」，事實上必然大驚失色，主試作弊有失公平性，事關名節，萬一洩漏出去，可能會影響前途，此時內心的焦燥可想而知，高明的作者應從此處大作文章，「竊怪之」三字當然戲劇性是不夠的。汪知學內心的不安沒有在友人來見時立刻獲得解決，換句話說，讀者心中的疑惑也沒有得到答案，第三階段使懸疑升高，是戲劇張力加力的過程。第四階段是戲劇頂點，它抒解了知舉的不安，也解答了讀者的疑惑；頂點之後故事就結束，沒有下降動作，很符合短篇小說的結構要求。

原作的故事以玉山知學爲主線，因此「鬼報冒頭」這一段便採用追敘的方式，但是在《石點頭》卷七和《西湖二集》卷四，汪知學都只是次要人物，前者的主角是仰鄰瞻，後者爲蜀郡守趙雄，他們正是得到鬼幫助的人，故事的發展以他們爲主線，所以都先寫遇鬼這一段，不用追敘，這樣，原作的懸疑性就大大的降低了。兩篇的處理方式同中有異，就懸疑性而言，《西湖二集》略勝，它也用追敘，然而是作者追敘，先寫趙雄見到暴屍加以掩埋，然後寫女鬼前來拜謝，並教他論冒中用三古字，趙雄本是文理不通之人，竟因此高中，此時作者解釋原因，追敘汪知學與好友密約的經過，故事的懸疑處在趙雄既不通文理何以登榜？但鬼報冒頭在前，懸疑效果已經大打折扣了。《石點頭》用的是輪敘的手法，所有的細節都詳詳細細的做了交待，毫無懸疑性可言，但結構縝密，塑造仰鄰瞻和落第的鄭無同兩個典型人物，形象生動，文筆更是凝鍊嚴整，都不是《西湖二集》該卷所能比擬的。

《石點頭》卷七的寫法是：

1. 仰鄰瞻寄居報恩寺讀書，夜吟古風，忽聞女聲自歎過世之人不見天日；叩之寺僧，方知是無人收葬女子伊小姐，鄰瞻乃許諾若登科便爲之代葬。
2. 接寫汪知學與好友鄭無同密約冒頭用三古字事，地點也在報恩寺中。
3. 仰鄰瞻得女鬼指點。
4. 鄭無同迷戀花酒，得暴疾不能應試。
5. 仰鄰瞻應試，易題冒子用三古字。
6. 汪知學批卷，置鄰瞻於前列，鄭無同來大鬧了一場。

7. 仰鄰瞻安葬伊小姐，鄭又來鬧，被和尚所逐。
8. 鄭無同上疏誣告鄰瞻，經查明後反遭流徙；伊小姐家人訪得其父母靈柩，鄰瞻爲之合葬；仰鄰瞻官星高照，百歲而終。

本卷的結構是在「鬼報冒頭」故事的基礎上發展出來的，但却完全沒有被原作所拘限，它錯落有致的將情節緊密結合，前半篇頭緒多而不會顯得雜亂，後半篇情節單一而不覺得平板。其最大的成就是創造了鄭無同這個人物，使故事生色不少，鄭無同是汪知擧的好朋友，在原作以及《西湖二集》中都形象模糊，連姓名也沒有，《石點頭》特別加重他的分量，一方面用他來推展部分情節，一方面又用他來襯托主角仰鄰瞻，這種相反相成的手法，金聖歎稱爲「背面鋪粉法」❽。

鄭無同既得主考官之助，本來是十拿九穩。却得意忘形，縱情酒色，因而得病不能赴考；既然如此，只能怪自己錯失良機，但他不但不自我反省，反而將一團怨氣出在仰鄰瞻身上，連幫助自己的好友也怪上了。作者極力的描寫他的撒潑無賴，首先是出言嘲諷，說仰鄰瞻是靠做夢才考取的，稱他爲「仰夢鰍」，這段話非常妙：

> 如此說來，老座師中了個夢鰍門生了。想必當初，乃尊乃堂夢中交感，得了胎元。夢年夢月夢時生下，卽交夢運。生平又讀得好夢書，做得好夢文章，夢策論。如今中得好夢進士，他年直做到夢尚書，夢知制誥。日後夢致仕歸田，少不得黃粱一夢，夢中遊過了十八重地獄，這方是夢鰍結果。

根據心理學家的研究，當人們遇到挫折時，會出現攻擊行爲，而且常轉向攻擊無辜的「替罪羔羊」（scapegoat）[9]。這場謾罵以及後來的大鬧祭壇似都可以做此解釋，但上疏誣告則未免逾越常度，終於使他落得流放的下場。悲劇的形成若是人物的個性使然，便可淡化小說的鬼神色彩，加重了寫實的分量，達到了《文心雕龍》所說的「執正以馭奇」，「酌奇而不失其眞，玩華而不墜其實」[10]的境界。

《石點頭》在處理細節上一向謹愼，例如汪知學和鄭無同是在感恩寺密議，才能被女鬼窺知，轉告給仰鄰瞻，《西湖二集》在此處全無交待，只寫趙雄在樹林下見一屍骸，加以掩埋，女鬼便來報恩；至於寫鄭無同所以未應試，有其心理基礎（認爲篤定上榜，才會縱情花酒），《西湖二集》僅說他發起瘧疾病來，純是巧合，說服力不夠。由於《西湖二集》卷四主要是寫愚鈍的趙雄，因機緣湊巧，得到高官厚祿，全篇是用許多巧合的事連綴起來的，簡直沒有結構可言，而「鬼報冒頭」只是其中的巧事之一，戴不凡先生在討論這一卷時說：「《石點頭》的描寫，單以藝術技巧論，比《二集》稍高明。」[11]其實何止是「稍高明」而已，二者的藝術成就是有絕大差異的。

第三節　「貪婪漢」故事的影響和比較

《石點頭》卷八〈貪婪漢六院賣風流〉所述酷吏吾愛陶貪贓枉法、草菅人命的故事，據筆者考證，是根據明徐樹丕《識小錄》所載有關朱術珣和張孟儒的事跡敷演而成的（詳見第三章

第二節）。《識小錄》文筆簡鍊、內容豐實，很適合做爲小說材料，《石點頭》將這些素材組織成篇，創造了一件相當美善的藝術品（其結構、筆法，第四章皆有詳論），也影響了清人杜綱所撰的《娛目醒心編》。

《娛目醒心編》最早的本子刊行於乾隆五十七年，鄭振鐸〈明清二代的平話集〉以及孫楷第的《中國通俗小說書目》都有著錄，全書共十六卷，每卷二或三回不等，卷演一故事。這十六卷故事，除了卷十二〈驟榮華頓忘夙誓，變異類始悔前非〉外，其餘十五卷都被收入光緒十三年東壁山房主人所編的《今古奇聞》。其中和「貪婪漢」故事有關的，是《娛目醒心編》卷十一〈詐平民恃官滅法，置美妾藉妓營生〉，收入《今古奇聞》卷十二，改題作〈士無行貪財甘居下賤〉。

鄭振鐸說：「（《娛目醒心編》）第十一卷……便是全部襲取天然癡叟的《石點頭》中的第六卷〈貪婪漢六院賣風流〉的，不過略易其中人物的姓名以及瑣屑的事實與文句而已。」⑫戴不凡〈《今古奇聞》出處補〉一文有更詳細的比較：

> 《今古奇聞》卷十五〈士無行貪財甘居下賤〉，是抄改節錄《石點頭》第八卷〈貪婪漢六院賣風流〉的。《石點頭》中那位貪官名叫吾愛陶，意思是愛做陶朱公；《奇聞》則易名蓋有之，亦有所隱。我曾校讀兩文，其中甚至有不少語句都是相同的，情節也大致一樣。最大的差別是：吾愛陶開了妓院以後，有一位汪商來嫖六院，在各院題詩一首嘲笑報復，而《奇聞》則略去；吾愛陶之死是由於突然昏厥，寃魂附身；蓋有之則由於盜

案株連，被打屁股，加上兒女不肖，才氣得發昏而見鬼的。⑬

戴不凡先生似乎不知道《今古奇聞》與《娛目醒心編》之間的關係，所以直接取《今古奇聞》和《石點頭》做比較。《娛目醒心編》（以下簡稱《醒心編》）卷十一確有不少文字襲自《石點頭》卷八，情節也有部分相同，結局亦類似，可以肯定是受《石點頭》影響的作品，但二者的結構和主要事件都有絕大的差異，鄭、戴二氏的說法過於籠統，鄭氏說：「全部襲取。」戴氏說：「情節也大致一樣。」皆非事實。

仔細比較兩篇的內容，其實只有頭尾二段類似，也只有這兩部份的文字有襲用之處，中間所有的情節和文字都完全不同。開頭一段是介紹主人公的出身和品行，其不同處爲：吾愛陶（《石點頭》）爲宋人，本貫西和，貢士出身，後應科考中試，任荆湖路條例司監稅提擧；蓋有之（《醒心編》）爲明人，本貫廣西，擧人出身，靠巴結要宦，出任萊蕪縣令。內容相同，文字襲用之處爲：（蓋有之）從小實地聰明，只是一件毛病，見了人的東西，便過目不忘（《石點頭》作：吾愛陶從小出人頭地，讀書過目不忘，見了人的東西，却也過目不忘），不想法到手不止，自幼在書館中，墨頭紙角，取得一些也是好的；及至自家（《石點頭》作：至自己的）東西，却又分毫不捨得與人，更兼秉性刁鑽（刁鑽，《石點頭》作：又狠又躁），同窗中一言不合，他便（無此二字）怒氣相加，揪髮扯胸，揮磚擲瓦，不占（得）一分便宜不歇（不肯罷休），只（這）是胞胎中帶來的凶惡貪鄙的心性，（便是）天也奈何他不得。……在鄉黨中（閭里間）兜攬些（無些字）公事，武斷鄉曲。

從小說的前半部到中間，兩篇的雷同之處只有以上所擧的這一小段，筆者之所以不厭其煩的抄錄出來，是爲了更淸楚的顯示兩篇小說之間的關係，證明後作確有因襲前作處，但絕非「全部襲取」、「情節也大致一樣」。

作者似已將時代背景考慮在內，《石點頭》僞托於宋代，雖然寫吾愛陶爲秀才廩生混入了明代觀念，但這一段用虛寫；《醒心編》中的蓋有之爲明人，故實寫他爲秀才後的種種無賴行爲，包括他開館訓蒙不但不認眞教學還要訛詐家長的錢糧；又有一年有人請他去教書，他帶了妻子同去，其妻病故，館主人只得出資予他買棺盛斂，他拿了錢一去不回，任憑屍臭，主人無奈央人去說，被他詐了十兩銀子，「屍身上的蛆已是成團結塊了」；又寫他寄食廟中一年，白吃白拿，臨走還告道士一狀，總算沒有打贏官司。這些情節都是《石點頭》沒有的，寫得還算眞實生動，刻劃了蓋有之醜陋嘴臉。

二文安排主角的功名出身有異曲同功之妙，吾愛陶先在家鄉搜括了許多銀兩，到了京城到處分送，廣種薄收，果然受到援引，廷試高等；蓋有之則以擧人的身分，拜京中要員的家奴爲義父，再靠他向主人請求提拔，得選縣令，對於負面人物的醜化，這都是成功的安排。不過《醒心編》寫蓋有之的中擧輕描淡寫，只說他「年交四十，輕輕便便中了一名擧人」，未免敷衍了事，而且使人覺得他還有幾分眞才實學，醜化得不夠澈底；「石點頭」的安排便很細心，吾愛陶參加鄉試，連續十數科都落榜，到了五十幾歲，才靠歲貢出頭，彷彿現代靠年資升遷一般，並非憑眞本事（關於歲貢，第二章第三節有考），得貢後參加廷試，又是靠賄賂登第，總之他才學沒有多少，論手段却是一流，這種性格特質在全篇小說中是統一、一貫的，這一點《醒心編》稍嫌遜色。

《石點頭》卷八的兩大主要事件，一是汪商因不願繳額外的稅，因而損失了一船綾羅紬緞一是吾愛陶迫害王大郎一家七命，這兩個事件的內容已見前章，不再贅述；《醒心編》並未採用此二事件，而另外用四件事來描寫蓋有之的貪婪和無賴，這四件事分別是：

1. 某國忌之日，一破牆門內傳出鑼鼓聲，蓋有之卻命皂役到間壁抓人，只因爲這家的牆是新造的，必較有錢，結果詐了五六百兩銀子。
2. 某人用兩元寶押買十個緞子，想退貨引起爭議，蓋有之將兩造押回縣衙，結果元寶和緞子都歸了自己受用。
3. 一修腳的誇他女兒漂亮，可賣一百二十兩，蓋有之修完腳故意踢在刀口上，割出血來，卻賴在修腳的頭上，他只好將女兒賣了一百兩交進。蓋有之又教他告買的人，說他買良爲妾，結果又訛了五百兩。
4. 提獲一娼妓，遂命書吏開出有體面人的姓名，叮囑娼妓叫他當堂一一供出曾經嫖過，詐得銀錢無數。其中一個秀才誓不出錢，被蓋有之狠打了一頓，憤而跳河。家屬到省衙鳴冤，有之因而革職。

以上都是獨立事件，除了第四件外，都和情節的推展無關，雖然取材頗佳，敍寫也還生動，但並非有機的組織。《石點頭》的事件則環環相扣，且和小說的後半部互有照應，組織十分嚴密。王大郎事件是因批評汪商之事而埋下的，吾愛陶連害王家七命做得太過火了，才被削職；這兩個事件，一寫吾愛陶的貪，一寫吾愛陶的酷，在選材上是經過深思熟慮的。此外，《醒心編》

中的事件是被敘述出來的，《石點頭》中的事件則是情節性的描寫，尤其是王大郎事件，寫到殘酷處簡直令人髮指，例如害死王大郎後，「吾愛陶喚過士兵道：可將這賊埋於關南，他兒子埋於關北，使他在陰司也父南子北。這五個屍首，總埋在五里之外，也教他不相望見」。有什麼深仇大恨，死後還要如此作賤？又如描寫王大郎臨死呼兒的一段，非常感人。這些眞實描寫的感染力自然不是「醒心編」的平面描述所能比擬的。

這兩個貪官被撤職後，要離開任所時，有類似的遭遇，此處《醒心編》模仿《石點頭》的跡象明顯，但模仿得並不成功，茲將二文的描寫錄出，做個比較：

故吾愛陶出衙下船，分付卽便開去。岸上人預先聚下磚瓦土石，亂擲下去，叫道：「吾剝皮，你各色俱不放空，難道這磚瓦不裝一船，回去造房子。」有的叫道：「吾剝皮，我們還送你些土儀回家，好做人事。」拾起大泥塊，又打下去，這一陣磚瓦土石，分明下了一天冰雹。吾愛陶躲在艙中只叫快些起篷，那知關下擁塞的貨船又多，急切不能快行，商船上又拍手高叫道：「吾剝皮，小豬船、人載船在此，何不來抽稅。」又叫道：「吾剝皮，岸上有好些背包裹的過去了，也該差人拿住。」叫一陣，笑一陣，又打一陣瘡瘡。吾愛陶聽了，又惱又羞，又出不得聲答他們一句，此時好生難過。（《石點頭》）

百姓聞知印已摘去，都擁在宅門口，叫著蓋有之姓名，無般不罵。有的將紙錢塞入轉洞內道：「蓋有之，送的銀子在此，快快收去。」有的挑了幾擔水潑在堂上道：「列位閃開些，待吾淨去烏龜官的脚跡，好等新官府來。」喧呼笑罵，沸反盈天。唬得蓋有之縮在裏面，緊閉宅門，氣也不出，恨無狗洞鑽了出去。（《娛目醒心編》）

筆者在前章曾讚揚《石點頭》卷八是全書唯一夠資格稱爲諷刺小說的，其最成功之處便是用詞不溫不火，達到魯迅所說「感而能諧，婉而多諷」⓮的境界，像《醒心編》中「烏龜官」、「狗洞」等語便迹近謾罵了。又《石點頭》所寫，都是反諷吾愛陶平日所做所爲，例如小豬船、人載船定稅都是他的創擧，因此百姓用這些來譏嘲他，全文充滿諷刺意味，却絕不用一個「罵」字、「嘲」字；《醒心編》則一再提到「無般不罵」、「喧呼笑罵」，直接點明，兩段文字藝術手法的高下優劣，是判然若揭，不言可諭的。

《醒心編》本卷在第三回寫蓋有之開設妓院，以及子女不肖，最後鬼魂索命，部分文字和情節是襲用《石點頭》的，其不同處前引戴不凡之文已有比較。《石點頭》此處安排汪商來嫖六院是爲了照應前面船貨被毀的情節，鬼魂索命則是照應王大郎屈死的情節；《醒心編》前文既省掉了汪商失貨的事件，此處自然也把汪商嫖六院題詩的事刪除，而將嫖客改爲江洋大盜，蓋有之也因此受到牽連，惹禍上身，終致喪亡，其安排結局似較《石點頭》寫吾愛陶突然鬼魂附身爲佳。但《醒心編》刪掉有關汪商的情節，嘲諷效果大打扣，例如汪商來嫖六院，假裝不認識吾愛陶，兩人間的一場對話，活畫出吾愛陶的窘狀，是一段絕妙文字：

汪商見了愛陶，以真為假，愛陶見了汪商，認假非真。擧手問尊客何來？汪商道：「小子是徽商水客，向在荊州，遇了吾剝皮，斷送了我萬金貨物。因沒了本錢，跟著雲遊道人，學得些劍術，要圖報仇。那知他為貪酷壞官，鄉里又不容歸去，聞說躲在金陵……如今別去，還要尋吾剝皮算賬，可曉得他住在那裏嗎？」這幾句譚話，驚得吾愛陶將手亂搖道：「不曉得、不曉得。」卽回過身叫道：「丫頭們快把茶來吃。」口內便叫，兩隻脚急忙走入裏面去了。汪商看了說道：「若吾剝皮也是這樣縮入洞裏，便沒處尋了。」大笑出門。

用對話、動作來呈現人物心理，刻劃人物個性，眞是上乘寫法，試比較《醒心編》對蓋有之的批評：「有人曉得他做過官的，見他坐也不敢坐，手也不敢拱，問他的話，垂手回答，守著亡八的規矩，又可笑又可憐。」這種露骨的描寫，可說毫無韻致可言。

《中國文學欣賞全集》卷五的前言讚美《石點頭》卷八：「辛辣地嘲諷了貪婪、狠毒的官吏吾愛陶，揭露了他的殘酷盤剝、草菅人命……以吾愛陶遭惡報結尾，大快人心。」⑮本卷確實對貪酷官員的罪行做了有力的控訴，但它嘲諷的技巧十分高明，並沒有太多「辛辣」的字眼，是當得上魯迅所定義的「諷刺小說」一詞的；至於《娛目醒心編》卷十一，則「辭氣浮華，筆無藏鋒」⑯，只能合於「譴責小說」的條件，其藝術成就可說是遜了一籌了。

第四節 「王從事妻」故事的發展和比較

「王從事妻」故事出自《夷堅志》，馮夢龍的《情史》收入此文，二者只有字句上的異同，談不上發展；《拍案驚奇》卷二七用為入話，《石點頭》卷十則舖展成篇，二書的先後雖然難以斷定，但後者似有受到前者影響的跡象，《石點頭》卷十當是此一故事發展的最後成果；從《夷堅志》（或《情史》）到《拍案驚奇》到《石點頭》是本故事的發展路線。

《拍案驚奇》卷二七的入話擴充了原作的內容，增加了許多對話，部分細節也做了處理，但整個結構則未予更動，原作的主要情節為：

1. 王從事挈妻來臨安調官，止抱劍營，左右皆娼家不為便，乃另賃他處；歸謂其妻曰：當護籠篋先行，另倩轎取汝。
2. 明日遂行，移時而轎至妻亦往。久之，王復回訪覓，竟失其妻。
3. 後五年為衢州教授赴西安，宰宴集，羞鼈甚美，王食一臠停箸悲泣，宰問故，謂亡妻在時最能饌此，今見治法近似故悲泣，因具言始末。
4. 宰亦悵然託更衣入內，出即罷酒，揖王入堂上，喚一婦人出，乃其妻也，相顧大慟欲絕。
5. 蓋昔年將徙舍之夕，姦人竊聞之，遂詐輿至女儈家而貨於宰以為側室。
6. 便呼車送諸王氏，王拜謝願盡償元值，宰不納，卒歸之。

《拍案驚奇》卷二七入話的改動和增補之處，在第一段，將因左右皆娼家而另賃他處改爲「嫌他窄小不便」，這一點改得不好，誤居娼家叢集之處正是王從事失妻的一大原因，是非之地才容易有是非，此處《石點頭》便發揮得很好，描寫道：「有了妓家，便有這般閒遊浪蕩子弟……男女混雜，便有了賣酒賣肉，賣詩畫……賣胭脂搽面粉的。有了這般做買賣的，便有偷雞、剪綹、撮空、撇白、托袖，拐帶有夫婦女，一班小人，叢雜其地。」這是很重要的伏筆，金聖歎在《水滸傳》第三回，批語中說：「此書，每欲起一篇大文字，必於前文先露一個消息，使文情漸漸隱隆而起，猶如山川出雲，乃始膚寸也。」[17]王從事失妻是大文字，此時說他的住處有「拐帶有夫婦女」的「一班小人」便是「先露一個消息」，有了伏筆，以後的情節發展便自然而不突兀，事件的因果也更眞切而不矯僞，《拍案驚奇》改成嫌住處太小而搬家，失妻的事件便沒有著落了。

第二段的情節《拍案驚奇》未改動，《石點頭》則將敍述轉向王妻的遭遇，直接敍入她上了「賊轎」，被帶到「賊窩」，和拐掠她的趙成起衝突（這部分已在前一章討論「人物塑造」時詳論過），一直寫到她搠壞趙成一目。才插敍王從事失妻時的情形；然後又接敍王妻在趙成家所發生的事，寫她夢見團魚，失去金簪，自覺與丈夫復合無望，無可奈何，答應嫁給縣宰爲妾，再寫她和縣宰成婚後，對丈夫念念不忘的情形。這許多段落都是《夷堅志》原作和《拍案驚奇》卷二七入話所沒有的，它的成就是成功塑造了王妻喬氏剛烈、深情的形象，豐富了小說內容中感人的成分；但它使原作的懸疑性消失了，原作在這一段賣了關子，不說失妻的原因，在第五段才由作者補敍，《拍案驚奇》則安排夫妻團圓後由王妻追敍，比原作稍高明。《石點頭》在安排情節時，常捨掉懸疑的因子，往往用「輪敘」、「追敘」、「補敘」詳細交待情節，以嚴謹鋪排、人物塑造生動，而不以故事懸奇取勝，爲其特色之一。

三、四段《拍案驚奇》也都沒有更動，只是將原作虛提的部分寫實了，例如原作說縣宰託更衣入內，入內後的情形沒有寫出來，《拍案驚奇》則寫他進去詢問其妾，以對話的方式道出眞相，然後縣宰促成二人團圓。《石點頭》在此處也做了許多鋪排，主要目的是塑造王從事的形象以及描寫他思妻情切的表現，這部分有許多深情感人的描寫（請參見前一章第四節的討論），在此我們不妨舉出王從事吃團魚（鼈）的情形來做爲判別三篇小說優劣的依據之一：

王食一臠，停箸悲涕。（《夷堅志》）

王教授吃了兩箸，便停了箸，哽哽咽咽，眼淚如珠，落將下來。（《拍案驚奇》）

王教授一見供上團魚，忽然不樂。再一眼看覷，又有驚疑之色。及舉筷細細一撥，俯首沈吟，出了神去。兩隻牙筷，在碗中撥上撥下，看一看，想一想，汪汪兩行珠淚，掉下來了。

（《石點頭》）

《夷堅志》的寫法是「敘述」，作者告訴我們，王從事吃了一口團魚就哭了，沒有寫出他的表情；《拍案驚奇》稍佳，有了聲音（哽哽咽咽）和形象（眼淚如珠）的描寫，但很粗糙平板，不夠細膩，也不夠生動；《石點頭》的描寫就十分細緻傳神了，神情、動作、心理的刻劃都非常精微（在前一章也有詳論），非常感人。

《石點頭》在原作的內容之外，增加了一大段王從事夫妻復仇的情節，這是爲了符合本書善惡報應的主題而特別安排的，就小說的佈局而言，爲戲劇頂點之後的下降動作。作者既創造了趙成這個負面人物（在《夷堅志》和《拍案驚奇》中此人只是一個概念，作者稱之爲「姦人」），自不能讓他憑空消失，順著他的性格發展，於是有家庭失和，鬧到公堂的情節，此時王從事已任縣令，伺機報了奪妻之仇。至於這段報仇的伏筆，在第二段中已經埋下，關鍵在於金簪，這隻金簪是王氏夫婦行聘之物，喬氏用它搠壞趙成一目，後來被趙妻花氏奪去；當初趙成將喬氏轉賣時，爲防喬氏報復，自稱姓胡，後來趙成哄誘少年周玄爲男妾，周玄却與花氏有染，花氏將金簪送給周玄，引起了這場糾紛。當金簪在公堂出現時，案情便露出曙光，等趙成現身，眇其一目，便水落石出了，這一段的情節相當曲折，作者經營頗費苦心，由於伏筆運用巧妙，後來的照應極爲自然，加上用金簪做爲穿針引線之物，貫串全局成爲活的組織，因此雖然處在戲劇性的下降動作中，仍能引起讀者的興趣，不會感覺累贅多餘。

從《夷堅志》的僅具大綱，到《石點頭》的完成佈局、塑造人物、豐富內容、增加戲劇性，其中不知道費了作者多少心血。比較的好處就是，讓我們見到從無到有的過程：人物從平面到立體、動作從抽象到具象、情節從簡單到複雜，主題因而從模糊而明確起來，本來只是一件單純的夫妻離合故事，現在它歌頌了夫妻的眞摯感情，描繪了人情的善（縣宰的義舉）惡（趙成的奸邪），也證明了果報的理論。這種創作小說的認眞態度、嚴肅精神，是值得感佩、頌揚的。

附註

❶ 見《話本楔子彙說》，頁一〇四～一〇八。

❷ 見〈明清二代的平話集〉，《小說月報》卷二十二，頁一〇七七。

❸ 見《兩拍研究》（臺大碩士論文），頁四五。

❹ 見〈凌濛初的初、二刻拍案驚奇〉，姜臺芬譯，原載於《中外文學》卷五—八，收入王秋桂編《韓南中國古典小說論集》（聯經出版公司），引文見該書頁一三一。

❺ 《西湖二集》最早的刊本是雲林聚錦堂刊本，和《石點頭》的葉敬池刊本都是崇禎年間刊行的。

❻ 見〈《西湖二集》取材的來源〉，收入《小說見聞錄》（木鐸出版社），頁二〇〇～二四五，引文在頁二〇一。

❼ 見談遷《北遊錄・紀郵》順治十一年七月壬辰條，此處轉引自戴不凡《小說見聞錄》，頁二。

❽ 金聖歎在〈讀第五才子書法〉中說道：「有背面鋪粉法，如要襯宋江奸詐，不覺寫作李逵眞率；要襯石秀尖利，不覺寫作楊雄糊塗是也。」見三民書局影貫華堂本《水滸傳》，頁三九。

❾ 參見張春興著《心理學》（東華書局）第十一章第一節。

❿ 前一句見《文心雕龍・定勢篇》，後一句見〈辨騷篇〉。

⓫ 同註❻，頁二〇六。

⓬ 同註❷。

⓭ 見《小說見聞錄》，頁二六三。引文中的卷別可能有誤，據鄭氏〈明清二代的平話集〉所著錄光緒十三年刊本的目錄，〈士無行貪財甘居下賤〉在第十二卷；臺北鳳凰出版社六十三年影印刊行民國十六年排印本《繪圖今古奇聞》，本文也在卷十二。

⓮ 這是魯迅評論《儒林外史》的話，見《中國小說史略》，頁二三〇。

⓯ 見《中國文學欣賞全集》（莊嚴出版社）第四十二冊，頁四二。

⓰ 這是魯迅評論清末「譴責小說」的話，見《中國小說史略》，頁二九八。

⓱ 見三民書局景印貫華堂本《水滸傳》，頁九四。

第六章　結　論

一部小說是否受到讀者歡迎，流傳久遠，有其主客觀的因素在。主觀方面，在於作品本身藝術上的成就，其中又以典型人物的塑造爲第一要件，劉、關、張、趙、諸葛孔明（《三國演義》），林冲、武松、李逵、宋江（《水滸傳》），寶釵、二玉（《紅樓夢》），金玉奴、杜十娘、玉堂春、賣油郎（《三言》），這些小說人物在小說家的神奇妙筆下，透過喜怒哀樂、愛怨恩義的種種表現，感動了數百年來千千萬萬讀者的心靈，莫不爲之歡喜讚歎或感傷扼腕，他（她）們活在所有中國人的心中，也成了中華文化的一部分，這些作品的成就當然也受到了應得的肯定。然而作品的際遇有時也如人類的命運，有幸有不幸，被忽視、遺忘的佳作，就像懷才不遇的賢士，它們若有知覺，也當有「懼匏瓜之徒懸兮，畏井渫之莫食」（王粲〈登樓賦〉）的感歎，許多好作品沒有受到應得的重視，往往是外在客觀的因素造成的，《石點頭》的遭遇便是一個很好的例子。

談到短篇的話本小說，《三言》當然是劃時代的鉅著，代表了我國短篇白話小說的高峯，但《三言》一百二十卷中也非篇篇都是珠玉，以《警世通言》爲例：卷十〈錢舍人題詩燕子樓〉全篇用文言寫成，完全是傳奇的風格，文詞雖華美，人物和情節却很單調，卷四十〈旌陽宮鐵樹鎭妖〉更是鬼話連篇，毫無小說的結構可言；其餘如卷六、卷七、卷十四、卷二七、卷三九，都是涉及神怪的淺俗之作，嚴格說來，全書較爲優秀的作品可能不上十篇。《古今小說》、《醒世恒言》也有類似的情形，但從未有人因此而懷疑《三言》的成就。

其次是《二拍》，魯迅對它們的批評是「敍述平板，引證貧辛」（《中國小說史略》第二十一篇），繆詠禾先生也說：「（《二拍》）缺乏現實意義和創造精神，故事情節和人物形象也有公式化的毛病。所以，在有些文學史上雖然將《三言》和《二拍》並列，實際上《二拍》的思想水準和藝術水準都遠遠比不上《三言》。」（〈馮夢龍與三言〉第七小節）事實上，笑花主人在〈今古奇觀序〉中，評述《三言》的特點爲：「極摹人情世態之歧，備寫悲歡離合之致。」說到《二拍》，則只是「頗費蒐獲，足供譚麈」，已將二者的優劣分析得很清楚，然而抱甕老人在《今古奇觀》四十篇中，除選《三言》二十九篇外，仍選了《二拍》十一篇，其他同時代諸作則一篇未選。

一般學者的觀念是，在明清的擬話本中，勉強可以和《三言》並論的，只有《二拍》，而《二拍》的成就比起《三言》遜色太多，其餘的「擬作末流」（魯迅語）就更不必多談了，所以，幾乎所有的小說史在談到《石點頭》時，都是語焉不詳，敷衍了事，最多將該書的序和各卷的題目錄出來（如孟瑤師的《中國小說史》），只有譚正璧的《中國小說發達史》略作評論，說它「文字亦頗生動有情致」（第六章），是諸家小說史中唯一讚許該書的。不過，不少論文在單獨提及《石點頭》書中的某些篇章或與其他小說做比較時，則多持肯定的態度，例如前章討論「鬼報冒頭」故事的比較時，曾引戴不凡《小說見聞錄》中的話，說道：「《石點頭》的描寫，單以藝術技巧論，比《（西湖）二集》稍爲高明。」又如齊曉楓《雙漸與蘇卿故事研究》

一書第四章比較《情史》與《石點頭》卷二對李妙惠故事的描寫，認爲《石點頭》「敘述時有較多發揮，在人物性情、聲口，與情節上，均較以文言敘事的《情史》要更爲引人入勝」。鄭振鐸〈明清二代的平話集〉在《三言》、《二拍》以下，討論了十數種話本小說專集，唯獨在《石點頭》條提到了寫作技巧的優劣，肯定其中卷二、卷八、卷十是「寫得很生動，結構也比較得很不壞的」。此外，賈文昭、徐召勛合著的《中國古典小說藝術欣賞》（一作《古典小說大觀園》）在討論古典小說的寫作藝術時，一再舉《石點頭》卷十二爲例，除了認爲它是運用誤會法成功的代表例子，也稱讚它以對比法塑造人物，並認爲其情節「生動曲折，耐讀耐聽」（見該書頁一八五、一〇〇、一七七）。

目前尚未見有對《石點頭》做全面批評的文字，較爲深入的單篇評論也未曾出現，僅胡士瑩《話本小說概論》第十二章批判了其中幾卷的思想，例如：「《石點頭》卷三的〈王本立天涯求父〉，寫一個從未識父面的兒子，立志天涯尋父，歷盡千辛萬苦，父子方得團圓。還有卷十一的〈江都市孝婦屠身〉，寫江西人周迪與妻宗二娘經商不利，流落揚州，因兵荒馬亂，盤纏罄盡，欲歸不得。宗二娘爲了使丈夫歸養她的婆婆，毅然賣肉屠身。這故事殘酷到失掉人性的地步！而作者這樣的宣揚愚孝，不僅是野蠻的，也是駭人聽聞的。清代思想家戴震就曾控訴過：『人死於法，猶有憐之者，死於理，其誰憐之！』我們不禁要爲宗二娘叫屈。」胡氏的論點是從鄭振鐸〈明清二代的平話集〉中對這兩卷的批評「有的寫得很庸腐」一語發展出來的，事實上，鄭胡二氏並沒有深入觀察這兩篇小說的細節，胡氏對卷十一的批評更不了解該卷的背景。卷三固然有宣揚愚孝的情節，但作者一再透過篇中人物對王原尋父之舉加以批判（詳見第三章第四節的討論），並非毫不懷疑的加以頌揚；至於卷十一，當時揚州城被圍將近一載，城中人相食已是司空見慣，作者寫宗二娘的賣肉屠身是帶著極度悲憫的心情，所謂「石人聽見應流淚，鐵漢聞之也斷腸」（該卷正話前的插詞），在不能兩全的情況下，與其雙雙死在異鄉（結果還是會被分食），宗二娘毅然受屠，其果敢堅毅的精神不值得歌頌嗎？這種行爲算是「愚孝」嗎？胡氏以其片面的印象批判該卷，甚至認爲作者「野蠻」，是極不公平的。《石點頭》一書，確實有一些陳腐的思想，在當時却是受到認同的，《二拍》中大量充斥宿緣、宿業的觀念，有極重的迷信色彩，《三言》也有若干篇章在宣揚果報，描寫神怪。這些都不足爲奇，值得一提的是，《醒世恒言》的序說道：「若夫淫譚褻語，取快一時，貽穢百世。」却又收入了像〈金海陵縱欲亡身〉（卷二十三）這樣淫穢的篇章。《拍案驚奇》的序也說：「一二輕薄初學拈筆，便思汚蔑世界，得罪名教，莫此爲甚。」而全書淫猥的描寫却佔了十分之一以上。有人認爲那是時代使然，但《石點頭》下筆却極有分寸，除卷十四描寫男風略嫌露骨外，全書寫男女之情（尤其是夫妻之情）極見深摯，絕不涉及邪淫，在同時代的小說中，無異一道清流。

《石點頭》的藝術技巧是受肯定的，其中卷二、卷七、卷八、卷十、卷十二都曾經得到學者的推崇讚許，其餘各卷也有不少可取之處，其成就或許不能媲美《三言》中的若干佳篇，較諸《二拍》應毫無遜色，甚至有過之而無不及，透過本書第五章第一、四兩節對同一題材二者的處理方式的比較，可以略見一斑。既然如此，何以《石點頭》一直籍籍無名，不能受到應得的重視呢？筆者認爲可能是受到下列客觀因素的影響所致：

第一、作者本身的因素。《三言》的編撰者馮夢龍是明代通俗文學大家，《二拍》的作者淩濛初也是成名的文學家、劇作家，《石點頭》的作者席浪仙則名不見經傳；更重要的是，從《三言》、《二拍》的序中我們見到馮、淩二氏與書商有密切的關係，這些書的編寫甚至於是書商促成的，例如《古今小說》的編纂是「因賈人之情」，〈拍案驚奇序〉也說：「肆中人……意余當別有秘本圖書而衡之……因取古今來雜碎事，……演而暢之，得若干卷。」書商既主動提出刊印的要求，自然也會大力促銷。由於作者的名氣高，加上書商的助銷，所以能風行一時，造成盛況；又由於需要量大，翻刻必多，也有助於後世的流傳，若非清代屢頒禁令，《三言》、《二拍》的流行當更爲廣遠。《石點頭》這兩項優渥的條件都付闕如，當然也就不那麼暢銷，流傳較少，影響力也相對減少，漸漸便更被忽視了。據譚正璧先生〈三言兩拍本事源流述考〉一文的探索，在明末清初，《三言》中被改編爲傳奇故事有四十多個（見《話本與古劇》），《石點頭》自是望塵莫及。缺少了這些助力，《石點頭》的光彩便被埋沒了。

第二、與書名有關。《三言》中首先刊行的《喻世明言》原名《古今小說》，頗能引起讀者的注意；淩濛初更將他所撰寫的小說集命名爲《拍案驚奇》，抓住了讀者的好奇心。至於《石點頭》，取「頑石點頭」之義，擺明了是爲了勸世而作，有誰願意花錢買一部書來教訓自己呢？

第三、與選書的入選與否有關。《三言》、《二拍》共收小說一百九十八篇（《二刻拍案驚奇》卷二十三與《初刻》卷二十三重複，卷四十爲雜劇），卷帙繁重，《今古奇觀》選錄了其中的四十篇，由於取捨得當，大受歡迎，不但在國內，自十九世紀起，法、英、德等國先後也都有了選譯本。在《今古奇觀》序中，推介了《三言》、《二拍》，使這幾部幾乎在本土失傳的小說集仍在讀者心中佔有相當地位，甚至意猶未盡，想要窺其全貌。事實上，《今古奇觀》所選佳作固多，其中亦有糟粕，至於未被選上的，則幾乎都是劣作；讀者受《今古奇觀》影響，以爲《三言》、《二拍》亦必篇篇精彩，無形中提高了它們的身價。至於《石點頭》，既曾遭查禁（見第二章第一節），又沒有選本助其流傳，雖有不少佳篇，却鮮有人知，又焉能獲得應有的重視？

當然，《石點頭》也有許多缺點，例如迷信因果、重視功名的觀念，又如白話不純，有時夾雜文言；然而各卷結構設計之精巧、人物刻劃之生動、細節處理之細膩、描寫手法之高明，實令人歎爲觀止，尤其是典型人物的塑造，更有不凡的成就，人物性格如郭喬的優柔寡斷（卷一）、盧夢仙、韋皐的執拗（卷三、卷九）、莫誰何的輕狂（卷五）、鄭無同的無賴（卷七）、吾愛陶的貪酷（卷八）、申屠氏、宗二娘子的剛毅（卷十一、十二），方六一的陰狠（卷十二），無不栩栩如生，令人印象深刻。這些小說藝術的成就，代表了我國白話短篇小說的完全成熟，應該可以和《三言》中的佳作等量齊觀，在中國小說史上佔有一定的地位。

至於《石點頭》描寫明代社會所具有的史料價值，特別在諷刺苦役、貪官汚吏方面，有積極的意義；此外，商業生活、科學考試的情況，以及若干社會現象，都有一定程度的反映，極有助於了解明代社會之參考。

學術研究的終極目的在於闡明眞理、探索途徑、指引人類文化的進步，促成宇宙的和諧。本論文雖然僅就一部小說做全面的觀照，然而是是非非、善善惡惡，不敢等閒輕忽，一得之愚，倘於世道人心微有俾益，便可以無憾了。

徵引書目（論文附）

——本書引用或提到的文獻

一、版本、書目

石點頭　明、天然癡叟撰　天一書局影帶月樓（或同人堂）刊本

石點頭　明、天然癡叟撰　廣文書局《中國近代小說史料彙編》影民初排印本

寶文堂書目　明、晁　瑮撰　北平圖書館館刊

也是園書目　清、錢　曾撰　玉簡齋叢書

《四庫全書》總目提要　清、紀　昀撰　漢京文化事業公司

《四庫全書》總目提要補正　胡玉縉撰　漢京文化事業公司

中國通俗小說書目　孫楷第撰　木鐸出版社

販書偶記續編　孫殿起撰　漢京文化事業公司
東京大學東洋文化研究所漢籍分類目錄　汲古書院
明清善本小說叢刊初編目錄　天一書局
書林清話　葉德輝撰　文史哲出版社

二、經、史類

《毛詩》正義　唐、孔穎達正義　藝文印書館《十三經注疏》本
《禮記》正義　唐、孔穎達正義　藝文印書館《十三經注疏》本
《孟子》注疏　宋、孫　奭疏　藝文印書館《十三經注疏》本
戰國策　漢、劉　向集錄　九思出版公司新校本
史記　漢、司馬遷撰　商務印書館百納本
後漢書　南朝宋、范　曄撰　商務印書館百納本
晉書　唐太宗等撰　商務印書館百納本
梁書　唐、姚思廉撰　商務印書館百納本
舊唐書　宋、劉　昫等撰　商務印書館百納本
新唐書　宋、歐陽修等撰　商務印書館百納本
宋史　元、托克托等撰　商務印書館百納本

元史　明、宋　濂等撰　商務印書館百納本
明史　清、張廷玉等撰　商務印書館百納本
資治通鑑　宋、司馬光撰　世界書局
《宋會要》輯本　楊家駱編　世界書局
明會要　清、龍文彬撰　世界書局
明會典　明、李東陽等撰　商務《國學基本叢書》
清會典　清、傅　恒等撰　商務《國學基本叢書》
明英宗實錄　中研院史語所
皇明經世文編　國風出版社
續文獻通考　清高宗敕撰　新興書局
宋代名臣言行錄　宋、朱　熹撰　海文出版社
宋歷科狀元錄　明、朱希召編　海文出版社
東都事略　宋、王　稱撰　海文出版社
國朝獻徵錄　明、焦　竑撰　學生書局
明清歷科進士題名碑錄　華文書局
二十二史劄記　清、趙　翼撰　華世出版社
明史記事本末　清、谷應泰撰　三民書局
《晉書》斠注　清、吳士鑑、劉　新文豐出版公司

承幹注

明代史　孟　森撰　中華叢書委員會

明朝史略　李光璧撰　帛書出版社

中國佛教發展史　日中村元等撰　天華出版社

中國婦女生活史　陳東原撰　河洛圖書出版社

中國手工業商業發展史　童書業撰　木鐸出版社

中國小說史略　周樹人撰　太平洋圖書公司

中國小說發達史　譚正璧撰　啓業書局

中國小說史　范煙橋撰　河洛圖書出版社

中國小說史　郭箴一撰　商務印書館

中國小說史　孟　瑤撰　傳記文學出版社

元明清三代禁毀小說戲曲史料　河洛圖書出版社

中國歷史地圖　程光裕、徐聖謨主編　文化大學出版社

秀水縣志　明、李　培等編　新文豐出版社

壽寧縣志　清、趙廷璣重修　新文豐出版社

蘇州府志　清、馮桂芬等撰　新文豐出版社

萬曆十五年　黃仁宇撰　食貨出版社

三、小說、筆記、類書

搜神記　晉、干寶撰　鼎文書局

續幽怪錄　唐、李復言撰　琳琅秘室景士禮居刊本

獨異志　唐、李冗撰　《筆記小說大觀》本

雲溪友議　唐、范攄撰　《叢書集成初編》本

本事詩　五代、孟棨撰　《叢書集成》本

唐摭言　五代、王定保撰　《學津討原》本

北夢瑣言　宋、孫光憲撰　《筆記小說大觀》本

雲麓漫鈔　宋、趙彥衞撰　《筆記小說大觀》本

齊東野語　宋、周密撰　《叢書集成》本

南部新書　宋、錢易撰　《叢書集成》本

鶴林玉露　宋、羅大經撰　正中書局景明刊本

醉翁談錄　宋、羅燁撰　世界書局

綠窗新話　宋、皇都風月主人撰　世界書局

雞肋編　宋、莊裕撰　《筆記小說大觀》本

中吳紀聞	宋、龔明之撰	《叢書集成》本
容齋隨筆	宋、洪　邁撰	《國學基本叢書》本
夢粱錄	宋、吳自牧撰	《叢書集成》本
都城紀勝	宋、耐得翁撰	楝亭十二種本
武林舊事	宋、周　密撰	《叢書集成》本
東京夢華錄	宋、孟元老撰	《叢書集成》本
太平廣記	宋、李　昉等編	《筆記小說大觀》本
太平御覽	宋、李　昉等編	《四部叢書續編》本
類說	宋、曾　慥編	藝文印書館
夷堅志	宋、洪　邁撰	中文書局景民初校本
全相平話五種	元、佚名	中央圖書館景元刊本
三國志平話	元、佚名	商務印書館景元刊本
夷堅續志	元、佚名	中央圖書館思善堂本
輟耕錄	元、陶宗儀撰	《叢書集成》本
古今譚概	明、馮夢龍編	《筆記小說大觀》本
七修類稿	明、郎　瑛撰	世界書局
金陵瑣事	明、周　暉撰	《筆記小說大觀》本
見聞錄	明、陳繼儒撰	《筆記小說大觀》本

識小錄　明、徐樹丕撰　《涵芬樓秘笈》本
少室山房筆叢　明、胡應麟撰　世界書局
燕居筆記　明、何大倫撰　天一書局景口盛堂本
西湖遊覽志（餘）　明、田汝成撰　世界書局
野獲編　明、沈德符撰　《筆記小說大觀》本
情史類略　明、馮夢龍編　天一書局景清初刻本
清平山堂話本　明、洪　楩編　世界書局影印日本內閣文庫及天一閣藏明嘉靖間刊本
熊龍峯小說四種　明、佚名　天一書局影明萬曆間刊本
全相古今小說　明、馮夢龍編撰　世界書局影天許齋藏板
警世通言　明、馮夢龍編撰　世界書局影金陵兼善堂刊本
醒世恒言　明、馮夢龍編撰　世界書局影金閶葉敬池刊本
金瓶梅詞話　明、笑笑生撰　聯經出版公司影故宮博物院藏本
拍案驚奇　明、淩濛初撰　正中書局李田意輯校本
二刻拍案驚奇　明、淩濛初撰　天一書局景明尚友堂本
今古奇觀序　明、笑花主人撰　文鏡《歷代小說序跋選注》所收
水滸傳（金批）　（元）施耐庵撰　三民書局景貫華堂本
日知錄　明、顧炎武撰　明倫書局

西湖二集　明、周　楫撰　天一書局景崇禎間刊本

陶庵夢憶　明、張　岱撰　金楓出版公司

豆棚閑話　清、聖水艾納居士編　天一書局景寶寧堂本

醉醒石　清、東魯古狂生編　天一書局景清初刊本

今古奇聞　清、東壁山房主人編　鳳凰出版社《中國通俗小說彙刊》

管錐篇　錢鍾書撰　不注出版處所

唐人小說　汪辟疆編　河洛圖書公司

古小說勾沈　周樹人編　盤庚出版社

唐宋傳奇選　張友鶴選注　明文書局

唐人小說校釋　王夢鷗校釋　正中書局

本事詩校補考釋　王夢鷗撰　藝文印書館

永樂大典　世界書局

敦煌變文　楊家駱編　世界書局

全明傳奇　天一書局

中國傳統短篇小說選集　馬幼垣、劉紹銘　聯經出版公司

四、集部

《昭明文選》注	唐、李　善注	中華書局
《李太白集》注	清、王　琦注	華正書局
《杜詩》鏡銓	清、楊　倫注	廣文書局
柳河東集	唐、柳宗元撰	河洛圖書公司
白氏長慶集	唐、白居易撰	中華書局
《樊川詩集》注	唐、杜　牧撰	漢京文化事業公司
羅詔諫集	唐、羅　隱撰	《四庫珍本》第三集
全唐詩	清聖祖敕編	明倫書局
全宋詞	世界書局編	世界書局
唐詩紀事	宋、計有功撰	木鐸出版社
震川集	明、歸有光撰	商務《四庫全書》集部
焚書	明、李卓吾撰	漢京文化事業公司
升菴全集	明、楊　慎撰	世界書局
步雪初聲	明、張瘦郎撰	世界書局飲虹簃所刻曲
粵西詩載（附叢載）	清、汪　森編	商務《四庫全書》集部

五、文學理論、其他近人論著

文心雕龍	梁、劉　勰撰	河洛圖書出版社
中國文學理論	劉若愚撰	聯經出版公司
文學概論	王夢鷗撰	藝文印書館
藝術的奧秘	姚一葦撰	開明書館
《詩學》箋註	姚一葦撰	中華書局
中國小說美學	葉朗撰	里仁出版社
中國古典小說藝術欣賞	賈文昭等撰	里仁出版社
《紅樓》《水滸》與小說藝術	胡菊人撰	百葉書舍
小說欣賞與論評	任世雍撰	龍門圖書公司
小說面面觀	佛斯特撰	志文出版社
長篇小說作法研究	Komroff 撰	幼獅文化公司
短篇小說作法研究	威廉撰	商務印書館
夢的解析	佛洛依德撰	志文出版社
心理學	張春興撰	東華書局
三言兩拍資料	譚嘉定撰	維明書局

文學理論資料彙編		華諾文化事業公司
話本小說概論	胡士瑩撰	丹青圖書公司
話本與古劇	譚正璧撰	上海古籍出版社
話本楔子彙說	莊　因撰	聯經出版公司
話本小說論	原田季清撰	古亭書屋
宋代話本研究	樂蘅軍撰	台大《文史叢刊》
唐傳奇研究	洪文珍撰	東海大學碩士論文
從話本及擬話本所見之宋代兩京市民生活	龐德新撰	香港龍門書局
兩拍研究	張宏庸撰	台大碩士論文
馮夢龍生平及其對小說之貢獻	胡萬川撰	政大碩士論文
《續玄怪錄》研究	徐志平撰	師大碩士論文
景午叢編	鄭　騫撰	中華書局
小說戲曲新考	趙景深撰	世界書局
從劉鶚到王禎和	王德威撰	時報出版公司
《金瓶梅》的問世與演變	魏子雲撰	時報出版公司
明清小說探幽	蔡國梁撰	木鐸出版社
馮夢龍與《三言》	容肇祖等撰	木鐸出版社

小說考證　蔣瑞藻撰　河洛圖書出版社
小說見聞錄　戴不凡撰　木鐸出版社
小說叢考　錢靜方撰　河洛圖書出版社
錦堂論曲　羅錦堂撰　聯經出版公司
散曲概論　任訥撰　中華書局《散曲叢刊》本
曲諧　任訥撰　中華書局《散曲叢刊》本
堯山堂曲紀　明、蔣一葵撰　中華書局《新曲苑》本
元雜劇研究　吉川幸次郎撰　藝文印書館
金元戲曲方言考　徐嘉瑞撰　華正書局
雙漸與蘇卿故事研究　齊曉楓撰　文史哲出版社
明清時代商人及商業資本　傅依凌撰　谷風出版社
中國資本主義萌芽問題討論集　三聯書店
明清資本主義萌芽研究論文集　谷風出版社
中國思想與制度論集　聯經出版公司
中國社會與宗教　鄭志明　學生書局
中國文學欣賞全集　莊嚴出版社

六、單篇論文

巴黎圖書館所見之中國小說與戲曲 孫楷第撰 《小說月報》十八－十一
明清二代的平話集 鄭振鐸撰 《小說月報》二二－七
日本所見中國短篇小說略記 孫楷第撰 《北平圖書館館刊》五－二
《三言》《二拍》源流考 李田意撰 《清華學報》新一－二
《警世通言》的來源和影響 趙景深撰 桂冠本《警世通言》附錄
馮夢龍的《古今小說》分類考證 鄭　騫撰 《臺灣新生報》四八、六、一二
明代話本中「巧」的表現 任世雍撰 《文藝月刊》一三一
試論話本小說之世界觀 李騰淵撰 《文學評論》九
短篇話本的常用佈局 葉師慶炳撰 《中外文學》八－三
明代小說記當代奇聞本事舉例 杜聯喆撰 桂冠本《醒世恒言》附錄
從馮夢龍編輯舊作的態度談所謂宋元話本 胡萬川撰 《古典文學》二
從《三言》看晚明商人 黃仁宇撰 《文化研究所學報》七－一
寫實主義與中國小說 伊維德撰 《古典小說研究專集》一
馮夢龍與復社人物 胡萬川撰 《古典小說研究專集》一

《三言》敍及眉批的作者問題	胡萬川撰	《古典小說研究專集》二
馮夢龍所編話本小說《三言》的板本流傳	胡萬川撰	《中華文化復興月刊》九—六
淩濛初之生平和其二刻《拍案驚奇》	徐文助撰	《中華文化復興月刊》十八—三
論話本一詞的定義	增田涉撰	《古典小說研究專集》三
關於馮夢龍	小野四平撰	《古典小說研究專集》五
南宋說話人四家的分法	王古魯撰	《中華文化研究彙刊》八
話本套語的藝術	陳炳良撰	《小說戲曲研究》第一集
中國中世紀小說裏寫實與抒情成分	J.Průšek撰	《古典小說研究專集》三
論碑傳文與傳奇文	臺靜農撰	《傳記文學》四—三
中國諷刺小說的特質與類型	張宏庸撰	《中外文學》五—七
從《三言》看明代的僧尼	徐志平撰	《嘉農學報》十七期
釋詩的比興	徐復觀撰	《民主評論》九—十五
《京本通俗小說》各篇的年代及其眞僞問題	馬幼垣撰	《清華學報》新五—一
《京本通俗小說》的新發現	胡萬川撰	《中華文化復興月刊》十—十
小說的虛構與現實	蔡源煌撰	《臺灣時報》七〇、一二、一四
洪容齋先生年譜	王德毅撰	《幼獅學報》三—二

宋代考場弊端　劉子健撰　《宋史研究集》五
淩濛初的初二刻《拍案驚奇》　韓　南撰　《中外文學》五—八
釋《儒林外史》中提到的科學活動和官職的名稱　伯　贊撰　《文史集林》五
熊龍峯所刊短篇小說四種考釋　馬幼垣撰　《清華學報》新七—一
論明清通俗小說之板本　柳存仁撰　《聯合書院學報》二
話本定義問題簡論　雷威安撰　《東方中國小說戲曲專號》

國立中央圖書館出版品預行編目資料

晚明話本小說石點頭研究 / 徐志平著 -- 初版 -- 臺北市：臺灣學生，民 80
10,314 面；21 公分 --（中國小說研究叢刊；12）
參考書目：面 293-307
ISBN 957-15-0192-1（精裝）-- ISBN 957-15-0193-x（平裝）

857.4　　80000171

晚明話本小說石點頭研究（全一冊）

著作者：徐志平
出版者：臺灣學生書局
發行人：丁文治
發行所：臺灣學生書局
台北市和平東路一段一九八號
郵政劃撥帳號○○○二四六六八號
電話：三六三四一五六
FAX：三六三六三三四
本書局登記證字號：行政院新聞局局版臺業字第一一○○號
印刷所：淵明印刷廠
地址：永和市成功路一段43巷五號
電話：九二八七一四五
香港總經銷：藝文圖書公司
地址：九龍偉業街九十九號連順大廈五字樓及七字樓
電話：七九五九五九五

定價 精裝新臺幣二六○元 平裝新臺幣二一○元

中華民國八十年一月初版

82712

ISBN 957-15-0192-1（精裝）
ISBN 957-15-0193-X（平裝）

中國小說研究叢刊

①中國小說史論叢	龔鵬程 張火慶 著
②金瓶梅詞話注釋	魏子雲著
③張愛玲的小說世界	張　健主編
④西遊記人物研究	張靜二著
⑤金瓶梅原貌探索	魏子雲著
⑥聊齋誌異的幻夢世界	郭玉雯著
⑦西遊補初探	傅世怡著
⑧小說金瓶梅	魏子雲著
⑨金瓶梅的幽隱探照	魏子雲著
⑩域外漢文小說論究	中國古典文學 研究會主編
⑪剪燈新話與傳奇漫錄之比較研究	陳益源著
⑫晚明話本小說石點頭研究	徐志平著